KB051924

법정 실화소설

사형수와 그 재판장

후 세   다 쓰 지
나카니시 이노스케   공저

박 현 석 옮김

玄 人

국립중앙도서관 출판예정도서목록(CIP)

사형수와 그 재판장 : 법정 실화소설 / 지은이: 후세 다쓰지, 나카
니시 이노스케 ; 옮긴이: 박현석. -- 서울 : 玄人, 2015
     p. ;   cm

원표제: 裁く者、裁かれる者
표제관련정보: 실화를 바탕으로 한 법정 드라마
원저자명: 布施辰治, 中西伊之助
일본어 원작을 한국어로 번역
ISBN 978-89-97831-09-8 03830 : ₩12000

일본 소설[日本小說]
법정 소설[法廷小說]

833.6-KDC6
895.6344-DDC23   CIP2015023199

법정 실화소설

사형수와 그 재판장

후세 다쓰지(布施辰治)
나카니시 이노스케(中西伊之助)

일러두기

1. 이 책의 원제는 '裁く者 · 裁かれる者(재판하는 자, 재판받는 자)'다.

2. 이 책의 원본으로는 1924년에 시젠샤(自然社)에서 발행한 것과 1938년에 슌요샤(春洋社)에서 발행한 것이 있는데, 이번에는 1938년에 간행된 것을 저본으로 삼았다.

3. 문장부호는 현대 우리의 실정에 맞게 고쳐 표기했다.

4. 지명이나 날짜, 각 장의 번호가 서로 다르거나 겹치는 부분이 있는데 각 장의 번호가 겹치는 부분은 바로 잡았으며, 지명이나 날짜 가운데서 읽기에 지장을 주는 부분은 바로 잡았으나 크게 지장을 주지 않는 부분은 원서에 따랐다.

목   차

1924년
판의 속표지

서(序)

1

인간, 심판받지 않는 자 어디 있겠는가?

법정에서 재판을 받는 피고만이 영원히 심판을 받고 재판하는 자는 누구에게도 절대로 심판받지 않으리라 생각한다면 그야말로 분수를 모르는 형사재판관의 터무니없는 착각이다.

재판하는 자여! 너희도 역시 심판받을 것이다. 참으로 우습게도 그들은 그 형사재판의 모습을, 자신들이 재판하고 있는 피고로부터 심판받고 있다. 보라, 그들이 유죄인지 무죄인지 판단에 애를 먹고 있는 사건의 진상을 누구보다 잘 알고 있는 것은 바로 그 피고다.

2

법정의 단상에서 재판하는 형사재판은 언제나 진상을 쉽게 가릴 수 없으나 법정의 단 아래서 재판받는 피고에게는 모든 것이 명확하다. 자신이 저지른 사건에 대한 증거를 의심한다면 그 형사재판이 얼마나 우습게 느껴지겠는가? 또한 알지도 못하는 사건에 대한 혐의를 뒤집어씌우고 잘못된 판단으로 유죄를 의심하는 형사재판의 무지, 불명료함을 저주하는 피고의 심판만큼 더 심각한 재판도 없을 것이다.

그리고 그들의 재판을 심판하는 것 중에는 변호인의 변론도 있다. 물론 변호인의 변론이 형사재판관의 동정에 호소하는 애원이나 탄원이어서는 그들의 재판을 심판할 만한 권위를 갖지 못하게 된다. 하지만 변호인의 변론 가운데서도 사건의 험난함에 직면한 피고의 환경과 사건의 어려움을 헤치고 나아가 마침내 명암을 전부 밝힌 인생비판이거나, 사회 공존의 운명 관념에 기조를 둔 사회비판이라면 형사재판관의 재판을 심판하기에 부족함이 없는 권위를 가지고 있는 것이라 믿어 의심치 않는다. 지금 일반 변호인의 변론은 어떤지 모르겠으나, 적어도 나만은 그러한 직무신조를 바탕으로 한 변론의 권위를 강조하기에 노력하고 있다. 그렇게 해서 나의 변론이 피고의 사건과 함께 그들이 재판하는 모습을 심판하여 사회비판적인 민중 여론을 불러일으킨 사례도 매우 많다. 그 가운데는 변론을 공개하여 민중 여론의 사회비판에 호소한 사건도 적지 않지만, 공개할 생각으로 있으나 아직 공개하지 못한 변론들이 훨씬 더 많다.

이 책에 실은 몇 가지 이야기는 현대 형사재판의 폐해를 자신의 체험을 통해 저주하고 있는 존경하는 벗 나카니시 이노스케 (中西伊之助) 군의 요청에 의해 사건관의 인상과 변론에 대한 기억을 이야기한 것을, 나카니시 군이 예술화한 것이다. 이 책은 나카니시 군의 작품이지 나카니시 군과 나의 합작품이 아니나, 내가 나카니시 군에게 이야기한 사건관의 인상과 변론에 대한 기억을 보장하는 의미에서 내게도 합작품의 책임을 지라고 하기에 공동저자로 이름을 올려놓았다.

5

마지막으로 나는 언제나 나의 변론을 공개하여 그 피고의 사건과 함께 그들의 형사재판 모습을 사회비판의 민중여론에 호소하겠다는 생각을 가지고 있음을 밝혀두겠다.

관헌의 횡포에 의한 불법적 인권유린보다 더 무시무시한 것은 어리석은 관헌의 합법적 인권유린이다. 무고한 양민에게 불법적으로 상해를 가한 사법관헌에 대해서는 형사상의 책임을 묻는 고소도 허락되어 있으며, 손해배상 청구의 소권(訴權)도 허락되어 있다.

하지만 무고한 양민이 합법적으로 검거되어 상해 이상의 고통을 입었다 할지라도, 그와 같은 고통을 준 관헌에 대해서는 형사상의 책임을 묻는 고소도 허락되지 않으며 손해배상 청구의 소권도 인정받고 있지 못하다는 것은 참으로 어리석은 합법적 인권유린의 무시무시함이다. 그 가운데서도 가장 비참한 실례는 명확한 근거도 갖고 있지 않은 사법관헌에 의해 혐의를 받은 무고한 양민의 검거다. 일단 혐의를 받으면 검거, 고문, 투옥 등 그 불행은 어둠보다 더 어두워서, 한 목숨을 합법적 인권유린으로 쥐어짜 죽일 정도의 것이다. 다행히 무고한 의심에서 벗어나게 된다 할지라도, 벗어나기까지 입었던 검거의 고통과 손해는 위로 받지 못하고 보상도 받지 못한다. 1년, 2년, 3년 동안의 미결감에 눈물을 흘리다 마침내 그 혐의를 벗은 자, 5년, 10년, 종신의 무고에 눈물을 흘리던 기결수가 우연히 진범이 발견되어 혐의를 벗게 된 경우의 비참한 고통도 위로받지 못하고 명확한 손해도 보상받지 못한다. 어리석은 관헌의 실수로 끝나버릴 뻔한 불행한 운명을 도중에 바로잡아 목숨을 건졌으니 기뻐하라고 말한다면, 이 무슨 국가의 횡포란 말인가? 이처럼 관헌의 어리석음에 양민을 희생으로 삼는 형사재판의 존재는 인권옹호제도의 커다란 오욕이 아니겠는가? 바로 이것이 내가 직무의 실제적 감회를 민중 여론에 호소해서 사회비판에 부치려는 이유다.

후세 다쓰지

후세 씨와 나

1. 자연사(自然社)의 우메즈(梅津) 군이 찾아와서 내게 사회수필을 쓰라고 했다. 내용은 형사재판에 관한 것인데 후세 다쓰지 씨에게 부탁을 해두었으니 그것을 제재로 삼아 써달라는 것이었다. 사실은 나도 지금까지 그 방면에 대해서 후세 씨로부터 여러 가지로 가르침을 얻었으며, 언젠가는 좀 더 깊이 배우고 싶다는 생각을 가지고 있었다. 그랬기에 우메즈 군이 말하는 이른바 사회수필을 써보기로 했다.

1. 이 책은 후세 씨와 나의 공동저서이자, 후세 씨와 나의 새로운 인권선언서이기도 하다. 그리고 이것을 '예술화'한 창작으로 만들기보다, 흥미로운 수필적—수필은 이른바 저회취미(低徊趣味)가 있어서 나는 좋아하지 않지만— 서술로 가두에 내보내는 것은 인권선언서로서 한층 더 의의가 있는 일이라 여겨진다. 후세 씨가 커다란 부상을 입어 병상에 계시면서도 이 책을 위해 노력해주신 점, 충분히 감사드려도 좋으리라 생각한다. —1925.10. 교정을 보며.

—나카니시 이노스케

젊은 노동운동가와 검사의 대화

1938년 판의 표지 그림

젊은 노동운동가와 검사의 대화

때 : 19××년 노동운동이 고조에 달했던 당시.

곳 : 모 지방재판소 검사국 조사실

인물 : A - 젊은 노동운동가(22·3세)

B - 마흔 전후의 검사.

두 사람 모두 매우 편안하게 대화를 나누는 모습.

B : 자네들의 운동은 참으로 힘에 넘치는 것이더군. 나도 자네들과 같은 위치에 있었다면 틀림없이 자네들처럼 운동을 했을 거야. 어쨌든 하나 피우도록 하게. (시키시마[1]) 봉투를 내민다.)

A : (자랑스럽다는 듯한 얼굴로) 저희는 정의의 운동을 펼치고 있습니다. 그렇기 때문에 설령 검거 당한다 할지라도 결코 부끄럽다고는 생각지 않습니다.

B : (감탄한 듯) 그래, 그럴 테지. 그렇지 않고서는 그처럼

---

1) 敷島. 1904년에서 1943년까지 생산 · 판매되었던 담배의 이름.

대대적인 운동을 일으킬 수 없었을 테니. 자네의 조합은 대체 어느 정도의 단체인가?

A : 2천 명쯤 됩니다.

B : 음, 그러니까 그 사람들을 자네들이 지도하고 있단 말인가?

A : 말하자면 그런 셈입니다. 지도라고 하면 어폐가 있습니다만.

B : 그런가? 2천 명이라고 하면, 그건 1개 연대 이상 아닌가? 정말 대단하군. 그렇다면 자네들은 거의 연대장이나 다를 바 없군.

A : (약간 기쁘다는 듯한 얼굴로) 저희는 군국주의자들이 아닙니다.

B : 물론 자네들의 주장은 그럴 테지만, 나는 사실을 이야기하고 있는 걸세.

A : 어쨌든 연대장은 좀 이상합니다.

B : 하지만 자네들은 그 단체를 자신들의 의지로 움직이고 있으니, 역시 연대장이라고 해도 상관없을 듯한데.

A : 어감은 좋지 않지만 그렇게 말할 수도 있겠습니다.

B : 그렇다면 나이는 어리지만, 정말 대단한 일일세. 우리 같은 사람들은 도저히 따라갈 수가 없어. 그리고 그 C와 D와 F 등도 역시 자네처럼 그 단체의 지도자겠지?

A : 그렇습니다. C와 D와 F도 저희와 마찬가지로 대표위원이니.

B : 흠. 모두 아직 젊은데 참으로 분투를 펼치고 있군. 그리

고 그 2천 명의 사람들이 그 대표위원의 뜻에 따라 움직이고 있다는 말이지?

A : 노동운동에는 통제가 필요합니다. 자본가들이 군대를 등에 업고 통제된 전선으로 저희를 압박하고 있으니 자본가들과 싸우려면 저희도 역시 그에 대항해서 통제된 운동을 펼칠 필요가 있습니다. (당당하게 어깨를 편다.)

B : 그렇군. 그 말을 들으니 우리도 깨닫는 바가 있어. 그러니까 지도, 명령을 군대식으로 하지 않으면 자본가들과 싸울 수 없다는 얘기로군. 알겠네.

A : 물론 그런 통제하에서 운동을 하지 않으면 안 됩니다. 그렇게 하지 않으면 전열이 흩어져서 결코 이길 수가 없습니다.

B : 흠, 우리가 보기에는 그냥 어수선하게 저마다 떠들고 있는 것이라 여겨졌는데 역시 그런 통제하에서 행해지고 있었군. 그렇게 하지 않으면 이른바 계급투쟁이 될 수 없을 테니. 그렇다면 그 통제는 대표위원의 지휘로 전부 행해지고 있단 말인가? 스트라이크도 그렇고, 모든 일이.

A : (얼굴빛이 슥 변한다.) ⋯⋯⋯⋯⋯⋯⋯⋯⋯.

B : (자리에서 일어나 문에서 서기를 부른다. 그리고 다시 원래의 자리로 돌아온다.) 이보게, 지금부터 이번 파업에 대해서 취조하고 싶으니 자네가 알고 있는 사실을 전부 들려주기 바라네. 자네는 틀림없이 대표위원이었지?

A : (입술을 씹으며, 더욱 깊은 침묵)

—막—

사형수 제조법

1938년 판의 표지 그림

사형수 제조법

1

어느 여름의, 후텁지근하기 짝이 없는 밤이었다.

쇼센[2]의 메지로(目白) 역에서 내려 바로 거기에 있는 육교를 건넌 나는, 거기서 다시 그 길을 곧 왼쪽으로 꺾어져 갔다. 그 부근 일대에는 벌써 나무들이 우거져 밤공기가 써늘할 정도로 시원했다.

나는 그 교외다운 분위기를 풍기는 나무 사이에 늘어선 집들 앞을 지나 F씨 댁으로 찾아갔다.

"왔는가, 덥지?"라고 F씨가 평소와 다름없이 활기 넘치는 얼굴로 나를 바라보며 말했다. 그 얼굴을 보고 있으면 어찌된 일인지 나는 발전소가 떠오른다. 나는 그의 그 얼굴에서 사회활동의 발전소 같다는 느낌을 받는다. 신기한 얼굴이다.

---

2) 省線. 민영화 이전에 철도성 · 운수성 관할하에 있던 철도선.

"오늘 밤에는 아주 기괴한 이야기를 하나 하기로 하지. 유령 이야기를 말일세. 어떤가? 여름밤의 이야기로는 괴담이 어울리지 않겠는가?"

F씨는 이렇게 말하고 즐거운 얼굴로 한바탕 웃었다.

"괴담이요?"라고 내가 눈을 둥그렇게 뜨며,

"형사재판에도 괴담이 있나요?"

라고 물었다.

"물론 있지. 없는 게 없어. 괴담도 있고, 남녀의 정사에 대한 이야기도 있고, 희극·비극, 없는 게 없다네. 그 점에 있어서는 옛날얘기나 소설조차 발밑에도 따라올 수 없을 만큼 풍부하다네."

라며 F씨는 자랑하는 듯했다.

물론 그 사실은 나 역시 누구보다 잘 알고 있었지만, 형사재판에 괴담은 좀 뜻밖이라는 생각이 들었다.

"괴담이라니 대체 어떤 얘긴가요?"

라며 나는 몸을 앞으로 내밀었다.

"너무 서두르지 말게. 차근차근 얘기하기로 하지. 실은 말일세, 그 무렵 S감옥에 유령이 나온다는 소문이 자자하게 퍼졌었다네."

"네? 감옥에 유령이 나온다고요?"

"그래, 감방 안에 말일세. 밤이면 밤마다 피투성이가 된 식구 셋의 망령이 감방의 철창으로 슥 들어와서는 거기에 그림자처럼 서 있다고 하더군."

"겁주지 마세요. 요즘 같은 세상에 그런 게 나올 리 없잖아요.”

　“자네도 의외로 상식가로군. 그야 어찌됐든 계속 들어보게. 그런 소문이 자꾸만 퍼지니 감옥에서도 그냥 내버려둘 수 없었기에 사실을 조사해보기로 했다네. 그랬더니 놀랍게도 그것이 아무래도 사실인 것 같았다네.”

　“사실을 조사하다니, 대체 무엇을 조사했다는 말인가요? 유령이 나오는 게 사실이라니, 그런 시대착오적인 조사도 있나요?”

　“그게 이렇게 된 걸세. 자네도 알다시피 S감옥에는 누범3)을 저지른 중죄인들이 많은데 거기에 비교적 형기가 짧은 절도범이 있었다네. 아마 2년인가 그랬었지? 그런데 그 절도범이 매일 한밤중만 되면 비명을 질렀다네. 조금 전에 말한 것처럼 일가 3명의 유령이 피투성이 모습으로 철창을 통해 슥 들어와서는 그 절도범을 한껏 괴롭혔다고 하더군.”

　“아, 알았다. 그 절도범에게 어떤 여죄4)가 있었던 거죠? 일가 3명을 참살했다거나. 그것 때문에 양심의 가책을 느껴서 밤이면 꿈에 시달린 거겠죠.”

　“흠, 자네도 그렇게 생각하는가?”

　“대충 그렇지 않을까요? 그 외에는 달리 생각나는 것이 없는데요. 그건 흔히 있는 일이니 그 이야기도 그렇게 된 거 아닐까요?”

　“그래, 사실은 자네 생각대로일세. 옆방에서 자던 수감자들

---

3) 累犯. 거듭 죄를 지음, 또는 그런 사람.
4) 餘罪. 주가 되는 죄 외의 다른 죄.

까지 그 소리를 들으면 너무나도 섬뜩해서 잠을 잘 수가 없었다고 하더군. 그래서 간수가 실지를 조사하기로 했어. 한밤중에 그 감방 앞에 숨어서 지켜보기로 말이야. 예의 오전 3시 무렵이었어. 온 세상이 깊이 잠든 한밤중이 되자……"

"이거 점점 괴담다워지는데요. 깊은 숲 속에 있는 절의 종소리가 음침하게 울려 퍼질 때였다."

"하, 하, 하. 껴들지 말고 계속 들어보게. 그때 절도범이 끔찍할 정도로 소리를 지르기 시작했다네. '용서해줘, 용서해줘, 내가 잘못했어.'라고 말일세. 그것을 들은 간수는 드디어 나왔구나 싶어 시찰구―감방의 문에 달려 있는 조그만 창―를 통해 몸을 떨며 조심조심 가만히 들여다보았다네. ……"

"나왔나요?"

"아니, 아직 보이지 않았네."

"하, 하, 하. 유령도 꽤나 영리하군요. 오늘 밤에는 간수가 지키고 있으니 모습은 보일 수 없다고 생각해서 눈을 피해 살금살금 나타난 거로군요."

"그렇게 자꾸 야유를 보내면 섬뜩함이 사라지고 말지 않는가? 하, 하, 하."하며 F씨는 차가운 차를 마셨다.

2

"간수에게 유령의 정체는 전혀 보이지 않았다네. 그런데도 본인은 여전히 '용서해줘, 용서해줘.'하며 비명을 지르고 있었어. 그랬기에 감옥에서도 자네가 관찰한 것처럼 이건 틀림없이 살인의 여죄가 있는 것이라고 짐작하게 되었지."

"역시 그랬군요. 아무래도 그런 것 같아요."라며 나는 고개를 갸웃거렸다.

"이렇게 해서 감방에서도 그 절도범이 한밤중에 유령의 꿈에 시달리는 것이라는 사실만은 확신하게 되었어. 그래서 그 수감자를 데려다 여러 가지로 물어보았지. 그랬더니 분명히 유령이 보인다고 자백했다더군. 그들이 일가 3명이라는 사실, 그 세 사람이 매일 밤 철창을 통해 들어와서 온갖 원한의 말들을 쏟아낸다는 사실 등은 본인이 분명히 말한 내용이야. 하지만 한밤중에 지켜본 간수는 그런 것을 실제로 보지는 못했기에, 결국 그 수감자가 일가 3명을 살해한 것만은 틀림없는 사실일 것이라고 감방에서도 의심을 하게 되었다네."

F씨가 법정에서 단련한 커다란 목소리로 이야기를 이어나갔다.

"한번 생각해보게. 이는 자네가 앞서 이야기한 것처럼 지금까지도 예가 없었던 일이 아닐세. 경찰이나 검사 앞에서는 여죄를 극력 부인하던 범인이 오랜 수감생활 가운데 사소한 말실수 하나로 예전의 중죄를 들키거나, 앞서 이야기한 것처럼 양심의 가책 때문에 악몽에 시달리다 여죄가 드러난 경우는 헤아릴 수도 없이 많다네. 따라서 감옥에서도 이번 경우를 그다지 이상하게 여기지는 않았는데 어찌된 일인지 벌써 경시청에도 사실이 전부 알려져 있었다네. 물론 경시청에서도 S감옥에 유령이 나온다는 소문을 들은 것만은 틀림없는 사실일 테지만, 이 점이 나중에 중요한 사실로 등장하니 잘 기억해두기 바라네."

라며 F씨가 의미심장하게 미소 지었다.

"그렇다면 그 절도범은 역시 살인을 저지른 거군요."
라고 내가 물었다.

"음, 그래서 자세히 취조를 해보니 끔찍한 범죄를 저질렀다는 사실을 자백했다네."

F씨가 힘주어 말했다.

"역시 유령이 되어 나타난 그 일가 3명을 살해한 거겠죠?"

"그렇다네. 경시청에서 그 소문을 듣고 S감옥에 조회를 해왔기에 감옥에서는 그 절도범을 바로 죄수 호송차에 실어 경시청으로 보냈다네. 그랬더니 아니나 다를까 그 절도범이 끔찍한 살인죄를 저질렀다고 자백했다네."

"그것이 양심이라는 것일까요?"

"그래, 양심이라는 것이겠지."

"그렇다면 인간의 본성은 역시 선(善)인 셈이로군요."

"아마도 그렇겠지. 어쨌든 우선은 얘기를 들어보게."
라고 F씨는 나의 말을 뿌리치듯 해놓고,

"그 절도범이 자백한 사건은 후카가와(深川)의 초밥집 살인사건이라고 그 당시에는 아주 유명한 살인사건이었다네. 너무나도 잔인한 살인방법에 신문을 읽은 사람들 모두가 전율을 느낄 정도의 사건이었다네."
라며 그 사건의 대략을 다음과 같이 들려주었다.

"그 사건은 말일세, 그 절도범이 자백한 것처럼 역시 일가 3명이 전부 목숨을 잃은 사건이었다네. 유령이 되어 나타난 일가 3명이 한자리에서 처참하게 살해된 사건이지.

그는 후카가와의 H거리에서 오래 전부터 생선초밥집을 운영해오던 무라오카 산조(村岡三造)라는 사람이었는데, 번화가에서 몇 대째 운영해온 초밥집이었기에 우오가시[5]에도 뒤지지 않을 정도로 맛있는 초밥을 먹을 수 있다고 입소문이 나서 가게는 작지만 손님이 꽤 많았다네. 덕분에 산조는 어느 정도 돈도 모아 일가가 커다란 불편함 없이 원만하게 살고 있었다네. 그런데 어느 날 아침, 해가 벌써 쨍쨍 내리쬐고 있는데도 어찌된 일인지 가게 문이 열려 있지 않았어. 동네 사람이 이를 이상히 여겼지. 그 전날까지는 특별히 이상도 없었고 일가 모두가 여행을 떠난 것도 아닌 듯했기에 이건 틀림없이 무슨 일이 생긴 것이라는 느낌이 들어 덧문을 뜯고 들어가 볼까도 싶었으나 그렇게 멋대로 행동할 수도 없었기에 근처 파출소의 순경을 불러 함께 덧문을 뜯고 안으로 들어가 보고는 깜짝 놀랐다네. 덧문을 뜯어냄과 동시에 피비린내가 코를 찔렀기에 문턱으로 한 발 넘어섰던 동네 사람도 얼굴을 가렸을 정도였다네.

집 안으로 들어가 보고는 깜짝 놀랐다네. 번화가 부근의 초밥집이니 집 안은 넓지 않았는데, 그 방의 문가에 크고 작은 사람 셋이 칼에 무참히도 찔려 마치 피의 지옥에 빠져 있는 것처럼 쓰러져 있었다네. 피가 검푸르게 번뜩이고 주위는 물고기의 비늘을 긁어낸 것처럼 마구 어질러져 있었다네.

그 참상을 보고 누가 손이나 댈 수 있었겠는가? 순경조차

---

5) 魚河岸. 니혼바시와 에도바시 사이의 강가에 있던 어시장.

당황해서 허리에 찬 칼의 손잡이를 쥐고 본서로 달려가 보고 했다네.

잠시 후, 본서에서 서장과 사법주임이 달려왔고 경시청과 재판소에서도 판검사가 실지검증을 위해 찾아왔다네. 검증을 한 결과 강도 · 살인이라는 결론을 내렸다네. 조사를 해보니 금고를 뜯고 거기서 현금을 가져간 흔적이 뚜렷했기 때문이었다네.

그런데 여러 가지로 조사를 해보니 범행흔적은 교묘하게 숨겨져 있었다네. 게다가 현금은 가져갔지만 그 외의 물건에는 전혀 손을 대지 않았어. 꽤나 경험이 많은 강도 같았지. 현금만 가져갔으니 그 장물에서 단서를 얻기란 매우 어려운 일이었어. 이를 근거로 그 범인은 전과가 있는 자라 여겨졌어. 현장에는 유일하게 삼실로 엮은 짚신이 떨어져 있었다네. 그건 범인이 신고 온 것인 듯했어. 만약 범인이 떨어뜨리고 간 유류품 가운데서 단서를 찾아야 한다면 그 짚신밖에 없었어. 여기에는 재미있는 이야기가 있으니 잘 기억해두기 바라네."

"흉기는 어떻게 되었나요?"

내가 마치 전문가라도 되는 듯한 얼굴로 물어보았다.

"그래, 흉기. 그 점에 있어서도 상당히 머리를 썼더군. 흉기로는 초밥집에서 생선을 요리할 때 쓰는 식칼을 썼다네. 그랬기에 흉기에서도 단서가 될 만한 것은 얻지 못했다네."

"그렇다면 물건을 훔치러 들어갔다가 강도로 돌변한 모양이로군요."

"흠, 자네도 이제 전문가가 다 됐군. 실제로 그렇게 추측되었다네. 처음에는 물건만 훔칠 생각으로 들어가 금고에 손을 댔는데 집안사람들이 눈을 떠서 결국은 살해를 한 듯하다고 모두의 의견이 일치되었다네.

그런데 그 이상의 사실은 아무래도 밝혀낼 수가 없었어. 그래서 결국은 당시 경시청의 주무기였던 잔챙이 잡이에 들어갔다네."

"드디어 등장했군요"

라며 나는 미소 지었다.

"드디어 등장일세."

라고 F씨도 마찬가지로 미소를 지으며,

"그렇게 해서 조금이라도 의심스러운 자는 닥치는 대로 잡아들였다네. 이 녀석도 수상하고, 저 녀석도 의심스럽다며 갑, 을, 병, 정 있는 대로 끌고 와서는 황소가 뒷걸음치다 쥐 잡는 격으로 이 커다란 사건의 범인을 잡으려 했으니 여간 힘든 게 아니었지. 개중에는 1주일 만에 풀려난 자도 있고, 2·3주일 동안이나 구류처분으로 구속된 자도 있었어. 심한 경우에는 1개월 이상 잡혀 있던 자도 있었는데 그렇게 열심히 그물질을 했지만 진범이라 여겨지는 자는 한 사람도 잡아들이지 못했다네."

3

F씨의 그 범죄사건 검거 이야기는 여전히 계속되었다.

"언제나 그렇지만 그렇게 해서 사건은 미궁에 빠지고 말았다네. 그런데 여기서 설명해두어야 할 것이 있네."

라며 F씨는 약간 흥이 오른 듯했다.

"당시 경시청에는 귀신 잡는 사토(佐藤, 가명)라는 별명의, 사법을 담당하던 경위가 있었다네. 그 이름을 말하면 당시의 경찰 관계자는 물론, 그 방면에 있던 사람들 대부분이 알고 있을 정도로 유명한 형사였는데 그 별명대로 꽤나 가혹한 방법을 써서 인민을 괴롭히곤 했지. 그리고 상습범들을 전율에 떨게 만들었다네.

그의 수법은 합리적인 범죄사실 중심주의가 아니라, 어디까지나 범인 중심주의였다네. 인민은 어떤 희생을 치르더라도 범인만 검거하면 그만이라고 생각했던 거야. 그리고 자신의 명성만 쌓으면 된다고 생각했던 거지. 그것을 위해서 그는 범인을 잡기만 하면 됐던 거야. 잡아들인 자가 진범이든 아니든 그건 그가 신경 쓸 문제가 아니었어. 이렇게 말하면 내가 너무 심하게 이야기한다고 생각하는 사람이 있을지도 모르겠지만 결코 그렇지 않다는 사실을 나중에 알게 될 걸세.

초밥집 살인사건은 그 귀신 잡는 사토라 불리던 경위가 주임이었어. 그랬기에 그는 시민들의 비난은 물론, 수색계장, 형무부장 때문에 이 사건을 언제까지고 미해결인 채로 내버려둘 수가 없었어. 어떻게 해서든 진범을 검거해서 자신의 수완—이를 표면적으로는 사회의 안녕을 위해서라고 했지만—을 보여줘야만 했어.

그는 닥치는 대로 사람들을 검거해 들이면서 한편으로는 자신이 담당하고 있던 절도, 강도, 소매치기 등 사건에 관계가 있으리라 여겨지는 범인들에게도 온갖 수법을 동원해서 단서를 잡으려 했어. 하지만 그 모두가 실패로 돌아가는 듯했다네. 그는 자신의 별명—자신은 오히려 자랑스럽게 여기는—인 귀신 잡는 사토의 참모습을 보여주기라도 하겠다는 듯 악귀처럼 날뛰었다네.

S감옥에 유령이 나온다는 소문이 나돌기 시작하자마자 바로 S감옥에 조회해서 그 유령담의 중심인물인 절도범을 경시청으로 부른 것도 사실은 귀신 잡는 사토, 사토 경위였다네.

그 절도범은 경시청으로 불려가자마자 두말없이 자신이 초밥집 살인사건의 범인이라며 죄상을 전부 자백했다네. 이번 일은 아무리 귀신 잡는 사토라 불리는 그라 할지라도 결코 그 절도범에게 자백을 강요한 것이 아니라고 모든 사람들이 생각했다네. 그 절도범은 밤낮으로 유령의 가책에 시달리다 마침내 자백한 것이니 새삼스럽게 그를 고문할 필요도 없었을 테고, 오히려 그가 죄에 대한 참회를 진심으로 기뻐했으리라고 모든 사람들이 생각했던 걸세.

그 절도범이 사토 경위에게 자백한 여죄의 내용은 다음과 같은 것이었다네.

1. 저는 그날 히비야(日比谷) 공원을 걷다가 제 친구 가운데 고지마 리키치(小島利吉)라는 소매치기 전과 11범을 만났습니다.

"이보게 요즘에는 어떻게 지내는가? 한동안 보이지 않던데, 또 잡혀갔던 겐가?"라고 제가 리키치에게 물었습니다. 그러자 리키치는,

"무슨 소리야. 시골을 잠깐 돌아다니다 왔다고. 그런데 시골도 별로 재미가 없어서 오늘 아침에 돌아온 길이야. 그래, 어디 괜찮은 일거리 좀 없는가?"라고 말했습니다.

"마음만 먹으면 얼마든지 있지. 어때, 일을 한번 해보지 않겠나? 오늘 밤에."

라고 제가 말했습니다.

"좋지. 어디 봐둔 데라도 있나?"

라고 그가 묻기에,

"일단, 조금 걷기로 하세……."

라고 말한 뒤 그날 밤, 전에부터 돈은 많으나 식구는 적은 무라오카 산조의 후카가와에 있는 초밥집으로 들어간 것입니다.

2. 밤 2시쯤, 저는 뒤쪽의 덧문을 뜯어내고 부엌을 통해 안으로 들어갔고 리키치는 밖에서 망을 봤습니다.

부엌으로 들어갔더니 그 옆방에서 가족들이 자고 있는 것 같았기에 살금살금 그 방으로 들어가 머리맡에 있던 금고로 손을 가져갔습니다. 그때 주인 산조인 듯한 사내가,

"누구냐!"

라며 제 다리를 잡고 늘어졌기에 저는 있는 힘껏 산조를 걷어차고 처음 들어왔던 부엌 쪽으로 달아나다 뒤쫓아 오는 산조가 무슨 짓을 할지 몰랐기에 마침 그곳의 선반 아래에 걸려 있던 커다란 식칼을 쥐자마자 거기까지 쫓아온 산조의 가슴을 힘껏 찔렀습니다. 그리고 마구잡이로 찔러댔습니다.

3. 그 소리를 듣고 아내인 듯한 여자가 이불을 걷어차고 일어났는데 이렇게 된 이상 한 명을 죽이나, 두 명을 죽이나 달

라질 것은 없다고 생각했기에 바로 뛰어들어 그 여자도 손에 들고 있던 식칼로 마구 찔러 참살했습니다. 그때 밖에 있던 리키치가 그 소리를 듣고 집 안으로 달려 들어와 역시 그곳의 식칼로 방 안을 기어다니며 울고 있던 대여섯 살 정도의 사내아이를 찔러 죽였습니다.

4. 이렇게 세 사람 모두 죽인 뒤, 흉기는 거기에 그냥 버리고 제가 금고를 열어서 안에 있던 돈 전부를 훔쳤습니다. 리키치는 그때 신고 있던 새 짚신을 흘리고 말았습니다. 그 짚신은 리키치의 처가가 짚신을 제조하고 있기에 신고 있었던 것입니다. 리키치는 일—절도—을 할 때면 언제나 짚신을 신습니다.

5. 저희 두 사람은 전과가 있기 때문에 지문이 남지 않도록 얇은 가죽장갑을 끼고 있었습니다.

6. 그런 다음 저희 두 사람은 그 돈을 가지고 오사카(大阪)로 달아났습니다.

7. 저는 그 후에 다른 사건으로 징역 2년이라는 판결을 받아 지금 S감옥에 복역 중인데 매일 밤 그 일에 대한 양심의 가책을 느껴, 일가 3명이 유령이 되어 감방의 철창으로 들어옵니다. 그리고 저는 그 유령에 시달리고 있습니다. 저는 그 고통을 견딜 수 없었기에 여기서 모든 사실을 자백한 것입니다.

이상이 그 절도범의 자백이었다네. 그의 이름은 야마모토 세이이치(山本盛一), 당시 25세의 젊은이였다네.

세이이치의 자백으로 고지마 리키치도 강도·살인범으로

경시청이 고발했지.

고지마 리키치는 세이이치와 예전부터 친하게 지내던 자로 세이이치가 2년을 선고받은 사건의 공범이기도 했다네.

자, 이렇게 해서 그 미궁의 미궁 속으로 빠져들었던 후카가와 초밥집 일가 3명 살인사건의 진범이 귀신 잡는 사토의 손에 의해 마침내 검거되었다네.

그 자백은 판검사와 경시청 감식 담당자의 감식과 조금도 차이가 없는 것이었다네. 특히 고지마 리키치가 신고 있었던 새 짚신은 움직일 수 없는 물적 증거였지. 그것을 세이이치의 입으로 자백한 것은 참으로 당연한 일이었어."

여기까지 이야기한 F씨는 한숨을 돌렸다. 그리고 올해 11살쯤 됐으리라 여겨지는 F씨의 딸이 가져온 차가운 레몬티를 단숨에 들이켰다.

F씨의 긴장되었던 얼굴이 약간 미소를 지으며 다시 이렇게 말했다.

"이보게, S감옥의 유령담은 결국 귀신 잡는 사토가 공을 세웠다는 얘기로 끝나버리고 말았다네. 하지만 내 얘기를 듣고 이 괴담이 이것으로 끝이라고 생각했다면 그건 자네의 커다란 착각일세. 이렇게 사실만을 요약해서 이야기하면 이 사건은 이것으로 매듭지어져 세이이치와 리키치는 강도·살인이라는 끔찍한 사건의 범인으로 조만간 단두대의 이슬로 사라지게 될 거라 생각하겠지. 아니, 실제로 그 두 사람은 사형을 선고받았다네. 당시의 명재판관으로 이름을 떨치고 있던 이마무라 교타로[6]—실명을 거론하는 건 좀 미안한 일이지만, 그의 과오에 대한 조그만 보상은 되리라 여겨지네—씨가 그 두 사람에게 사형을 선고했지.

진실은 소설보다 더 기이하다네. 나는 지금 세상에서 흔히 볼 수 있는 탐정소설 속의 꾸며낸 이야기를 하고 있는 게 아니야. 지금, 여기, 이 현실 속 일본의 20세기 초에 실제로 일어났던 사실을 이야기하고 있는 걸세. 경우에 따라서는 누가 걸리게 될지 모를 검은 덫에 대해서 설명하고 있는 것일세."

하지만 F씨의 말은 너무나도 암시적이었다.

"그렇다면 이번 사건은 어떻게 된 겁니까? 지금 하신 말씀만 가지고는 그 검은 덫이 어디에 있는지 저로서는 알 길이 없습니다만."

하고 내가 말했다.

"그렇겠지. 어디에도 빈틈은 안 보이니까. 참으로 그 방면의 달인이 한 일이라고 할 수밖에 없다네. 이렇게 이야기하면 어디 한 군데 의심할 만한 데가 없어. 그야 그럴 만도 하지. 명판관인 이마무라 씨조차 그것을 믿고 끔찍한 사형 선고를 언도했을 정도이니. 세상에 재판을 받는 것만큼 비참한 일도 없다네."

F씨는 어딘가 쓸쓸한 듯 보였다.

"그럼 지금부터 그 검은 덫을 자네와 함께 찾아보기로 하지."

라고 다시 말했다.

---

6) 今村恭太郎(1869~1936). 일본의 재판관. '히비야 방화·폭동 사건'의 재판장이었으며, 차지차가법(借地借家法)의 공로자로도 알려져 있다.

4

"그 무렵에는 나도 아직 변호사를 막 시작한 때였지."라고 F씨가 벌써 10년도 더 지난 일을 떠올리며 말했다.

"어느 날, 공판정에서 내가 맡은 변론을 마친 뒤, 당시 형사 변호사로 유명했던 S씨의 변론이 바로 뒤이어 같은 법정에서 있을 것이라는 사실을 알았기에 후배인 나는 그 변론을 방청하기로 했다네.

그 S씨가 맡아 변호하기로 한 사건은 강도·살인사건으로, 피고인은 공범자 2명이었다네.

공판이 시작되었지. 재판장은 앞서도 이야기한 것처럼 명판관이라 불리던 이마무라 교타로 씨였다네.

양쪽 모두 젊은 피고 둘이 피고석에 나란히 있었어. 그리고 그 가운데 한 명부터 재판장이 심문을 시작했어.

거기에 불려나온 피고는 이제 겨우 스무 살을 막 넘긴 청년으로밖에 보이지 않았는데, 그는 재판장의 질문에 대해서 마치 어떤 마을의 아이에게 그 마을에 관해 물었을 때처럼 중죄를 술술 자백했어. 끔찍한 강도·살인의 중대한 범죄사건을 아무런 망설임도 없이, 편안하게, 순서에 따라서, 듣는 자에게 쾌감을 줄 만큼 시원시원한 태도로 자백했어.

나는 그 모습을 보고 오히려 어처구니가 없다는 생각이 들었다네. 세상에는 참 별 범죄자도 다 있구나 하는 생각이 들었던 걸세. 아무런 망설임도 없이, 번뇌도 없이, 그 끔찍한, 한번 자백을 해버리면 자신의 목숨을 잃을 수밖에 없는 사건을, 아무리 사려 깊지 못한 젊은이라 할지라도 너무 쉽게 자백을 한다고 나는 생각했다네. 어쨌든 근래 보기 드문 피고라고 나는 생각했다네.

하지만 이건 그저 그 당시의 내 직감에 지나지 않았다네. 그 이상으로 관여해서 이 사건을 어떻게 해봐야겠다고 생각한 것이 아니라, 나는 그저 일개 방청객으로 그 자리에 있었을 뿐이니 그때는 단지 그렇게 느꼈을 뿐이라네.

그 청년에 대한 심문은 일사천리로―그랬다네. 물으면 바로 대답하는 식으로 그는 예심조서에 있는 사실을 전부 시인했으니― 진행되었다네. 그리고 다음으로 불려나온 공범자가 피고로 재판장 앞에 섰다네. 그 피고는 이미 서른 살이 조금 넘은 듯 보였는데, 그는 앞선 피고와는 전혀 반대가 되는 태도로 처음부터 재판장이 심문하는 사실을 전부 부인했다네. 그리고 앞서 함께 피고석에 섰던 자가 말한 사실을 으르렁거리듯 반박했다네. 이 장면은 방청석에 있는 사람들에게도 뜻밖이라는 느낌을 주었지.

이 피고는 공범자가 재판장의 질문을 전부 시인하는 모습을 보고 아까부터 참견을 하고 싶어 견딜 수가 없다는 듯한 태도를 보였었다네.

앞선 피고가 그―나중에 나온 피고―와 공모해서 그날 밤 범죄를 저질렀다는 내용에 이르러서는 몸을 꿈틀꿈틀하며 당장이라도 그것을 전부 부인하기 위해 재판장에게 말을 걸고 싶어 하는 듯한 태도를 취했다네. 하지만 그것은 법정의 규율이 허락하지 않았다네.

그는 자신의 차례가 되어 재판장 앞에 서자 지금까지 말하고 싶어서 견딜 수 없었던 자신의 의견을 한꺼번에 폭발시켰다네. 그리고 그는 자신의 범행을 전부 부인했다네.

"이 사람은 그런 범죄를 저질렀을지 모르겠으나, 저는 전혀 모르는 일입니다."

라는 말 하나로 그는 일관했다네. 이에 재판장은 앞선 피고와 그 자리에서 대결토록 했다네.

"이보게 이제 그만하고 나리 앞에서 자백하는 게 어떻겠나? 이제 우리도 죗값을 치러야 할 때가 왔으니."

라고 앞서 자백한 피고가 나중의 피고에게 말했다네.

"무슨 소리를 지껄이는 거야. 그걸 너 혼자서 했는지 어땠는지는 모르겠지만 어째서 나까지 끌어들이는 거지? 나는 네게 그런 원한을 살 만한 일을 한 기억이 없어."

한쪽이 이렇게 말하며 상대를 노려보았다네.

"비겁한 소리 하지 마……."

라며 상대는 비웃었다네.

"뭐가 비겁하다는 거야. 하지 않은 일을 하지 않았다고 말하는 게 어째서 비겁하다는 거지?"

라며 한쪽은 지금 당장이라도 달려들 기세였다네.

"무슨 말을 해봐야 이젠 틀렸어. 네가 그날 밤 신고 갔던 새 짚신이 무엇보다 커다란 증거야. 네가 거기에 신고 갔다가 떨어뜨리고 온 짚신이 나리 쪽에서는 이미 움직일 수 없는 증거가 되어버렸어. 그러니 쓸데없는 소리 하지 말고 전부 자백을 하는 게 어때? 나리들께 이 이상 폐를 끼치는 것도 죄송스러운 일이잖아."

그 젊은 피고가 나이에도 어울리지 않는 투로 말하더군.

"짚신 같은 건 알지도 못해. 아무리 그런 소리를 해봐야 모르는 건 모르는 거야. 너 이놈, 자꾸만 그런 소리 하면 더는 살려두지 않겠어."

이런 대결이 언제 끝날지 알 수 없었다네. 그랬기에 재판장이 개입해서 그날의 공판은 그렇게 끝났다네.

자네는 어떻게 생각하는가? 한쪽은 사실을 전부 시인해서 벌을 받으려 하고, 다른 한쪽은 극력 부인하며 상대방을 욕했다네."

라며 F씨가 의미심장한 표정으로 내 얼굴을 바라보았다.

"약간 흥미로운 사건이네요. 하지만 공범을 저지른 피고끼리 그렇게 다투는 것은 그리 드문 일도 아니지 않나요?"

라며 나는 지금까지 보고 들었던 일들을 이야기했다.

"그야 물론 그렇지. 분명히 그런 경우는 얼마든지 있다네. 솔직히 말하자면 나도 그때는 이 공판에 대해서 특별히 이상하다고는 생각지 않았어. 단지 자백하는 피고의 태도가 너무나도 편안했기에 그 점은 좀 이상하다고 생각했을 뿐이었어."

라고 F씨도 말했다.

"결국 그때는 그것뿐이었나요? 다시 말해서 그 사건이 앞서 말씀하셨던 S감옥의 괴담과 같은 사건인 거죠?"

"그렇다네. 하지만 앞서도 말한 것처럼 그때 나는 일개 방청객으로 그 공판에 출정한 S씨의 변호를 보려고 했던 것뿐일세."

"그 다음은 어떻게 되었나요? 그 공판의 결과는?"

"바로 그걸 지금부터 이야기하려던 참이었다네."

라며 F씨는 거기에 있던 두툼한 예심조서 묶음을 책상 위에 올려놓았다.

5

"그 후의 일이었다네. 내 앞으로 야마모토 세이이치라는 자가 편지를 보내왔어. 편지를 보니 그는 S감옥에 복역 중인 기결수더군. 그런데 가만히 생각해보니 그 이름은 예전에 내가 S씨의 변론을 듣기 위해 방청했을 때 본 그 한쪽의 피고인이 아닌가 싶었어. 아무래도 어디선가 들어본 적이 있는 이름 같았거든.

하지만 그 피고인이 이제 와서 무슨 일로 내게 편지를 보낸 것인지 그 점이 참으로 궁금했어. 그 공판의 언도는 이미 오래전에 끝났을 텐데, 라고 생각하며 나는 그 편지의 봉투를 뜯었다네.

편지를 읽어보니 '예전에 공판이 있었을 때 저는 선생님의 변론을 들은 적이 있었는데 꼭 좀 변호를 청하고 싶으니 감옥까지 면회를 한번 와주십시오.'라는 내용이었어.

그날 내 변론이 끝난 뒤에 그 피고의 공판이 열렸으니 나를 기억하고 있었던 것이겠지. 아무리 그렇다 해도 왜 이제 와서 그런 소리를 하는 건지 나는 좀 이상하다고 생각했다네. 왜냐하면 그 사건은 앞서 말한 것처럼 피고가 명백하게 자백을 했으니, 거기에 다시 변호사를 더해 다툴 필요는 없으리라 여겨

40

졌기 때문이었다네. 더구나 S씨와 같은 변호사도 있지 않았는가? 만약 사실을 극력 부인했던 다른 한쪽의 피고가 내게 다시 변호를 의뢰한 것이라면 그나마 이해가 갔을 거네. 그래도 어쨌든 면회를 와달라고 하기에 일단은 가서 만나보기로 했다네.

그런데 그와 거의 동시에 공범인 고지마 리키치로부터도 내게 역시 같은 일을 청하고 싶다는 편지가 왔다네. 그래서 나는 그 두 사람을 모두 면회했는데 여기서는 고지마 리키치 쪽의 모습부터 먼저 얘기하기로 하겠네. 그 이유는 리키치가 범죄 사실을 극력 부인하고 있는 만큼 그의 직감력이 놀라울 정도로 예민해졌기에, 그의 말 가운데서 이번 사건에 대한 어떤 암시를 얻을 수 있기 때문일세.

어느 날 나는 S감옥으로 갔다네.

나는 리키치를 변호인 면회장에서 만났는데 그는 내 얼굴을 보자마자 열심히, 집요하게, 그리고 달변으로, 마치 청산유수처럼 막힘없이 이야기하기 시작했다네. 그 사건은 결코 자신이 저지른 범죄가 아니라는 사실을 극도로 흥분해서 이야기했다네. 그야 그럴 만도 했지. 자신의 목숨을 잃을지도 모를 위험한 갈림길에 서 있었으니.

"선생님, 이번 사건은 정말 이상한 사건입니다. 저는 전과도 꽤 있어서 감옥에 몇 번이고 와봤지만, 이번처럼 이상한 사건은 처음입니다."

라고 리키치가 외쳤다네.

"왜냐하면 말입니다, 선생님. 그 세이이치와 저는 꽤 오래 전부터 친구였습니다만, 그 사람에게 원한을 살 만한 짓은 한 번도 한 적이 없었습니다. 그런데 어떻습니까, 선생님. 저는 전혀 알지도 못하는 강도·살인죄를 제게 뒤집어씌웠습니다. 아니, 뒤집어씌우는 건 상관없지만, 자신도 역시 그 범인이라고 주장하고 있습니다. 그리고 저와 마찬가지로 사형을 선고받았습니다. 그런데 선생님, 저는 이상해서 견딜 수가 없습니다. 누구든 자신의 목숨을 아끼지 않는 자는 없지 않습니까? 그런데 세이이치 녀석은 자기 스스로 앞장서서 목숨을 버리려하고 있습니다. 그 사건은 세이이치도 저지르지 않았다고 저는 생각합니다. 그날 밤의 일은 잘 모르겠지만, 그 무렵에 세이이치는 도쿄(東京)에 없었을 겁니다. 어딘가 시골에 있었을 겁니다. 히비야 공원에서 저를 만나 그날 밤 후카가와로 갔다는 건 새빨간 거짓말입니다. 무슨 이유로 그런 얼토당토않은 얘기를 해서 스스로 사형을 선고받은 건지, 전혀 짐작도 되지 않습니다. 그놈 아무래도 정신이 이상해진 거 같은데, 저까지 휘둘려서 봉변을 당해 목숨을 잃고 싶지는 않습니다. 그렇게 사형을 선고받고 싶다면 자기 혼자서 받으면 될 거 아닙니까? 저승길의 길동무로 저까지 끌어들일 필요는 없다고 생각합니다. 저는 그놈에게 그렇게 원한을 살 만한 짓은 한 적이 없다고 생각하는데, 대체 어떻게 된 일인지 모르겠습니다."

리키치는 필사적이었다네.

"하지만 자네가 지금 복역하고 있는 사건은 그와 함께 저지른 일 아닌가? 더구나 그것이 절도였기에 그 초밥집 살인사건도 역시 공모해서 절도를 위해 들어간 것이라 인정받고 있는 걸세."

라고 내가 말했다네.

"그야 이해가 가지 않는 것도 아닙니다. 선생님, 물론 제가
지금 복역 중인 사건은 틀림없이 함께 저지른 일입니다만, 초
밥집 사건이 일어난 건 그보다 훨씬 전입니다. 그 사건이 일어
났을 무렵에 세이이치와 저는 같이 있지 않았습니다.

처음 이야기를 나누었을 때 세이이치는 그날 요코하마(橫
浜)였나 요코스카(橫須賀)에 있었다고 분명히 말했는데 법정
에서는 그런 적 없다고 시치미를 떼고 있습니다. 대체 어떻게
된 일인지, 저는 세이이치의 속내를 전혀 알 수가 없습니다.
이 모두가 꿈이 아닐까 여겨질 정도입니다."

"그렇다면 그 사건이 있었을 때, 자네는 어디에 있었지?"

"그게 말입니다, 선생님. 저는 그때 시즈오카(静岡)에서 기
차를 탔습니다. 그리고 그 이튿날 아침에 도쿄에 도착했습니
다."

"그렇다면 그 사실을 증명하기는 약간 어렵겠군."

"아닙니다. 그때 저는 1등실에 있었으니 보이가 기억하고
있을 겁니다. 보이에게도 팁을 잔뜩 주었으니 틀림없이 기억
하고 있을 겁니다."

"증거신청을 했는가?"

"네, 몇 번이고 했습니다만 전부 각하되었습니다."

"그거 참 너무하는군."

"그렇습니다. 재판장은 제가 진범이라고 굳게 믿고 있기에
그럴 필요 없다고 생각하고 있는 듯합니다."

"그렇다면 그 짚신은 어떻게 된 거지?"

"짚신에 대해서 저는 아무것도 모릅니다. 정말 말도 안 되는 이유를 붙여서 유죄로 만들려 하고 있습니다."

"야마모토 세이이치가 어째서 그런 자백을 한 것인지 자네는 짐작도 되지 않는단 말이지?"

"네, 조금 전에도 말씀드린 것처럼 마치 꿈을 꾸고 있는 것 같습니다. 그래서 저는 선생님께서 세이이치의 정신감정을 해 주셨으면 합니다."

"자네는 그 감방에 나온다는 유령에 대해서 어떻게 생각하는가?"

"네, 선생님. 그게 좀 이상하지 않습니까? 만약 저와 함께 그 초밥집 일가를 살해했다면 그 세 유령은 제게도 나타나야 하지 않겠습니까? 그런데 제게는 단 하룻밤도 나타나지 않았습니다. 그런 불공평한 유령이 어디 있겠습니까?"

"흠."하고 나는 미소를 지었다네.

"그러니 선생님, 그 유령이야기는 전부 거짓말입니다. 틀림없이 세이이치가 누군가와 공모해서 만들어낸 연극일 겁니다. 물론 저는 초밥집 가족을 살해한 적이 없으니 유령이 나올 리 없습니다만."

"재판소에서도 유령이야기를 알고 있겠지?"

"모를 리 있겠습니까? 재판장은 그것이 세이이치의 양심의 가책에서 온 것이라고 말하고 있습니다."

"그렇다면 자네가 유령을 보지 못한 것에 대해서는 어떻게 말하고 있나?"

"그게 말입니다, 선생님. 정말 사람을 무시하고 있습니다. 저는 뻔뻔한 놈이기에 양심의 가책을 받지 않는 것이다, 다시 말해서 저는 양심이 없다는 겁니다. 제가 유령을 보지 못했다는 사실을 제가 범죄를 저지르지 않았다는 증거로 보지 않고, 오히려 제게 양심이 없기 때문이라고 생각하고 있습니다. 저는 정말 분해서 견딜 수가 없습니다."

"자네가 전과 십 몇 범이기에 재판소에서 그렇게 보는 거겠지."

"하지만 선생님 세이이치도 전과 몇 범이나 되는 놈입니다. 양심 같은 건 약에 쓰려고 해도 찾아볼 수 없습니다."

"하지만 세이이치는 그처럼 자백을 했기에 양심이 있는 거라고 인정받은 거야. 지금의 재판소에서는 거짓이 됐든, 뭐가 됐든 자백해버리면 그것으로 문제는 해결돼버리고 말아. 그리고 양심이 있다고 여겨지니 자네가 그렇게 인정을 받은 것도 어쩔 수 없는 일이야."

"하지만 선생님, 저는 꿈에도 알지 못하는 사건 때문에 사형을 당한다면 분해서 참을 수가 없으니 부디 저를 도와주시기 바랍니다."

리키치가 이렇게 말하며 애원했다네.

나는 이 사람이 진범인지 아닌지 아직 충분히 통찰할 수는 없었다네. 하지만 당황한 모습, 어리둥절한 표정으로 그 이상한 사건을 이야기하는 태도가 일부러 꾸며낸 것이 아니라는 점만은 분명히 알 수 있었다네.

"어쨌든 자네와 야마모토 세이이치의 예심조서를 잘 살펴보기로 하겠네. 그런 다음에 내 의견을 들려주기로 하지."

나는 이렇게 말하고 리키치와 헤어졌다네. 그는 집요할 정도로 누명을 벗게 해달라고 내게 애원했다네."

6

다음으로 F씨는 야마모토 세이이치와 면담한 내용을 이야기했다.

"S감옥으로 가서 세이이치를 만나보았다네. 역시 그날 공판에서 보았던 청년이었다네. 그가 나를 잘 알고 있다는 듯 가볍게 인사를 하고,

"선생님, 저는 사형 판결을 받았습니다."

라며 매우 의외라는 표정을 지었다네. 그때의 기세 좋았던 태도와는 달리 완전히 풀이 죽은 모습이더군.

"그야 당연한 일이지. 자네는 3명이나 죽인 강도범이니 사형을 받는 건 상식이야. 그때의 다른 한 명도 역시 사형인가?"

라고 내가 일부러 물어보았다네.

"네, 그 녀석도 역시 사형입니다."

라며 그날은 많은 말을 하지 않고 기가 꺾여 있더군.

"자네는 그때 아주 명백하게 자백을 하지 않았는가? 사형이 될 거라고 전에부터 각오하고 있었던 것 아닌가?"

라고 내가 다시 물었다네.

"네, 사실 저는 사형이 되리라고는 생각지도 못했습니다. 제가 자백을 했으니 형량이 깎여 무기징역이 될 줄로만 알고 있었습니다."

라고 그가 말하더군.

"그건 좀 생각하기 어려운 일이야. 설령 자네가 자백했다 할지라도 그렇게 잔인한 살인·강도를 저질렀으니 사형이 당연하지. 이제 와서 그렇게 비겁한 말을 해봐야 소용없는 일 아닐까? 조금 전에도 말한 것처럼 그렇게 훌륭하게 자백을 했으면서."

라고 나는 웃을 일은 아니었으나 공판정에서의 그 씩씩했던 모습이 떠올랐기에 미소를 지으며 말했다네.

"네, 선생님. 오늘 선생님께 와 달라고 부탁한 것도 사실은 그 일 때문입니다. 솔직히 말씀드리자면, 선생님. 저는 그 강도·살인을 절대로 저지르지 않았습니다."

"저지르지 않았다고?"

라고 내가 되물었다네.

"네, 저지르지 않았습니다."

라고 상대가 강한 어조로 말하더군.

"하지만 자네는 공판정에서 그렇게 술술, 순서에 따라서 자백을 하지 않았는가? 그 자백이 설마 다른 사람의 강요에 의해서 행해진 것이라고는 여겨지지 않는데."

당시 나는 정말로 그렇게 믿고 있었다네. 그때 그의 자백은 오히려 적극적이었기에 결코 다른 사람의 고문, 거짓말, 협박에 의해서 자백한 것이라고는 여겨지지 않았다네.

"아니, 그렇지 않습니다, 선생님. 그건 전부 거짓말입니다. 처음부터 끝까지 전부 거짓말을 한 겁니다. ……"

라고 상대방이 내 말을 가로막듯 우겼다네.

"흠……."

하고 나는 잠시 생각에 잠겼다네. 그러고 보니 그때의 자백은 내가 직감했던 것처럼 앞뒤가 너무 잘 맞아 떨어졌어.

"그렇다면 자네는 그 강도·살인 사건을 절대로 저지르지 않았단 말인가?"

"네, 저지르지 않았습니다."

"그런데 왜 그런 터무니없는 자백을 한 거지?"

"선생님, 그건 이렇게 된 겁니다."

라며 그가 당시 내게 한 말은 다음과 같은 것이었다네."

7

F씨는 그 기괴하기 짝이 없는 내용, 야마모토 세이이치가 완전히 허위로 자백했다고 하는 그의 이야기를 내게 자세히 들려주었다. 지금 여기서 그 놀랍고도 무시무시한 형사재판의 진상을 이야기하기로 하겠다.

그 이야기를 하기에 앞서 반드시 설명해두어야 할 것이 있다. 그것은 이번 사건을 자백한 자에 대한 것이다. 야마모토 세이이치의 성장과정과 그 성격에 대해서. 이 중요한 설명을 하지 않으면 이야기 전체에 걸친 필자의 기술이 매우 부자연스러워져서 독자가 세상에 그런 일이 있을 수 있냐는 의심을 품게 될지도 모르기 때문이다. 그 정도로 이 이야기의 주인공은 성격이 파탄되어 있다. 그 정도로 현대의 형사재판은 기괴하기 짝이 없는 것이다.

서설은 이 정도로 하고 지금부터 본론으로 들어가겠다.

당시 야마모토 세이이치는 전과 몇 범의 절도범이었으나, 그의 집안은 도쿄에서도 가장 번화한 곳에서 닭고기 집을 운영하고 있었으며, 그는 그 가게의 주인인 야마모토 후쿠조(山本福藏, 가명)의 장남으로 태어났다.

후쿠조는 그런 장사를 하는 사람들이 대부분 그렇듯, 자식의 교육에는 전혀 관심을 두지 않았다. 오로지 손님만을 소중히 여기며 계산대와 주방 사이를 오갔을 뿐이었다. 그리고 자식들에 관한 일은 전부 아내에게 맡겨두었다.

그런데 그 아내에게는 번화가에 사는 사람의 기질이 있어서 돈을 함부로 썼으며, 원래 화려한 것을 좋아했기에 아이를 하고 싶은 대로 내버려두는 것 외에 그 어떤 교육도 시키지 않았다.

이러한 가정에서 자란 장남 세이이치는 매일 밤낮으로 어머니께 용돈을 졸라서는 시내의 번화가에서 유흥을 즐겼다. 그러던 그는 어느 틈엔가 불량소년들 사이로 들어가 이미 한 무리의 우두머리가 되어 있었다.

그렇게 되자 그는 어머니가 건네주는 얼마 되지 않는 돈만으로는 씀씀이를 감당할 수 없게 되었다. 그래서 집안사람들의 눈을 속여 금고 안에서 돈을 꺼내 쓰게 되었다. 그것이 거듭될수록 그의 도벽은 점점 습관이 되어버렸다.

그가 나쁜 버릇에 완전히 물들어 불량소년들의 무리에서 소매치기들의 무리로 들어갔을 때 그의 나이는 이미 스무 살 가까이 되어 있었다.

그 사이에 세이이치는 몇 번인가 경찰서에 검거되었다. 하지만 상당한 자산이 있는 집안의 아들이었기에 그때마다 아버지 후쿠조가 경찰서로 불려갔다. 그리고 언제나 훈계를 들은 뒤 방면되었다.

후쿠조는 세이이치를 친척에게 맡긴 적도 있었다. 다른 사람의 물건을 훔치지 말라고 늘 상당한 돈을 쥐여준 적도 있었다. 그러나 그러한 것들은 세이이치의 성격을 교정하는 수단이 전혀 되지 못했다. 그리고 결국에는 절도범이 되어 감옥에 던져지게 되었다.

하지만 부모는 그 일로 자신의 아들을 버리지는 않았다. 미결수로 있는 동안에는 차입을 충분히 넣어주었다. 형기를 마치고 나왔을 때는 석방을 기념하는 놀이도 하게 해주었다. 그리고 눈물을 흘리며 마음을 고쳐먹으라고 설득하기도 했다.

부모가 자애를 베풀면 베풀수록 세이이치의 악습은 더욱 나빠지기만 할 뿐이었다. 그리고 그는 두 번, 세 번, 절도범으로 감옥의 문을 지났다.

세이이치는 점점 감옥 생활에 익숙해지기 시작했다. 그리고 한편으로는 부모란 어디까지나 자식에게 무른 법이라고 생각하게 되었다.

세이이치의 생활환경은 이상과 같은 것이었다. 그 성격은 이러한 환경에서 만들어져왔다.

8

세이이치는 이번으로 다섯 번째 감옥에 갇히게 되었다. 그는 벌써 25세가 되어 있었다. 그리고 이번 형기는 누범가중[7]

으로 징역 2년을 언도받았다.

세이이치가 언제까지고 그 악한 마음을 고치지 않고 또 다시 징역 2년을 언도받았다는 사실을 알게 되었을 때, 아버지 후쿠조는 이번에야말로 은애의 정을 끊어야겠다고 생각했다. 부모가 언제까지고 그에게 은애를 쏟아 붓는 한, 그의 죄업은 더욱 깊어질 뿐이라고 생각했다.

후쿠조는 처음으로 눈이 뜨였다. 그랬기에 눈물을 머금고 세이이치와 영원히 의절하기로 마음먹었다. 그는 감옥에 있는 세이이치에 대해서 아들로서의 신분과 상속권을 박탈하는 절차를 밟았다.

감옥에서 그 사실을 알았을 때 세이이치는,

'이거 큰일 났다.'싶어 마음속으로 크게 놀랐다.

세이이치는 전과 5범의 절도범이기는 했으나 누가 뭐래도 어렸을 때부터 도련님 대접을 받으며 자랐다. 그는 먹을 것이 없어서 도둑질을 한 것이 아니라 타고난 도벽 때문에 도둑질을 한 것이었다. 그 도벽이 그를 거기까지 끌고 간 것이었다. 그리고 이후 감옥에서 나가면 세상에는 훌륭한 부모가 떡하니 버티고 있어서 자신을 언제까지고 보살펴줄 것이라고 생각했다.

그런데 그 부모님이 뜻밖에도 자신을 완전히 내치고 말았다. 자신을 내쳐서 자신은 영원히 부모의 집으로 돌아갈 수 없는 몸이 되어버리고 말았다. 그런 생각이 들자 그는 방면된 뒤

---

7) 累犯加重. 누범에 대해 형을 더 무겁게 내리는 처벌. 법정형의 2배까지 가중할 수 있다.

의 일이 걱정되어 견딜 수가 없었다.

세이이치는 설령 부모에게 버림을 받는다 할지라도 혼자 독립해서 소매치기로 먹고 살겠다는 그런 배짱은 전혀 가지고 있지 않았다. 소매치기를 업으로 삼을 만큼 대담한 성격이 아니었던 것이다. 다시 말해서 지금까지는 좋은 집안의 불량아로서 그 불량행위의 연장선에 있었던 것에 지나지 않았다.

그는 전과자로서 다시 세상에 나갔을 때의 자신을 생각해 보았다. 의지하고 있던 부모님이 자신을 내쳤을 뿐만 아니라 친척들도 전부 자신을 돌아보지 않을 것임에 틀림없었다.

그렇다고 해서 자신에게 독립해서 살아갈 수 있을 만한 힘은 어디에도 없었다. 생활에 어려움을 겪게 되었을 때 자신이 할 수 있는 일이라고는 소매치기밖에 없었기에 역시 자신은 다시 감옥 속의 사람이 될 수밖에 없으리라. 이런 생각이 들자 그는 마음이 어두워졌다. 그리고 매일 우울함에 빠져 있었다.

'차라리 아예 세상으로 나가지 말까? 평생 여기에 있는 편이 더 안심하고 살아갈 수 있을지도 몰라.'

그는 이렇게 생각했다.

'홋카이도(北海道)로 가면 마치 사회에 있는 것과 다를 바 없다고 거기서 여러 해 복역했던 25호가 언젠가 말한 적이 있었는데, 그게 사실일까……'라고도 그는 생각했다.

이에 그는 노역을 마치고 밤이 되어 감방에 돌아왔을 때, 홋카이도의 감옥에 있었다던 25호에게 물었다.

"그쪽에서의 복역은 정말 편한가?"

"응. 홋카이도는 말이지 중죄인 중에서도 전부 무기에 가까운 녀석들만 있어서 우대를 받고 있어."

라며 25호는 자신만만했다.

"배급도 좋겠지?"

세이이치는 그것이 가장 마음에 걸렸다.

"물론이지. 그 감옥에서는 소와 돼지를 아주 많이 기르고 있거든. 그래서 우유와 고기는 얼마든지 먹을 수 있어."

"정말 대단하군."

"정말 대단하지. 사회에 있는 것과 조금도 다를 바가 없다니까."

"하지만 겨울에는 춥겠지? 누가 뭐래도 홋카이도니까."

"모르는 소리 말아. 거기는 여기와 달라서 따뜻한 불을 충분히 준다고. 이곳의 감옥과는 비교할 수도 없어서……."

그 25호는 입에서 나오는 대로 허풍을 떨었다. 그런데 세이이치는 그 말을 철석같이 믿어버리고 말았다.

"그럼 정말 사회에 있는 거나 다를 바 없군."

"그렇다니까. 감옥에 있다는 생각이 전혀 들지 않아. 일요일에는 교회8)가 끝나고 나면 연극을 하기도 하고 씨름을 하기도 하며 아주 즐겁게 보내고 있어."

"흠, 그게 전부 사실인가? 너무 그럴듯한 일들만 있는데."

"정말이라니까. 내가 자네한테 뭐 하러 거짓말을 하겠는가? 정 못 믿겠으면 한번 가보라고. 그럼 내가 한 말을 이해할 수 있을 테니."

---

8) 教誨. 잘 가르치고 타일러서 잘못을 깨우치게 하는 일.

무분별한, 도련님으로 자라나 어떤 의미에서는 저능아로 보이기도 하는 세이이치에게는 이 모든 이야기가 완전히 마음에 들었다. 그리고 홋카이도에 가보고 싶다는 생각이 가슴속에 피어오르기 시작했다. 설령 방면되어 출옥해서 세상에 나간다 할지라도 부모님이 자신을 버렸으니 곧 생활에 어려움을 겪게 될 터였다. 그보다는 홋카이도에서 평생 살아가는 것이 얼마나 안심이 될지 모르겠다고 세이이치는 생각했다.

9

"홋카이도에는 무기수들만 있나?"

라고 세이이치가 25호에게 물었다.

"도카치(十勝) 감옥에는 전부 무기수들뿐이야. 유기수라 할지라도 하나같이 10년 이상 먹은 놈들뿐이지. 물론 유기는 무기에서 은사를 받아 유기가 된 자들이야."

"그럼 들어갈 때는 무기였겠군."

"그렇지."

"그럼 여기에 있다가도 무기가 되면 홋카이도로 보내지는 건가?"

"응, 물론이지."

이 말을 들은 세이이치는 홋카이도에서 평생을 보내겠다는 결심을 더욱 굳게 했다.

하지만 그는 지금 겨우 2년 형을 받았을 뿐이었다. 그리고 앞으로 1년 반쯤 지나면 그는 불안한 사회로 나갈 수밖에 없었다.

'어떻게 하면 홋카이도에서 평생을 보낼 수 있을까?'
라고 그는 생각했다.

이처럼 터무니없는 생각은 결코 평범한 사람이 할 수 있는 것이 아니다. 하지만 그는 진심으로 그렇게 생각했다. 그러나 그렇게 마음먹은 대로 재판소가 무기징역형을 그에게 언도할 리 없었다.

그 순간 그의 뇌리를 날카롭게 스치고 지나간 것이 있었다. 그것은 그가 이번 사건으로 처음 경시청에 인치되었던 당시의 일이었다. 그곳의 유치장에 있을 때였다.

'그래, 그렇게 해서 홋카이도로 갈 수단을 강구해보기로 하자……'
하고 세이이치는 고개를 끄덕였다.

세이이치가 경시청의 유치장에 있을 때였다. 거기서 이런 일이 있었다.

세이이치가 고지마 리키치와 함께 경시청에 검거되었을 때 취조를 맡은 자가 바로 그 귀신 잡는 사토였다.

그때 마침 사토는 후카가와 초밥집 살인사건의 범인이 잡히지 않아 고민을 하고 있었다. 세이이치가 그 앞에서 취조를 받을 때 사토는 탄식하며 세이이치에게 이렇게 말했다.

"야마모토, 너 그 초밥집 살인사건의 범인을 알고 있지? 네 친구 중에 그 범죄를 저지른 녀석이 있으리라 여겨지는데, 뭐 짚이는 거 없나? 그 사건만은 도저히 단서를 잡을 수가 없어……."

하지만 세이이치에게도 짚이는 바는 전혀 없었다.

"글쎄, 저는 잘 모르겠습니다."

"그런가? 혹시 네 손으로 단서를 잡을 수만 있다면, 너의 범죄는 눈감아 줄 수도 있는데."

사토는 이렇게 말하며 다시 탄식했다. 세이이치는 그때 사토가 한 말을 떠올렸다.

'내가 그 사건을 저질렀다고 하자. 그럼 홋카이도로 갈 수 있을 거야⋯⋯.'

하고 생각했다.

이 엉뚱한 생각도 세이이치에게는 매우 진지한, 그것도 상당한 묘책이라 여겨졌다.

그는 이렇게 결심한 뒤 경시청에 있는 사토 경위에게 편지를 쓰기로 했다.

세이이치로부터 편지를 받은 사토가 곧 감옥으로 찾아왔다. 그리고 두 사람은 다음과 같은 대화를 나누었다.

10

"야마모토, 초밥집 살인사건에 대해서 할 얘기가 있다니, 너 혹시 들은 얘기라도 있는 거냐?"

라며 사토가 몸을 앞으로 내밀었다.

"아니요, 제가 들은 건 아닙니다만, 사토 경위님, 그 사건의 범인 아직 잡히지 않았나요?"

라고 세이이치는 우선 물었다.

"흠, 아직 잡히지 않았어. 실은 그것 때문에 고심하고 있어."

라고 사토가 예전처럼 역시 탄식했다.

"진범이 갑자기 잡힐 일은 없을까요?"

"음, 지금 단계에서는 단서가 전혀 없어."

"그거 참 곤란하시겠네요. 어떻습니까, 사토 경위님. 제가 그 사건의 진범이 되어 자수를 할까요? ……."

"뭐, 네가 자수를 하겠다고?"

라며 천하의 사토도 순간 깜짝 놀라 세이이치의 얼굴을 바라보았다.

"정말로 범인이 나타나지 않아 경위님께서 책임상 난처한 상황에 빠졌다면, 제가 범인이 되어 자수해 드리겠습니다. 그렇게 하면 경위님도 책임을 완수할 수 있을 테니 상관에게도 체면이 설 겁니다."

"흠, 물론 자네가 그렇게 해준다면 나는 지금의 괴로운 입장에서 벗어날 수 있으니 더할 나위 없이 좋을 테지만…… 그런데 야마모토, 너 왜 갑자기 그런 말을 하는 거지? 너 혹시 진짜로 그 사건을 저지른 건 아니겠지?"

"무, 무슨 말씀을 하시는 겁니까? 전 그날 요코하마의 호도가야(程ヶ谷)에 있었습니다. 그 사건에 대해서는 아무것도 모릅니다."

"그래, 그건 나도 알고 있어, 그런데 어째서 그 사건을 뒤집어쓰겠다는 거지? 난 그걸 이해할 수가 없어."

"그건 경위님이 안쓰럽기 때문입니다."

"내가 아무리 안쓰럽게 여겨진다 해도……, 그 사건은 강도

. 살인이라 재수 없으면 사형을 먹을지도 몰라."

"그건 각오하고 있습니다. 하지만 자수를 하면 형이 하나 줄어서 무기가 되지 않을까요?"

"물론 자수를 하면 무기가 되기는 할 테지만……."

사토는 이때 이미, 어쩌면 이 사람을 그 사건의 희생양으로 삼을 수 있을지도 모르겠다고 생각하고 있었다. 그랬기에 그런 말에도 고개를 끄덕였다.

"저는 사형만 받지 않으면 됩니다. 무기가 되면 홋카이도에 갈 수 있겠죠?"

"물론이지. 무기가 되면 홋카이도에 갈 수 있지."

"홋카이도는 대우가 아주 좋다고 들었습니다. 마치 사회에 있는 것 같다고 들었는데요."

"맞아, 홋카이도는 사회에 있는 것과 다를 바가 없어."

"그럼 저는 무기가 되어 홋카이도로 가겠습니다."

그런 다음 사토는 어째서 그 사건을 뒤집어쓰고 홋카이도로 가고 싶은 것인지 그 이유를 세이이치에게 자세히 물었다.

"알았어. 네가 그렇게 각오하고 있다면 내가 틀림없이 너를 홋카이도로 보내주기로 하지."

라고 사토가 말했다.

"그런데 사토 경위님, 무기가 아니면 저는 싫습니다. 혹시 사형이라도 선고받으면 안 되니까요."

라고 세이이치가 다시 한 번 확인했다.

"그러니까 너는 자수를 하기만 하면 되는 거야."

"네, 설령 사형 선고를 받아야 할 경우라 할지라도 자수를 하면 형이 감량되어 무기가 된다고 하니 저도 그렇게 할 생각입니다.”

“알았어. 그럼 네가 자수를 한 것으로 하지.”

라며 사토는 교활하게 미소 지었다.

11

그런 다음 사토 경위는 세이이치를 초밥집 살인사건의 진범으로 만들어 사회를 속일 방법을 강구하기 시작했다.

그러기 위해서는 경시청이 어떤 단서에 의해서 세이이치를 범인으로 고발한 것처럼 꾸며야만 했다. 그래서 내가 앞서 F씨에게서 들은 감방 안의 괴담을 만들어낸 것이었다. 그리고 그 소문을 사토가 들어 단서를 잡은 것처럼 꾸민 것이었다. 여기까지는 완벽하게 성공을 거두었다.

하지만 설령 세이이치가 감방 안에서 한밤중에 연극을 한다 할지라도 그 연극을 감옥 안에 선전할 자가 없으면 일을 성공하기는 어려웠다. 그렇게 하지 않으면 효과가 떨어졌다. 이런 이유로 그 선전을 위해 뽑힌 자는 옆방에 있던, 전과 몇 범인 야마기시 데이조(山岸定蔵)라는 죄수였다.

사토 경위는 세이이치에게 유령을 이용한 방법을 전수한 뒤, 이삼일 후에 다시 감옥으로 갔다. 그리고 여죄가 있는 듯하다며, 전부터 얼굴을 알고 있던 야마기시 데이조를 면회했다. 그에게 밤이면 밤마다 세이이치가 감방 안에서 비명을 지른다는 소문을 내달라고 부탁했다.

“네가 방면되면 내가 뒤를 봐줄 테니 이번 한 번만 비밀로 하고 수고를 좀 해줘."

라고 사토가 데이조에게 말했다.

"알겠습니다. 한번 해보겠습니다. 그 대신 나리, 제가 나가
면 잘 부탁드리겠습니다."

"그건 걱정할 거 없어. 이번에 수고를 해주면 네가 나왔을
때 내가 틀림없이 뒤를 봐줄 테니."

무슨 일이든 사토 같은 사람 아래서 일을 해두면 여러 가지
로 좋을 것이라 생각했기에 데이조는 그 제안을 받아들이기로
했다.

"잘 알겠지? 유령은 일가 3명이 나온다고 소문을 내야 돼.
그 점에 대해서는 세이이치와도 입을 맞춰두었으니."

라고 사토가 말했다.

이렇게 해서 S감옥의 괴담이 만들어진 것이었다.

그런 다음 사토는 이제 됐다 싶었기에,

"이 감옥의 감방 안에서 요즘 유령이 나온다는 소문이 있던
데. 하지만 그런 유령이 진짜로 나올 리 없다는 건 말할 필요
도 없는 사실이야. 우리 경시청에서는 여죄가 있는 죄수가 양
심의 가책 때문에 그렇게 시달리는 것이라 추측하고 있다네.
그러니 그 죄수를 일단 경시청으로 압송해주기 바라네."

라는 통첩을 띄웠다.

감옥에서 사실을 확인해보니 실제로 그런 괴담이 있었으며,
또 본인을 취조해보니 역시 같은 말을 했기에 야마모토 세이
이치를 그 당사자로 경시청에 보냈다.

세이이치는 붉은빛 수의를 입은 채 감옥의 검은 자동차에

올랐다가 경시청의 현관 앞에서 내렸다.

"야마모토 세이이치가 왔다!"

이 말을 듣고 사토는 마음속으로 작약했다. 그는 세이이치 덕분에 지금까지 애를 태우며 고심하던 사건이 해결되어 상관에게는 수완을 인정받음과 동시에 칭찬을 듣고, 또 사회적으로는 명탐정이라는 이름을 마음껏 누릴 수 있게 될 것이라는 생각에 저절로 솟아오르는 미소를 금할 길이 없었다.

세이이치는 곧 사토 경위와 함께 취조실로 들어갔다.

"자, 야마모토, 거기에 앉아."

라며 사토가 기쁘다는 듯 그에게 의자를 가리켜보였다. 그리고 파격적이게도 차 따위를 자신의 손으로 따라주곤 했다.

"일이 잘 풀렸군, 야마모토. 유령은 대체 어떤 모습을 하고 있던가?"

라고 그는 농담까지 하며 웃었다.

물론 세이이치는 초밥집 살인사건에 대해서 전혀 아는 바가 없었다. 그랬기에 그는 자백을 하고 싶어도 자백을 할 만한 재료를 가지고 있지 않았다. 이에 사토는 세이이치에게 초밥집 살인사건 현장을 자세히 설명해주었다.

그리고 세이이치는 그날 밤 초밥집 주인인 무라오카 산조의 집으로 들어가기 전의 이야기를 만들어내기로 했다.

앞서 설명해두는 것을 잊었는데 산조 일가를 참살한 범인은 1명이 아니라는 감정은 조사관헌, 즉 경시청과 판검사 등의 일치된 의견이었다.

따라서 만약 세이이치가 자백을 한다 할지라도 세이이치

혼자서는 그 감정과 부합하지 않게 된다. 그렇게 되면 그 자백이 의심을 받게 될 것은 자명한 사실이었다. 이에 세이이치 외에도 공범 한 명을 날조해내지 않으면 안 되었다. 그 비참한 희생양이 된 것이 바로 고지마 리키치였다.

세이이치의 말에 의하면 처음에는 리키치를 공범으로 끌어들이는 일을 세이이치는 반대했다고 한다. 설령 공범은 따로 있는데 그는 도망을 쳤다고 하는 한이 있다 할지라도 불쌍한 리키치에게 그 죄를 뒤집어씌우는 것은 사이좋은 친구로서 못할 짓이라고 세이이치는 생각했던 것이다.

하지만 실적을 쌓고 싶다는 욕심에 굶주려 있던 사토는 그것을 받아들이지 않았다. 그리고 결국은 세이이치를 설득해서 리키치를 공범으로 끌어들이기로 했다고 한다.

리키치가 세이이치와 함께 초밥집 살인사건을 저질렀다는 증언은 세이이치가 했다. 하지만 그를 위해서는 범행 현장에 떨어져 있던 새 짚신을 어떻게 해서든 리키치와 연결 지어야만 했다. 그랬기에 사토는 세이이치에게 리키치의 신상에 대해서 여러 가지로 물어보았다. 그러다 사토는 마침 적당한 이야기를 세이이치에게서 듣게 되었다.

"리키치의 처가에서 짚신을 만들고 있습니다."
라는 말이었다.

"됐어. 그거면 충분해."
라고 사토는 회심의 미소를 지었다.

그런 다음 사토는 초밥집 살인사건을 어떻게 자백해야 하는지 그 순서를 자세히 가르쳐주었다. 그리고 앞서 이야기한 것처럼 누가 봐도 진실인 듯한 자백 기록을 완성한 것이었다.

제1심에서 이마무라 재판장은 그 공술을 전부 신용해 세이이치와 리키치에게 사형을 선고해버리고 말았다.

세이이치가 F씨에게 이야기한 허위 자백의 경위는 대략 이와 같은 것이었다.

12

"이렇게 해서 두 사람 모두 사형을 선고받게 된 걸세. 어때, 놀랍지 않은가? 예수께서 남을 심판하지 말라고 말씀하셨는데, 천하의 명판관인 이마무라 교타로 씨도 신이 아니기 때문에 이런 과오를 저지르고 말았다네."

라고 F씨가 다시 차가운 차로 목을 축이며 이 긴 이야기 뒤에 숨을 돌렸다.

"하지만 말일세, 변호사가 감옥의 면회장에서 피고인으로부터 이런 이야기를 들었다고 해서 중대한 오판을 발견했다며 기고만장해서는 안 된다네. 특히 형사 피고인이나 수감자 중에는 이상한 변태 심리를 가진 자들이 있기 때문에 세심한 주의를 기울일 필요가 있어. 생각해보면 야마모토 세이이치가 그런 자백을 했다는 것도 도저히 믿을 수 없는 사실 아니겠는가? 리키치가 말한 것처럼 정신에 이상이 있는 게 아닐까 여겨질 정도라네."

라고 F씨가 설명했다.

"그래서 나는 이 사건에 대해서 연구하기 시작했다네. 두 사람에 관한 사건 기록은 너무나도 간단한 것이었다네. 그럴 수밖에 없었겠지. 이 재판에 쓰인 조서는 세이이치가 사범(事犯)의 내용을 공술한 삼사십 매 정도의 분량이 전부였으니. 그리고 리키치는 사실 전부를 부인했기에 공술이라고 할 만한 것이 거의 없었다네.

물론 경찰관의 보고서와 판검사의 실지검증조서가 있기는 했지만 그것도 매우 비과학적이고 엉성한 억측에 의해 적당히 작성된 것이었다네.

어쨌든 나는 세이이치의 공술서와 조사관헌의 조서를 검토하기 시작했다네.

언뜻 생각하기에 방대한 조서는 그 검토가 매우 어려울 듯하지만 사실은 그렇지 않다네. 왜냐하면 거기서는 수색관헌의 모순을 여럿 발견할 수 있기 때문이지. 그리고 그 모순에서 여러 종류의 당착이나 상관관계 등을 찾아내 적을 공략하는 것은 그리 어려운 일이 아니야. 다시 말해서 그 자백이 허위일수록 방대한 조서에서는 커다란 허점을 찾아낼 수 있는 법이라네.

하지만 세이이치의 사건처럼 공술이 간단하면 오히려 그 모순을 찾아내기가 매우 어렵다네.

나는 우선 세이이치의 공술과 형사, 판검사 등의 보고서, 검증조서를 비교 검토해보았다네. 하지만 과연 그 방면에 노회한 형사에 의해 만들어진 것이었기에 범행 현장과 세이이치의 공술은 참으로 치밀하게, 그리고 교묘하게 부합했다네. 안타깝지만 나는 그 비교 검토에 성공하지 못했다는 사실을 고백할 수밖에 없다네. 그래서 나는 이 검토를 행하는 사이에 혹시 세이이치가 사형을 두려워한 나머지 있지도 않은 사실로 내게 도움을 청한 것이 아닐까 하는 의심이 들기도 했다네. 나는 세이이치와 리키치의 심사를 잘 통찰하고 있다고 생각했으나 그 공술과 현장의 검증 조서가 완벽하게 일치했다네. 이마무라 재판장이 제1심에서 두 피고에게 사형을 선고한 것도 당연한 일이라 여겨졌다네.

비교 검토에서는 이렇다 할 효과를 거두지 못했다네. 나는 약간 실망해서 이번에는 세이이치의 공술서에 모든 신경을 집중하기로 했다네.

나는 몇 개월에 걸친 이 사건에 대한 연구를 완전히 포기해 버리고 말았다네. 그리고 내 머리를 완전히 일신해서 충분히 비우기에 노력했다네.

며칠 후, 나는 조용히 세이이치의 조서를 읽기 시작했지.

첫 부분을 읽었다네. 한때는 이번에도 역시 앞서 행했던 검토와 같은 결과로 끝나버리는 것이 아닐까 걱정이 되기도 했다네. 그런데 그 공술서의 마지막에 가까운 부분에서 나는 이상한 말을 하나 발견했다네. 거기에는,

"전에도 말씀드린 것처럼……."

이라는, 어떤 사실을 이야기하기에 앞서 한 말이 있었다네.

"전에도 말씀드린 것처럼……."

나는 다시 입속에서 되뇌어보았다네. 그리고,

"이거다!"하고 외쳤다네.

이야말로 귀신 잡는 사토의 천려일실[9]이라고 하지 않을 수 없었다네. 왜냐하면 세이이치의 이 공술은 그가 S감옥에서 처

음으로 경시청에 소환되었을 때 그 자리에서 자백한 것이었기 때문일세. 그런데 "전에도 말씀드린 것처럼……."이라니, 대체 무엇을 의미하는 것일까?!

"전에도 말씀드린 것처럼……."이라고 말했으니 세이이치는 그 이전에 사토 형사와 어딘가에서 이야기를 나눈 셈이 되네. 그렇지 않고서야 이런 말은 절대로 나올 수가 없지 않겠는가!

나는 이 한마디가 있으니 세이이치가 S감옥에서 사토 경위와 만나 홋카이도로 가는 일에 대해서 이야기를 나누었다는 사실을 충분히 확증할 수 있을 것이라 믿었다네.

세이이치에 대한 결정적인 믿음을 나는 이 한마디에서 얻을 수 있었다네.

말할 것도 없이 이 조서를 꾸민 것은 사토 경위였다네. 그는 이 대대적인 연극 가운데 자신의 손으로 저지른 뜻밖의 자가당착이 있으리라고는 꿈에도 생각지 못했을 테지. 공든 탑이 무너진다는 건 바로 이럴 때 쓰는 말 아니겠나.

물론 "전에도 말씀드린 것처럼……."이라는 이 간단하고 매우 추상적인 한마디밖에 세이이치의 자백을 뒤엎을 만한 무기나 수단은 아무것도 없었지만, 그래도 나는 이 유일하고도 이상한 말을 방패삼아 세이이치와 리키치 두 사람의 목숨을 교수대 위에서 끌어내리기로 결심했다네."

F씨는 이렇게 말했다. 그리고 그 공판에 대해서 이야기를

---

9) 千慮一失. 지혜로운 사람이라 할지라도 여러 생각 가운데는 실수가 있을 수 있다는 뜻.

계속했다.

13

F씨가 제2심 공판정에서 야마모토 세이이치의 놀라운 허위 자백에 대해서 이야기하자, 법정에 있던 모든 사람이 그 기괴한 사실에 망연자실했다. 지금부터는 F씨를 그냥 변호인이라 부르기로 하겠다.

하지만 변호인이 보고한 세이이치의 말이야말로 있을 수 없는 허망한 진술이라고 그 자리에서 단정한 것은 담당 검사였다. 검사는 이렇게 말했다.

"그런 말에는 어떠한 신빙성도 없습니다. 피고의 망상이 낳은 것입니다. 왜냐하면 피고는 경시청의 사토 경위와 S감옥에서 만나 그 허위 자백을 논의했다고 하는데, 감옥의 면회소에서 그런 당치도 않은 일의 상의가 가능할 리 없습니다. 감옥의 면회소에는 감옥의 간수부장이나 그 외의 관리가 입회합니다. 따라서 가령 사토 경위와 피고 세이이치에게 그런 의지가 있었다 할지라도 실제로는 그런 일을 상의할 수 없습니다."
라고 주장했다.

이 항의는 당연한 것이라고 변호인도 생각했다. 하지만 이러한 항의는 변호인 역시 진작부터 예상하고 있었기에 그에 대해서는 변호인도 이미 충분히 조사를 해두었다. 그랬기에 변호인은 다음과 같이 항변했다.

"지금 검사께서 말씀하신 부인 이유는 참으로 지당한 것입니다. 하지만 거기에 대해서는 변호인도 충분히 준비를 해서 그렇게 보고한 것이지, 결코 피고의 허황된 망상을 듣고 그것을 바로 진실이라 믿어 법정에서 보고할 정도로 경솔한 행동을 한 것은 아닙니다. 검사께서는 감옥의 면회소에는 감옥의 관리가 입회하기 때문에 거기서 사토 경위와 피고가 제가 앞서 말씀드린 것과 같은 기괴한 상의는 할 수 없었을 것이라고 말씀하셨으나, 저도 그 점을 이상히 여겼기에 우선은 세이이치에게도 직접 신중하게 물어보았습니다. 그리고 S감옥에도 역시 문의를 했습니다. 그랬더니 사실은 검사께서 상상하신 것과 전혀 반대로, 감옥에서는 경시청의 관리를 신용해서 감옥의 관리는 아무도 입회하지 않았다고 명백하게 증언했습니다."

변호인의 이 한마디로 검사는 더 이상 그 점에 대해서 다툴 수 없게 되었다. 이렇게 해서 검사의 첫 번째 공격은 덧없이 실패로 돌아가 버리고 말았다.

변호인은 승리한 기운을 몰아 공세에 나섰다. 하지만 유일한 무기—그 공술서 속에 있는 모순된 세이이치의 말—는 아직 사용하지 않았다.

변호인은 재판장에게 이렇게 신청했다.

"피고 세이이치가 허위 자백을 한 것은 피고가 부모님으로부터 버림을 받아 번민한 끝에 평생을 홋카이도에서 보내야겠다고 결심했기 때문인데, 거기에 더해 전에 그가 경시청에 유치되었을 때 사토 경위가 초밥집 살인사건의 범인이 잡히지 않는다며 번민한 적이 있었기에 그를 매우 안쓰럽게 여겨서 그 사건을 자신이 뒤집어쓰겠다고 생각한 것이 동기로, 그것을 위해서 세이이치는 경시청의 사토 경위에게 편지를 보냈다고 진술했습니다. 만약 감방에 유령이 나온다는 말만을 듣고 경시청에서 세이이치를 불러들인 것이라면, 그 전에 그런 편지를 보낼 필요는 어디에도 없었을 것입니다. 세이이치는 그 편지를 분명히 보냈다고 말했습니다만, 사토 경위는 결코 받은 적이 없다고 주장할 것이 분명합니다. 하지만 이 사실은 아주 간단히 판단할 수 있습니다. 그것은 세이이치가 복역하고 있는 S감옥의 수감자 발신부를 조사해보면 알 수 있습니다. 발신부에는 수감자가 편지를 보낼 때마다 발신인과 수신인의 이름을 명기하게 되어 있으니 그보다 더 확실한 증거는 없으리라 여겨집니다. 따라서 재판소에서는 그 점을 조사해주셨으면 합니다."

재판장은 몇 번이나 망설인 끝에 결국은 그것을 허가했다. 그 결과 세이이치의 말대로 모월 모일에 야마모토 세이이치가 경시청 경위인 사토 곤지로에게 편지를 보냈다는 사실을 확인할 수 있었다.

첫 번째 전투에서 승리를 거둔 변호인은 두 번째 전투에서도 멋지게 대승을 거두었다. 이렇게 해서 세이이치가 사토 경위에게 편지를 보냈다는 사실이 분명히 밝혀졌다.

변호인은 사토 경위를 증인으로 환문할 것을 재판장에게 신청했다. 이 신청은 아무리 망설이기를 좋아하는 재판장이라 할지라도 허가하지 않을 수 없었다.

다음 공판에 귀신 잡는 사토라 불리는 그가 그 독수리 같은 눈을 평소와는 달리 겁먹은 듯 번뜩이며 출정했다.

변호인이 사토에게 이렇게 요구했다.

"증인(사토)이 피고 세이이치로부터 모월 모일에 감옥을 경유한 편지를 받은 일은 부정할 수 없는 사실입니다. 그러니 그 편지에 어떤 내용이 담겨 있었는지 그것을 잠시 보여주셨으면 합니다. 이는 사건의 결과에 중대한 영향을 줄 만한 일입니다."

하지만 사토는 예상했던 대로 그런 편지는 받지 못했다고 주장했다. 그는 공문서에 명기된 사실조차 부인한 것이다.

"여기서 재판장님께 한말씀 드리고 싶습니다. 증인은 관리입니다. 따라서 감옥에 비치되어 있는 공문서가 어떠한 것인지는 충분히 이해하고 있을 것이라 믿습니다. 그런데 감옥의 관리가 작성한 관문서에 명기되어 있는 사실을 이 공판정에서 부인하고 있습니다. 이 점을 저는 재판소의 심증에 호소하고 싶습니다. 그리고 이 사범에 대한 재판소의 현명한 판단을 요구하는 바입니다."

이렇게 말한 변호인이 다시 말을 이었다.

"증인은 피고 세이이치로부터 편지를 받지 않았다고 관문서에까지 명기된 사실을 부인하고 있습니다만, 여기에 증인이 절대로 부인할 수 없는 사실이 하나 있습니다. 저는 지금 그것을 여기서 제출하겠습니다. 그런데 그 전에 재판장님께서 증인에게 물어봐 주셨으면 하는 것이 있습니다. 그것은 피고 세이이치의 자백조서입니다. 이 세이이치의 자백조서는 대체 누가 작성한 것인가 하는 것입니다. 물론 그 조서에는 '청취인 경시청 경위 사토 곤지로'라는 서명 날인이 있습니다. 그러나 사토 증인은 관청의 관문서조차 부인하는 사람이니 이 서명이 정말 오늘 재판소에 출정한 증인 자신의 것인지를 증인으로부터 명백히 듣고 싶습니다."

그런데 이 변호인의 요구에 재판장은 희미한 미소로 대답했다. 물론 그럴 필요 없다고 인정한 것이리라.

"그건 증인이 작성한 것임에 틀림없을 것입니다."

라고 재판장은 말한 뒤, 사토 경위를 바라보았다. 그는 고개를 끄덕였다.

"알겠습니다. 피고 세이이치의 자백조서는 틀림없이 증인의 손으로 작성한 것이라고 증인 스스로 인정하고 있으니 재판장님께서 증인에게 다시 한 번 물어봐주셨으면 합니다. 이 조서의 32쪽 두 번째 단락 앞부분에 피고 세이이치가 질문에 답하면서, '전에도 말씀드린 것처럼…….'이라고 말한 부분이 있는데 이는 어떤 의미인지, '전에도 말씀드린 것처럼'이라고 말했으니 이때 두 사람의 회견은 이미 두 번째이거나 혹은 세 번째일 것임에 틀림없습니다. 그렇다면 두 사람이 첫 번째로 회견한 것은 언제, 어디서였을까요? 그 명확한 대답을 듣고 싶습니다."

재판장은 그 질문을 지당하다고 생각하여 그것을 사토에게 물어보았다. 사토는 돌처럼 말없이 대답하지 않았다.

"증인은 자신의 손으로 작성한 조서 속의 사실을 법정에서 입증하지 못하고 있습니다. 제 생각에는 아마도 답하지 않는 것이 진실일 것이라 여겨집니다. 만약 이 한 가지 질문에 답하면 거기서부터 수습할 수 없는 파탄이 일어, 결국에는 증인이

고심해서 작성한 세이이치의 고백조서 전부를 근본에서부터 뒤엎을 수밖에 없는 결과가 빚어지게 되기 때문입니다. 이에 저는 이 이상 증인을 추궁하지 않도록 하겠습니다. 이 이상은 재판소의 심증에 맡기기로 하겠습니다. 그리고 다른 중대한 취조로 피고 세이이치가 본 사건의 진범이 아님을 확증하도록 하겠습니다."

변호인이 이렇게 말하자 피고석에 있던 세이이치가 벌떡 일어나 재판장에게 한마디 하고 싶다고 말했다. 재판장은 그것을 허락했다.

"나리, 제게도 한마디 할 수 있게 해주십시오."

세이이치는 이와 같은 말투로 덤벼들 듯 말했다.

"나리(재판장을 가리킴), 전 이래봬도 비겁한 소리는 하지 않는 사내입니다. 이 나리(사토 경위를 가리킴)께서 제가 말한 대로 해줘서 제가 무기형을 받았다면 지금쯤은 벌써 홋카이도에 가 있었을 겁니다. 하지만 이 나리는 악한입니다. 네, 저는 지금까지 이렇게 무서운 사람을 본 적이 없습니다. 제 친구들 중에도 물론 상당한 악당은 있습니다만, 그 친구들은 그래도 의리와 인정이라는 것을 알고 있습니다. 그런데 어떻습니까, 나리(재판장). 이 나리(사토)는 제가 경시청에 유치되었을 때 그 초밥집 살인사건의 범인이 잡히지 않는다며 거의 울 것처럼 제게 '제발 나를 좀 도와줘. 지금 아주 난처한 입장에 있으니 짚이는 게 있으면 말을 해줘. 그 대신 네 사건 정도는 눈감아줄 테니.'라고 말했습니다. 그래서 저도 불쌍하다는 생각이 들어서, 어차피 부모님께 버림을 받아 한 푼의 재산도 받을 수 없게 되었으니 사회에 나가도 뾰족한 수가 없다. 차라리 나리가 어려움을 겪고 있는 사건을 내가 뒤집어쓰자고 결심한 겁니다. 그래서 말입니다, 나리. 저는 감옥에서 처음 만났을 때 약속했습니다. 이 사건으로 혹시 사형을 선고받게 되면 곤란하니 어디까지나 자수한 것으로 해달라고, 그렇게 하면 분명히 감형을 받아 무기징역이 될 것이라고 그러면 제가 원하는 대로 되는 것이라고 말했습니다. 그랬더니 이 나리도 잘 알았으니 자수한 것으로 해주겠다고 분명히 말했습니다. 그런데 어떻습니까, 나리. 저는 아무것도 모르기 때문에 조서는 틀림없이 자수한 것으로 되어 있으리라 생각했습니다만, 이쪽의 변호사 나리께 자세히 들어보니 제 조서가 자수한 것으로는 되어 있지 않다는 것이었습니다. 경시청에서 유령이 나온다는 이야기를 듣고 거기서 단서를 얻어 진범을 검거한 것처럼 꾸몄다는 것 아니겠습니까? 저는 변호사 나리께 그 사실을 듣고 정말 어처구니가 없었습니다. 그런 한심한 얘기가 어디에 있나 싶어서 말입니다. 그래서 제1심에서는 사형을 선고받은 겁니다. 나리(재판장), 이 나리(사토)는 그런 인심 사나운 짓을 해서라도 자신의 실적을 쌓고 싶었던 겁니다. 인민보호고 뭐고 그런 건 어디에도 없습니다. 나리, 세상에 이렇게 무서운 사람이 또 있겠습니까? 나리, 저는 말입니다, 세상에 나가고 싶은 생각은 조금도 없습니다. 그리고 이 목숨이 그렇게 아깝다고도 생각지는 않습니다. 하지만 이 나리(사토)에게는 원한이 있습니다. 제2심에서 제1심과 마찬가지로 사형을 받는다 해도 저는 원망하지 않을 겁니다. 하지만 이 악한이 저희의 목숨을 빼앗아 자신의 공으로 삼겠다는 뻔뻔스러운 생각을 가지고 있다면 저희는 죽어도 눈을 감지 못할 겁니다. 아니 죽어서라도 귀신이 되어 나타날 겁니다. 이번에는 진짜 유령이 돼서이 악당의 목숨을 빼앗겠습니다. 나리, 사형을 내리든 무죄로 판결하든 그건 나리의 마음에 맡기겠습니다만, 이 사실만은 나리께 꼭 말씀드리고 싶었습니다. 여기에 있는 이 리키치 놈도 불쌍하니까요……."

세이이치는 이렇게 말한 뒤 피고석에 털썩 앉아버리고 말았다.

그의 힘찬 웅변에 법정 안은 엄숙한 정적으로 가득 찼다.

증인 사토 경위는 피고와 변호인의 포위공격을 받고도, 단한마디 변명할 말을 찾지 못했다. 그날의 공판이 끝나자 그는 황망한 모습으로 달아나듯 돌아갔다.

14

"자, 이렇게 해서 재판소의 심증도 상당히 움직이게 되었다네. 당시의 재판장은 마키노 기쿠노스케[10] 씨였는데 그 중후한 학자적 태도를 가진 재판장도 변호인의 주장에는 마음을 움직이지 않을 수 없었던 모양일세."
라고 F씨는 말했다. 그리고 곧 다시,

"이렇게 이야기하면 일이 일사천리로 진행된 것 같지만, 사실 재판소는 하나의 증거신청조차 좀처럼 받아들이려 하지 않

---

10) 牧野菊之助(1867~1936). 판사(대심원장). 법률학교와 고등여자학교의 교장을 지내기도 했다.

았다네. 몇 번이고 몇 번이고 그 증거가 필요하다는 사실을 역설해야 재판소를 간신히 납득시킬 수 있으니 지금의 형사재판이 인민에게 얼마나 불리한지 모른다네."

라며 탄식했다.

"얘기가 너무 길어졌군. 이제는 세이이치와 리키치를 교수대에서 끌어내리기로 하세."

F씨가 미소 지으며 다시 이렇게 말했다. 우선은 리키치 쪽부터 기술해 나가기로 하겠다.

세이이치의 공범이라는 혐의를 받은 고지마 리키치는 강도·살인 사실을 극력 부인했으나 역시 사형 선고를 언도받았다. 그 이유는,

1. 세이이치의 증언.

2. 증거인 새 짚신.

3. 범행이 있었던 날 밤 리키치가 시즈오카에서 도쿄로 오는 중이었다는 사실을 입증할 수 없기 때문.

이라는 3가지 점이었다. 이와 같은 애매한 이유로 제1심 재판장은 그에게 사형 선고를 내린 것이었다.

그런데 그 가운데서 가장 근본적인 원인이 된 것은 첫 번째 항목인 세이이치의 증언이었다.

하지만 그것은 세이이치의 자백을 뒤엎었기에 완전히 소멸해버리고 말았다.

다음은 두 번째 항목인 증거품이다.

그러나 이 물건증거는 아무리 봐도 억지 주장이라는 사실을 누구나 알 수 있다.

이 증거품이 설득력을 얻게 된 이유는 리키치의 처가가 짚신을 생산하는 곳이기에 리키치가 범행이 있던 날 밤 그 짚신을 신고 갔을 것이라고 하는 주장 때문이었다.

그 짚신이 리키치의 처가에서 제조한 것이라는 확증이 있다면—예를 들자면 상표 등과 같은 것이 있어서— 그 짚신은 틀림없이 유력한 증거품이 될 수 있을 것이다. 하지만 짚신에 그런 것은 어디에도 없었다. 게다가 그 당시 리키치는 아내와 이혼한 상태였기에 그녀는 오사카에서 살고 있었다. 또한 처가에서는 더 이상 짚신을 제조하고 있지 않았다.

변호인은 이 사실을 법정에서 다투었다. 그리고 리키치의 아내를 증인으로 신청했다. 재판소에서는 그것을 허가했다.

"그런데 말일세, 그 아내는 여비가 없어서 오지 못하겠다고 하더군. 재판소에서 촉탁—해당 지역의 재판소에 취조를 의뢰하는 것—으로 하겠다는 말도 있었으나 촉탁으로는 곤란했기에 내가 그 여비를 마련해서 보내주는 촌극이 벌어졌다네." 라며 F씨는 이야기 도중에 웃었다.

리키치의 아내가 출정했는데 그 증언은, 이미 1년 전에 짚신 제조를 그만두었다는 사실, 자신은 그 당시 리키치와 별거 중이었다는 사실을 밝히는 것이었다. 이로써 재판소가 유력한 증거품이라 여겼던 짚신은 글자 그대로 '헌짚신'만큼의 가치도 없는 것이 되어 버리고 말았다.

세 번째 이유는 범행을 부인하는 반증이니 그것이 범행의 직접적인 증거가 되지 않는다는 것은 말할 필요도 없다. 또한 리키치는 설령 입증은 할 수 없다 할지라도 분명한 답변을 하고 있으니 여기서 이 세 번째 이유는 중요한 것이 아니다. 하지만 만약 이 한 가지 사실이 입증되었다면 리키치는 결코 제1심에서 사형을 선고받지는 않았을 것이다.

이상 고지마 리키치의 증거 조사 결과를 살펴보면 그의 범죄 사실은 전혀 근거가 없는 애매한 것이라는 점을 알 수 있다. 이렇게 해서 리키치는 점차 죽음의 어두운 바닥에서 헤어나오기 시작했다.

15

하지만 리키치는 세이이치가 명백하게 진범이 아니라는 사실이 확인되지 않으면 진정으로 구제받지는 못한다.

지금부터는 세이이치를 살펴보기로 하겠다.

세이이치가 허위 자백을 했다는 사실은 사토 경위를 증인으로 조사한 결과 거의 진실에 가까워졌다. 하지만 그 점을 조금 더 살펴보기로 하겠다.

세이이치는 그 후 법정에서 이렇게 말했다.

"제가 초밥집 살인사건의 진범이 아니라는 분명한 증거는 그 사건이 있던 날 밤 제가 도쿄에 없었다는 점에 있습니다. 그날 밤 저는 도카이도(東海道)의 호도가야에 있는 한 노동자들의 숙소로 숨어들어 감색 새 작업복과 바지, 그리고 윗도리를 훔쳐 그것을 곧 헌옷집에 팔았고 3엔을 얻어 요코하마에 있는 매음굴에서 하룻밤을 묵었습니다. 그러니 사실을 조사해주셨으면 합니다. ……."

하지만 이 조사는 참으로 어려운 것이다. 그러나 이 조사로 사실만 명확히 밝혀진다면 세이이치의 자백이 허위라는 점은 의심의 여지가 없는 것이 된다.

그런데 재판장은 그 증인 신청을 세 번이나 각하했다. 그 이유는 공범인 고지마 리키치와 마찬가지로 사실의 취조가 불가능하다고 생각했기 때문이리라. 하지만 본건의 유죄, 무죄를 결정할 이 중요한 증거조사가 3번이나 각하되다니, 지금의 형사재판제도가 피고에게 얼마나 불친절하고 불합리한 것인지를 잘 알 수 있으리라.

당시 본 사건의 담당 검사는 나카가와 이치스케[11] 씨였다. 나카가와 검사에 대해서는 약간 이야기를 해둘 필요가 있다.

한마디로 말하자면 나카가와 검사는 검사답지 않은 검사였다. 대학 강당에서 들은 강의를 법정에서 그대로 되풀이하는 세상물정 모르는 그런 검사가 아니었다. 민간에 있었을 때는 극도로 가난한 생활을 했다. 인생에 대한 번민을 느껴 가마쿠라(鎌倉)에서 참선을 한 적도 있었다.

이러한 인물이었기에 나카가와 검사는 고지식한 검사가 아니었다. 세이이치의 사건이 제2심에 들어간 이후 처음에는 자신의 입장도 있기에 여러 가지로 주장을 했으나 시간이 경과함에 따라서 제1심에 의심을 품게 된 모양이었다. 그리고 세이이치가 앞서 이야기한 증인 신청이 끝내 각하되자 나카가와 검사는 뜻밖에도 법정에서 이렇게 말했다.

---

11) 中川一介(1867~1923). 일본의 사법관. 1914년에 시멘스사건(시멘스사의 사무원이 중요문서를 빼돌려 협박한 사건)을 담당했다. 경성(京城) 고등법원 검사정으로 일하기도 했다.

"그 조사는 검사국에서 맡도록 하겠습니다."

이러한 말은 전례 없는 것이었다. 검사국이 피고의 이익을 위해서 스스로 조사를 시작한다는 것은 매우 드문 일이다.

법리적(法理的)으로 말해서 검사가 피고의 '불이익'을 위해서만 존재하는 것은 아니지만, 현실은 언제나 이것을 배반하고 있다. 그러니 나카가와 검사가 참으로 명석한 두뇌의 판단에 따라서 피고의 무죄를 예상하고 이 조사를 자신의 손으로 직접 해주었다는 점은 높이 사야 할 일이다.

어쨌든 이 조사는 상당히 어려운 것이 될 터였다. 하지만 검사국의 손으로 취조한다면 그것은 참으로 쉬운 일이다.

나카가와 검사가 조사하여 보고한 내용은 대략 다음과 같은 것이었다.

1. ○○○○년 ○월 ○○일, 산조가 피해를 입은 그날 밤 오전 0시에서 3시 사이에 가나가와(神奈川) 현 호도가야 H거리에 있는 시라카미 슈자부로(白紙周三郎, 가명)의 집 셋방에 걸려 있던 동거인 야마다 헤이시치(山田平七) 소유의 새로 지은 작업복, 바지, 윗도리 및 모피 모자, 도합 4점을 누군가에게 도둑맞은 사실이 있음.

1. ○○○○년 ○월 ○○일(즉 그 이튿날), 오전 10시 무렵에 가나다 겐스케(金田源助)라고 이름을 밝힌 자가 요코하마 시 Y거리에 있는 헌옷집 주인 하야시 다메키치(林為吉)에게 이상의 물품과 유사한 것을 3엔에 매각했음. 다메키치의 증언에 의하면 겐스케의 용모는 피고 세이이치와 매우 닮았음.

1. 같은 날 밤, 요코하마 시 K거리 ○○번지의 음식점 메이게쓰(明月)에서 술을 마시고 심하게 취해 뒤쪽의 2층 방에서 잠든 채 아침까지 보낸 자가 있었음. 품속에는 2엔이 넘는 돈을 가지고 있었는데 가게에 지불해야 할 금액이 부족했기에 나머지는 소지하고 있던 금시계로 충당했음. 그 가게의 여종업원인 하나이 기미(花井きみ)의 증언에 의하면 그 사람의 용모는 세이이치와 매우 닮았음.

이상이 나카가와 검사가 조사한 내용이었다. 이 조사는 세이이치의 말과 완전히 일치했다.

16

판결의 날이 왔다. 입회 검사는 세이이치의 자백에 신빙성이 없다는 점을 몇 개의 항목으로 들어 밝혔으며, 또 앞서 이야기한 조사를 들어 마지막으로 산조 및 그 외 두 사람을 살해하고 현금을 강탈한 자를 피고 세이이치라 인정하기에는 증거가 불충분하기에 무죄라는 논고를 펼쳤다. 그때 나카가와 검사는 ○○지방 재판소의 검사정으로 영전(榮轉)한 상태였다.

변호인이 종전의 태도를 바꾸지 않고 극력 무죄를 주장했다는 사실은 말할 필요도 없으리라. 그리고 재판 결과, 피고 세이이치와 공범 리키치는 증거불충분을 이유로 무죄를 언도받았다.

"그럼 그 허위 자백을 만들어낸 사토 경위는 독직죄(瀆職

罪)로 기소되었겠군요.”

내가 F씨에게 물었다.

“아니, 무사히 있다네.”

라며 F씨는 웃었다.

“그건 좀 이상한데요. 법률에는 독직죄라는 명문이 분명히 있지 않습니까? 그 사토 경위의 행위는 틀림없이 독직죄가 될 텐데요.”

“그것이 훌륭하게 성립된다 할지라도 국가는 기소하지 않는다네.”

“그건 놀라운 모순이네요.”

“하, 하, 하. 자네 아직도 그런 모순에 새삼스럽게 놀라는 가?”

“하, 하, 하, 하.”

하고 나도 자조하듯 웃어버리고 말았다.

여름밤도 벌써 꽤나 깊었다. 마지막으로 F씨의 딸이 가져다 준 차가운 레몬티를 마신 뒤 자리에서 일어났다.

나는 조용한 교외의 밤길을 우울함에 휩싸여 걸었다.

나는 그곳의 모퉁이에서 문득 전율을 느꼈다!

‘만약 지금 지나온 집의 방 안에서 살인사건이라도 일어났다면 어떻게 되는 걸까? ……’

하는 생각이 들었기 때문이었다.

‘그래, 만약 그런 일이 일어났다면 바로 그 시각에 그 부근을 어슬렁거리고 있던 수상한 사내, 나는 틀림없이 다짜고짜 체포되고 말 거야. 그리고 자백을 강요당할 거야!’

나는 신경질적으로 주위를 둘러보았다. 바로 옆의 나무그늘 사이에서 누군가가 튀어나올 것만 같다는 생각이 들었다. …….

'그러나 그렇게 해서 체포를 해도 그에게는 죄가 되지 않아. 하지만 우리는 아무 말도 못하고 체포되어야만 해. 우리는 재판을 받아야 하는 자들이니…….'

법정소화(法廷小話)

1938년 판의 표지 그림

법정소화(法廷小話)

*   *   *

법정에 서게 되면 그 사람의 담력을 잘 알 수 있는 법이다. 법정만큼 인간의 성격에 대한 시금석이 되는 것도 없다.

재봉사인 긴지(銀次)는 유명한 소매치기 두목이었다. 그러나 그가 법정에서 재판관으로부터 심문을 받았을 때의 태도는 참으로 비굴한 것이었다.

"자네는 평소 무슨 일을 해서 생활하고 있는가?"

"네, 재봉질을 해서 생활하고 있습니다."

"그럴 리 없을 텐데. 소매치기를 해서 먹고 살지 않았는가?"

"천만의 말씀이십니다, 나리."

라는 식으로 말하곤 했다.

그런데 여기에 참으로 통쾌하기 짝이 없는 젊은 소매치기 한 명이 있다. 우습게도 그는 오사카에 있는 한 경찰서장의 아들이었다. 경찰서장의 아들이 어째서 소매치기가 된 것인지, 거기에는 다음과 같은 이야기가 있다.

그 서장이 아직 사법주임으로 있었을 때, 자신의 수하로 부리던 개가 있었다. 그 개가 소매치기의 두목이었다. 그는 언제나 사법주임의 집에 드나들었기에 그 아들과도 친해졌다.

아들은 오사카에서 중학교를 졸업하고 도쿄로 갔는데 도쿄에서 그 두목을 만났다. 그리고 어느 틈엔가 아들은 소매치기가 되어 있었다.

그는 다케다 사부로(竹田三郎)라는 사내였다. 소매치기들 사이에서는 이미 얼굴이 알려졌으며, 전과 몇 범인가의 경력도 갖고 있었다.

어느 날 재판소의 공판정에 섰을 때, 그는 재판장과 이런 식으로 문답을 주고받았다.

"피고의 직업은 무엇인가?"

"소매치기입니다."

"소매치기라는 직업도 있나?"

"그것으로 먹고살고 있으니 직업 아닙니까?"

"그렇다면 피고는 지금까지 어떤 소매치기를 했는가?"

"그런 것은 검사님이 조사하면 될 것 아닙니까?"

이에 재판장은 사부로가 경찰서에서 자백한 범죄사건을 심문했다. 그런데 사부로는 그것을 전부 부인했다.

"경찰서에서 자백한 내용을 여기서 부인해봐야 소용없어." 라고 재판장이 냉정한 얼굴로 말했다.

"설령 경찰서에서 자백했다 할지라도 빠져나갈 구멍이 없는 자백은 하지 않았습니다."

라고 사부로는 큰소리를 쳤다.

"빠져나갈 구멍이 없는 자백은 하지 않았다고?"

재판장이 되물었다.

"그렇습니다, 나리. 어쨌든 그 기록을 보시기 바랍니다. 3월 17일과 18일 이틀에 걸쳐서 제가 범죄를 저지른 것으로 되어 있습니다만, 마침 저는 그 이틀 동안 이 사바(娑婆)에 없었습니다."

"사바에 없었다고?"

"네, 저는 3월 12일부터 야나카(谷中) 경찰에 구류되어 있었습니다. 그 사실은 야나카 경찰서에 지금도 문서가 되어 소중히 보관되어 있을 테니 그것을 조사해보시기 바랍니다."

이에 재판장은 다음 공판 때까지 조사를 해보았다. 그랬더니 아니나 다를까 사부로가 말한 대로 그의 이름이 구류자 명부 속에 기록되어 있었다.

"그렇다면 경찰서에서는 어째서 허위 자백을 한 거지?"

라고 재판장이 물었다.

"그건 말입니다, 나리. 경찰서에서는 뭐가 어찌됐든 자백을 하지 않으면 언제까지고 구류가 계속되기 때문에 영 귀찮거든요."

"피고는 그래서 허위 자백을 했단 말인가?"

"그렇습니다. 공판에 들어가면 금박을 벗겨낼 수 있을 만한 자백을."

"말하자면 피고는 경찰서에 한 방 먹인 셈이로군."

재판장도 어처구니가 없었기에 미소를 지었다. 말할 필요도 없이 사부로는 무죄 판결을 받았다.

소환장의 위협

1938년 판의 표지 그림

소환장의 위협

*　　*　　*

검사국에서 발부한 단 한 장의 소환장에 떨다 일가 모두가 자살을 하고 말았다. 이런 인간의 비극이 또 있을까? 현대 형사재판제도의 죄악은 이 같은 한 조각 소환장 속에서도 넘쳐날 만큼 가득하다. 나는 지금 그 인간의 비극을 이야기하려 한다.

소환장의 위협, 이는 예민한 문제다. 그리고 이 문제는 일본인 속에 흐르고 있는 전통의 피가 어떠한 것인지를 이야기해 주기에 충분할 것이다.

1

도쿄의 니혼바시(日本橋)에 야마카와 쇼베에(山川庄兵衛, 가명)라는, 커다란 상점을 경영하던 사람이 있었다. 재산도 수

십만 엔을 가지고 있었다.

쇼베에는 상인이었으나 정치에 광적인 관심을 갖고 있었다.

쇼베에는 장남 쇼이치로(庄—郎)를 장래에 대정치가로 만들고 싶어 했다. 그리고 소년 시절부터 그를 위한 교육을 시켜야겠다고 마음먹고 있었다. 쇼이치로는 아버지의 기대와는 달리 성적이 그다지 좋은 편이 아니었다. 중학교 시절부터 역시 도회의 악습에 물들어 약간 불량기를 띤 행동을 많이 했다.

쇼베에는 그것이 매우 걱정되었기에 시종 쇼이치로에게 잔소리를 해댔다.

"쇼이치로 나는 평생 이렇게 장사치로 끝날 테지만, 너는 앞으로 훌륭한 정치가가 되어주었으면 한다. 정치가가 되어 하라(原)나 가토(加藤)처럼 세상을 위해 훌륭한 일을 하기 바란다. 그것을 위해서라면 내 재산 전부를 써도 아깝지 않을 테니……."

쇼베에는 몇 번이나 이런 말을 해서 쇼이치로를 격려했는지 모를 정도였다. 하지만 쇼이치로는 정치가 따위에는 관심도 없었다. 아버지의 말에서는 아무런 감동도 얻지 못했다.

쇼이치로는 좋지 않은 친구들 때문에 불량소년 같은 행동을 하기는 했으나 원래부터 나쁜 성격을 타고난 것은 아니었다. 단지 어렸을 때부터 집에 재산이 있어서 무슨 일이든 제멋대로 해왔기에 성격에 긴장감이라는 것이 없었을 뿐이었다.

"우리 집 재산을 전부 써도 좋으니 너는 훌륭한 정치가가 되어라."

아버지의 이런 자애에 넘치는 말도 쇼이치로의 젊은 피를 끓어오르게 하지는 못했다. 그리고 그는 중학교조차 몇 번이고 낙제했다. 뿐만 아니라 그의 불량성은 그 색이 더욱 짙어져 갔다.

아버지 쇼베에는 이 문제에 대해서 생각해보지 않을 수 없었다. 지금 쇼이치로를 어떻게 하지 않으면 앞으로 그가 어떤 인간이 될지 알 수 없을 것이라고 생각했다.

쇼베에는 열성스러운 니치렌[12] 신자였다. 그는 니치렌슈의 힘으로 쇼이치로를 개과천선시키려 했다. 이에 쇼베에는 자신이 다니는 야나카 렌게지(蓮華寺, 가명)의 니치운(日雲, 가명) 스님과 상의했다.

"그래, 그거 걱정이겠군. 하지만 젊은이란 몸을 자유롭게 해두면 더욱 좋지 않은 습관에 물들게 되는 법일세. 그러니 앞으로는 일절 외출을 시켜서는 안 되네. 어쨌든 모든 일을 내게 맡겨두게나."

라고 스님은 말했다.

"모쪼록 모든 일을 잘 처리해주시기 바랍니다."

쇼베에는 쇼이치로를 스님에게 맡기기로 했다.

이에 스님은 쇼이치로를 일절 외출시켜서는 안 된다고 명령했다. 집의 방 하나에 감금시켜놓고 정신수업을 시키라고 명령했다. 다시 말해서 쇼이치로를 방에 가두어두라고 명령한 것이었다.

그런 다음 스님은 쇼이치로에게 경문을 읽으라고 권했다.

---

12) 日蓮(1222~1282). 일본의 승려. 여기서는 니치렌슈(日蓮宗)를 말하는데, 니치렌슈란 니치렌이 창시한 일본 불교 종파 중 하나.

여러 가지 규칙을 두어 그 독경을 억지로 시켰다.

쇼이치로는 아직 스물한두 살밖에 되지 않은 젊디젊은 청년이었다. 그런 그가 갑자기 방 하나에 감금되어 억지로 독경과 수양을 행하게 된 것이었다. 그것을 견딜 수 있을 리 없었다.

쇼이치로는 날이 갈수록 점점 우울함에 빠졌다. 화창한 봄날이 와도 정원에 면한 방에 앉아서 멍하니 가지 끝의 부풀어 오른 꽃봉오리를 바라볼 뿐이었었다. 쓸쓸한 가을 하늘을 어두운 얼굴로 올려다보는 날이 계속되었다. 아버지 쇼베에는 그런 아들의 모습을 보고 아들의 품행이 좋아진 것이라 생각했기에 이를 기뻐했다.

쇼베에의 집은 장사를 크게 하고 있었기 때문에 수많은 남녀 고용인이 있었다. 그 가운데 오쓰야(お艶)라는 하녀가 있었다. 올해 19세로 아름다운 여자였다. 오쓰야가 언제나 쇼이치로의 방으로 가서 모든 일을 돌보아주었다.

오쓰야는 용모가 아름다울 뿐만 아니라 마음씨도 고운 여자였다. 소설을 좋아해서 언제나 새로 출판된 소설을 탐독했다. 정열적이고, 감수성이 풍부하고, 다정한 마음을 가진 여자였다. 그녀는 쇼이치로가 방에 갇혀 있는 것을 보고 진심으로 동정했다. 그랬기에 마음을 다해 그에게 친절을 베풀었다.

쇼이치로는 오쓰야의 다정한 친절에 우울한 생활을 위로받게 되었다. 그리고 젊은 두 사람의 사이는 언제부턴가 달콤한 사랑으로 옮아갔다.

2

우울한 쇼이치로의 생활에 오쓰야의 아름다운 모습이 자리하자 그는 되살아나기 시작했다. 하지만 그 사실을 눈치 채고 놀란 것은 아버지 쇼베였다.

쇼베에는 그 거리에서도 손가락에 꼽히는 자산가였다. 오쓰야 같은 여자를 쇼이치로의 아내로 맞아들인다는 것은 생각할 수도 없는 일이었다. 그녀는 일개 하녀의 신분에 지나지 않았다. 만약 쇼이치로와 묘한 관계가 되어 아이라도 갖게 되면 그야말로 돌이킬 수 없는 일이 되어버리고 말 것이었다. 게다가 수많은 고용인들에 대한 체면도 있었다. 그냥 내버려둘 수 없는 일이라고 생각했다.

"어떻게 하면 좋겠습니까?"

라고 쇼베에가 스님과 상의했다.

"이거 참, 난처하게 되었군."

하고 스님은 생각에 잠겼다.

어쨌든 두 사람을 같이 있게 해서는 안 된다는 데 쇼베에와 스님의 의견이 일치했다. 그랬기에 쇼이치로를 스님이 주지로 있는 야나카의 절로 데려가기로 했다.

첫사랑에 취해 있던 쇼이치로를 오쓰야 곁에서 떼어냈다. 그리고 그의 불꽃같은 사랑은 절의 어두운 방에 갇혀버리고 말았다.

오쓰야를 빼앗긴 채 향냄새 나는 절의 한 방으로 거처를 옮기게 된 쇼이치로는 더욱 우울함에 빠져들었다.

밤낮으로 오쓰야의 상냥한 동정의 말에 위로를 얻던 그는 그것으로 행복했었다. 하지만 그녀의 아름다운 모습을 이제는 더 이상 볼 수 없게 되었다. 푸르스름한 비석과 높다랗게 솟아 있는 타인의 솔도파[3]밖에는 아무것도 보이지 않는 절 뒤편의 묘지가 늘 그의 눈에 들어왔다.

아버지 쇼베에가 절에 맡긴 쇼이치로를 보기 위해 찾아왔다. 그리고 쇼이치로의 얼굴을 본 순간 깜짝 놀라고 말았다. 아직 1개월 정도밖에 지나지 않았는데 그는 환자처럼 초췌해져 있었다. 쇼베에는 그 원인을 잘 알고 있었다.

쇼베에와 스님은 다시 쇼이치로에 대해서 상의했다. 그 결과 오쓰야와 그를 동거시키기로 했다. 얼마 지나지 않아서 오쓰야에게 쇼이치로 곁에 머물러도 좋다는 허락이 떨어졌다. 절의 한 방이 주어졌고 젊은 두 사람은 거기서 꿈과도 같은 몇 개월을 보냈다.

두 사람에게는 적적한 야나카의 절도 사랑의 재생을 축하하는 환희의 전당이었다.

그리고 오쓰야는 임신을 했다. 달이 차서 태어난 아이는 사내였다.

첫 손자의 얼굴을 보자 아버지 쇼베에도 더는 오쓰야를 자기 아들의 정실로 인정하지 않을 수 없었다. 또한 쇼이치로도 지금까지의 우울함에서 완전히 벗어나 생기 넘치는 사람이 되어 있었다.

"쇼이치로, 어떻게 생각하느냐? 너도 이렇게 자식까지 생겼

---

13) 卒塔婆. 스투파(stupa)의 음역. 죽은 사람의 공양, 추선(追善)을 위해 범자(梵字)나 경문 등을 적어 묘지에 세운, 위가 탑처럼 뾰족하고 갸름한 나무 판자.

으니 집으로 돌아와서 장사를 해보지 않겠느냐?"

라고 쇼베에가 말했다. 쇼이치로도 사랑스러운 처자를 위해
언제까지고 절의 한 방에서 쓸쓸하게 살고 싶지는 않았다.

"그렇게 하겠습니다, 아버지. 지금부터 한번 열심히 살아보
겠습니다."

이렇게 말하는 쇼이치로의 얼굴에서는 활기가 넘쳐흐르고
있었다.

"그래, 네가 그렇게 마음먹었다니 나도 기쁘구나. 그럼 스
님께 부탁을 해보기로 하자."

라며 쇼베에는 그 뜻을 스님께 바로 전했다. 스님도 거기에는
특별히 반대하지 않았다. 이에 때를 가늠해서 오쓰야를 쇼이
치로의 아내로 삼았다는 사실을 가게 사람들 모두에게 밝히
고, 가까운 시일 안에 쇼이치로에게 가게의 운영을 맡기기로
했다.

이렇게 해서 젊은 부부가 집으로 평화롭게 돌아왔다면 이
이야기는 그것으로 끝났을 것이다. 하지만 저주받은 두 사람
에게 거기서 문제가 일어나고 말았다.

쇼베에의 현재 아내는 후처였다. 장남인 쇼이치로는 전처가
낳은 자식이었다. 그러나 쇼이치로의 누이동생은 그 후처가
낳은 자식이었다. 그리고 세상에서 흔히 볼 수 있는 후처의 음
모가 시작되었다. 후처는 자신의 딸인 오미쓰(お光)에게 야마
카와 가의 재산이 상속되게 하고 싶었다.

사실은 야나카의 스님도 그 음모에 가담해 있었다. 쇼이치
로를 감금과 다를 바 없는 상태로 만들었던 것도 그 음모의

영향 때문이었다.

쇼이치로가 오쓰야와 부부가 되어 야마카와 가로 돌아온다면 그 음모를 꾸민 사람들에게는 커다란 치명상이 될 터였다. 이에 후처인 오코토(お琴)는 한 가지 계책을 꾸몄다.

"저희는 오쓰야를 안주인으로 모시며 일할 수 없습니다. 만약 오쓰야가 이 집의 안주인이 된다면 저희 고용인 일동은 오늘부터라도 일을 그만두겠습니다."

라고 가게에서 일하는 사람 일동이 주인 쇼베에에게 말했다.

야마카와 가는 오랜 전통을 가진 가게였다. 만약 그런 일로 손님들에게 신용을 얻고 있는 가게의 종업원들이 한꺼번에 그만둔다면, 일가의 명운을 좌우할지도 모를 일이었다. 쇼베에가 그 문제로 고민을 하고 있는데 오코토를 중심으로 한 안채에서 가게 종업원들의 말이 정당하다는 의견을 냈다. 불순한 관계를 맺었던 오쓰야를 쇼이치로의 정실로 삼아 가게 사람들 위에 앉히면, 앞으로 가게의 풍기에 좋지 않다는 의견이었다. 쇼베에는 다시 스님과 상의했다.

"일가사람 모두가 반대하는 여자를 억지로 집에 들이는 것은 생각해볼 문제일세."

라고 스님은 대답했다. 쇼베에는 어쩔 수 없이 쇼이치로의 귀가를 미루기로 했다. 그리고 이번에는 두 사람을 시나가와(品川)에 있는 조용한 곳에서 살게 했다.

오쓰야는 쇼이치로가 야마카와 가로 돌아가지 못한 것은 자신이 있기 때문이라고 생각했다. 자산가의 집에서 태어나 대를 잇기에 아무런 부족함이 없는 신분이면서 이렇게 쓸쓸한

98

생활을 하는 것도 전부 자신이 있기 때문이라고 생각했다. 그녀는 낡은 봉건시대의 로망스 속에서 살아가고 있는 것과 같은 여성이었다.

오쓰야는 때때로 그런 말을 하며 눈물을 흘렸다. 쇼이치로는 그런 말을 들으면 언제나 웃으며 소심하게 생각해서는 안 된다고 위로했다.

쇼이치로가 친절하게 대해주면 대해줄수록 오쓰야는 마음이 더욱 아팠다. 자기 때문에 도망자처럼 생활하고 있는 남편의 희생이 안쓰러워서 견딜 수가 없었다. 그녀는 두 살이 되어 한창 재롱을 피울 나이가 된 사랑스러운 시즈오(静雄)를 꼭 끌어안고 몇 번이나 울었는지 모른다.

남편이 위로를 해주고 달래주어도 오쓰야는 가슴속 번민이 조금도 가라앉지 않았다.

그러는 사이에 1년 정도가 흘렀다.

3

야마카와 가에서는 쇼이치로가 지금과 같아서는 어쨌든 쇼이치로 이외의 혈연이 있는 자에게 집을 상속케 할 수밖에 없다는 논의가 일기 시작했다.

쇼베에는 그 문제를 어떻게 해결해야 좋을지 몰랐다. 쇼이치로를 폐적[14]한다는 것은 견딜 수 없는 일이었으며, 그렇다고 해서 아들까지 낳은 오쓰야를 떼어내고 쇼이치로를 집에

---

14) 廢嫡. 적자로서의 신분이나 권리를 폐함.

들인다는 것도 차마 못할 짓이었다.

쇼베에는 이처럼 괴로운 선택의 기로에 서서 쇼이치로가 있는 시나가와와 니혼바시 사이를 거의 매일 오갔다.

어느 날이었다. 평소와 달리 쇼베에는 그날 시나가와를 찾아가지 않았다. 그리고 쇼이치로는 다른 볼일이 있었기에 외출하고 없었다.

쇼이치로의 집은 6조[15]짜리 방과 4.5조짜리 방 2칸에 2층이 있었다. 쇼이치로는 오후 3시 무렵에 집으로 돌아왔다. 아래층에는 아무도 없었기에 2층으로 올라간 그는 깜짝 놀라 낯빛을 잃고 말았다. 거기에는 이제 세 살이 된 시즈오가 피투성이가 된 채 죽어 있었다. 오쓰야도 시즈오를 끌어안 듯해서 그 옆에 피에 물든 채 엎드려 있었다.

쇼이치로가 달려가 두 사람을 안아 일으켰다. 오쓰야의 손에는 면도칼이 꼭 쥐어져 있었다.

쇼이치로는 이웃 사람들의 도움을 얻어 의사를 불러왔으며, 한편으로는 경찰서에도 사실을 알렸다. 니혼바시의 본가에는 전화를 걸었다.

잠시 후, 의사가 왔다. 경찰관이 왔다. 판검사가 왔다. 니혼바시에서는 쇼베에를 비롯하여 수많은 사람들이 왔다. 좁은 집이 당황한 사람들로 가득했다.

오쓰야가 쓴 기다란 편지가 발견되었다. 거기에는 시즈오와 자신만 없으면 쇼이치로는 훌륭한 집안의 젊은 주인으로 행복

---

15) 畳. 일본식 방의 바닥에 까는 다다미를 세는 단위. 다다미는 1장이 약 0.5평.

하게 생활할 수 있으니 자신은 남편의 행복을 위해 시즈오를 죽이고 자신도 자살하겠다는 내용이 적혀 있었다. 다시 말해서 오쓰야는 오래도록 괴로워하고 있던 자신의 번민에서 오늘 해탈하려 한 것이었다. 그리고 자신 때문에 불행해진 남편에 대한 의리를 어디까지고 지키려 한 것이었다. 자신의 죽음과 사랑하는 아들의 죽음으로 남편의 행복을 대신하려 했던 것이다.

의사가 두 사람을 검안했는데 오쓰야는 목에 상처만 입었을 뿐, 그저 기절한 것에 지나지 않는다는 사실을 알 수 있었다. 이에 오쓰야는 그 자리에서 바로 병원으로 보내졌다. 하지만 시즈오는 이미 숨이 끊어진 상태였다.

병원으로 보내진 그녀가 의식을 회복했다. 그리고 상처도 그리 깊지 않다는 사실을 알 수 있었다.

자신만 살아남고 시즈오는 목숨을 잃었다는 사실을 안 오쓰야는 커다란 절망 속에서 울며 슬퍼했다.

"저는 당신께 용서를 빌기 위해서라도 더는 살아갈 수가 없어요."

라며 오쓰야는 몇 번인가 자살을 하려 했다. 하지만 쇼이치로는 그 무분별함을 나무랐다.

"왜 그런 소리를 하는 거지? 당신이 그런 말을 하면 내가 얼마나 괴로운지 모른단 말이야?"

"아니에요, 저는 당신께 도저히 용서받을 수 없는 죄를 짓고 말았어요. 당신의 사랑스러운 시즈오를 제 손으로 죽이고 말았어요. 그 일을 용서받기 위해서라도 저는 더 이상 살아갈 수가 없어요."

피가 배어 있는 목의 붕대를 떨며 오쓰야가 말했다.

"그렇지 않아. 시즈오는 분명히 내 아들이지만, 한편으로는 당신 아들이기도 해. 그 사랑스러운 아들에게 그런 행동을 한 당신의 마음은 나도 잘 알고 있어. 이미 지나버린 일을 이제 와서 생각해봐야 소용없는 일이야. 그보다는 얼른 상처를 치료해서 건강한 몸이 되면 아이도 다시 낳을 수 있을 거야. 지금까지 있었던 일은 이제 더 이상 생각하지 말고……."

쇼이치로는 몇 번이고 이런 말을 되풀이했다. 그런 남편의 위로 속에서 오쓰야의 상처도 점점 좋아지기 시작했다. 그리고 얼마 후 퇴원을 했다.

오쓰야가 퇴원해서 곧 외출도 할 수 있을 정도가 되었을 때쯤의 일이었다.

갑자기 검사국에서 오쓰야 앞으로 소환장이 날아왔다. 이유는 '살인범에 관한 건!'

그 소환장을 손에 쥔 오쓰야는 몸을 부들부들 떨었다. 그리고 남편 쇼이치로에게 그것을 보여준 그녀는 그 자리에서 울며 쓰러지고 말았다. 생각해보니 오쓰야는 시즈오를 살해한 셈이었다. 설령 자신이 낳은 아들이라 할지라도, 또한 기른 아이라 할지라도 사람을 죽이면 법률은 그를 벌하는 법이다. 한때의 잘못된 생각으로 자기 아들의 목숨을 빼앗아 비탄에 잠겨 있는 여자에게 법률이 들이민 차가운 소환장! 거기에는 살인범이라고 적혀 있었다.

"여보, 어떻게 좀 해주세요!"

오쓰야는 이렇게 절규하며 남편의 무릎에 매달렸다. 그 일을 쇼이치로가 어떻게 할 수 없다는 것은 말할 필요도 없는 사실이었다.

그런 남편의 모습을 본 오쓰야가 다시 말했다.

"당신은 제가 검사국으로 끌려가 감옥에 갇히게 된 것을 틀림없이 기뻐하고 계시겠죠? 시즈오는 당신의 사랑스러운 아들이었으니까요. 그 아이를 제 손으로 죽였으니 저는 당신의 원수에요. 당신은 시즈오의 원수를 갚을 날이 왔다며 틀림없이 마음속으로 기뻐하고 계신 거예요. 그렇지 않다면 당신은 틀림없이 저를 구해주실 거예요."

오쓰야의 이 말을 들은 쇼이치로는 비통함에 가슴이 아려왔다. 오쓰야가 그렇게 생각하는 것도 지극히 당연한 일처럼 여겨졌다. 물론 오쓰야가 시즈오를 죽이기는 했지만, 그것은 그녀가 자신에게 동정하여 죽음으로 곁을 떠나려 했기 때문이었다. 아이를 사랑한 것은 자신이나 오쓰야나 다를 바가 없었다. 그 사랑스러운 아들을 죽이고 남편을 위해 자신도 목숨을 끊으려 했던 아내를 어찌 미워할 수 있겠는가? 하지만 지금 검사국의 부름을 받은 오쓰야를 자신의 손으로는 도저히 도울 방법이 없다는 사실은 너무나도 뻔한 일이었다. 그래도 쇼이치로에게 이 가련한 아내를 혼자 감옥으로 보내고 싶은 마음은 없었다.

쓰러져 울고 있는 오쓰야를 본 쇼이치로는 자신도 그녀 위에 쓰러져 울기 시작했다.

"시즈오도 죽었고, 당신도 살인범이 되어 언젠가는 목숨을 잃게 되겠지. 그러니 나 혼자 살아서 뭐하겠어……."

쇼이치로는 오쓰야와 함께 죽기로 결심했다.

4

드디어 소환날짜를 하루 앞둔 날 밤의 일이었다. 쇼이치로는 예전에 오쓰야가 시즈오를 죽인 방에서 역시 면도칼로 오쓰야의 목을 찔렀다. 그녀는 단번에 목숨이 끊어지고 말았다. 그리고 쇼이치로는 그 칼을 다시 자신의 목에 댄 뒤 힘차게 그었다. 하지만 그것은 목숨을 앗을 정도는 아니었으며 아래층에서 소리를 듣고 바로 달려온 사람들에게 발견되었기에 결국은 목적을 달성하지 못했다. 그리고 손에 들고 있던 면도칼도 바로 빼앗기고 말았다.

잠시 후, 판검사가 실지검증을 위해 찾아왔다. 두 사람이 동반자살하려 했던 거실에 두 사람의 유서가 놓여 있었다. 판검사는 그것을 일단 조사했다. 그리고 정사로 보기에는 의심스러운 부분이 있다며 다시 살아남은 쇼이치로를 살인범으로 기소해버렸다.

검사가 쇼이치로를 살인범으로 기소한 데에는 다음과 같은 이유가 있었다.

1. 오쓰야와 쇼이치로가 쓴 몇 통의 유서가 있었다. 그 유서는 전부 쇼이치로의 필적으로 오쓰야의 필적은 어디에도 없었다. 이 점 때문에 정사로 보기에는 의심스럽다.
2. 쇼이치로는 검사정에서 검사로부터 한 가지 사실에 대한

질문을 받았다. 그것은 정사하려고 할 때 반드시 있어야 할 남녀의 성적 심리에서 오는 육체관계였다. 검사 앞에서 그 일에 대해 질문을 받은 쇼이치로는, 사실이야 어찌 됐든, 인간의 수치심에서 당연히 부인해버렸다. 검사는 그가 부인하는 것을 듣자마자 바로 그것은 정사가 아니라고 단정해버렸다.

쇼이치로는 이 두 가지 점에 의해 자살을 도운 것이 아니라 살인이라고 판정되었다. 그리고 상처가 채 아물기도 전에 살인사건의 피고인이 되어 감옥에 수감되었다.

쇼이치로는 아내와 아이까지 잃고 말았다. 게다가 자신도 상처를 입었다. 하지만 법률은 그에 대해서 조금의 눈물도 가지고 있지 않았다. 그는 마침내 살인범으로 미결감에 갇히게 되었다.

쇼이치로가 감옥에서 자신이 살인범으로 수감되었다는 사실을 안 순간, 그는 오쓰야와 똑같은 운명에 빠지게 되었다고 생각했다.

쇼이치로의 살인혐의는 오쓰야가 자신의 손으로 유서 속에 이름을 썼다는 한 가지 사실로 마침내 풀리기 시작했다. 그리고 그는 자살방조죄가 되었다.

자살방조라는 죄명으로 바뀐 뒤에 변호인이 몇 번이고 보석을 신청해서 간신히 허가를 얻었다.

쇼베에가 감옥까지 그를 데리러 와서 집으로 데려갔다. 하지만 쇼이치로는 그날 밤에 자살을 하고 말았다. 사랑하는 아들을 잃고, 사랑하는 아내를 잃고, 자신은 형사 피고인이 되어

버렸다. 그는 세상을 저주하고 사람을 저주하다 마침내 자살을 택했다. 이렇게 해서 그의 일가 세 사람 모두 목숨을 잃고 말았다.

이 일가 세 사람이 비참하게 자살을 한 것은 검사국에서 오쓰야에게 발부한 한 장의 '살인범'에 대한 소환장만이 유일한 원인은 아니었다. 하지만 인간의 섬세한 정서에 대해서는 아무것도 이해하지 못하는 법률이 냉혹하게 들이민 한 장의 소환장이 이 일가가 사멸한 직접적인 원인이 된 것만은 부정할 수 없는 사실이다. 호적조사를 위해서 온 경찰관에게조차 겁을 먹는 부인이 생각지도 못했던 '살인범' 호출장 때문에 커다란 비극을 연출했다는 것은 결코 부자연스러운 일이 아니다. 형식주의에 사로잡힌 형사재판제도에 희생된 예 중 하나다.

한 사람에게 3번의 사형 선고

1938년 판의 표지 그림

한 사람에게 3번의 사형 선고

1

그 피고인도 역시 감옥에서 내게 편지를 보내, 면회를 와달라고 말했다네. ——라고 F씨는 말했다.

그래서 감옥으로 가서 그 사람을 면회해보니 아주 활달하고 씩씩한 사내로 말하는 모습도 다른 피고인들과는 달리 음울하지 않았다네.

"선생님, 살인사건입니다."

라고 그가 매우 여유로운 얼굴로 말했다네.

"그런가? 그렇다면 왜 살인을 저지른 거지?"

내게 살인사건은 그다지 드문 일도 아니었기에 미소를 지으며 상대방의 얼굴을 바라보았더니,

"그게 말입니다, 선생님. 세 명이나 죽인 것으로 되어 있습니다. 더구나 각 사건에 대해서 따로따로 사형 선고를 받았습

니다."

"세 명을 죽이고, 사형 선고를 세 번 받았다고?"

"네, 그렇습니다. 선생님, 재미있지 않습니까?"

그가 태연한 얼굴로 말했다네.

"그렇게 재미있지는 않네만, 그 사형은 전부 따로따로 선고 받았는가?"

좀 의외다 싶었기에 내가 거듭 사실을 물어보았다네.

"그렇습니다. 하나는 쓰(津)에서, 다른 하나는 나고야(名古屋)에서, 2가지 모두 살인이었는데 전부 결석판결이었습니다. 그리고 마지막으로 이곳 도쿄에서 선고를 받았습니다."

나는 그 이야기를 듣고 이건 꽤나 이상한 사건이라고 생각했다네. 그렇게 해서 자세히 연구를 해보니 참으로 기괴하기 짝이 없는 사건이었다네.

우선 세 번의 사형 선고를 받았다는 그 사내의 예심조서부터 순서에 따라 내용을 살펴보기로 하세.

2

그 사형수의 가명을 니시무라 헤이조(西村平三)라고 해두 겠다. 니시무라 헤이조의 예심조서에는 대략 다음과 같은 죄상이 적혀 있었다.

(1)

피고 니시무라 헤이조는 원적 A현 B군 C촌 D, 니시야마 다이스케의 차남이다.

헤이조는 유년시절부터 토공의 무리에 들어가 곳곳을 방랑하며 돌아다니다, 그 후 긴스지(金筋)가 되었는데 표면적으로는 토목 청부업자로 행세하며 살아왔다.

그러던 중에 헤이조는 A읍에 있는 모 청부회사의 우두머리의 집에서 기식하게 되었는데, 현청사의 공사와 관계된 일로 역시 그 지역의 우두머리 중 하나인 에토 다이키치(江東大吉)를 한 요리점으로 불러 술을 마시게 한 뒤 그가 돌아가는 길을 지키고 있다가 다이키치를 살해했다. 그리고 그대로 모습을 감추어버렸다.

그런데 그때 다이키치를 살해해달라고 부탁한 헤이조의 우두머리는 헤이조가 숨을 곳을 제공하기 위해 나고야의 시미즈 젠이치(清水善一)라는 다른 우두머리에게 소개장을 써주었다. 이에 헤이조는 나고야로 가서 우두머리인 시미즈의 보살핌을 받았다.

다이키치가 살해당했다는 사실은 곧 밝혀졌다. 그를 살해한 자가 헤이조라는 사실도 밝혀졌다. 이에 쓰 시의 재판소에서는 결석인 채로 그에게 사형을 언도했다.

헤이조는 그렇게 해서 범죄자로 지명수배를 받게 되었으나 나고야에 와서도 우두머리 시미즈 아래에 머물며 역시 '긴스지'로서의 본령을 발휘했다. 그리고 한 동업자를 권총으로 살해했다. 그런 다음 도망쳤다. 나고야 지방재판소에서는 결석인 채로 그에게 사형 선고를 언도했다.

(2)

헤이조는 이렇게 해서 도쿄로 달아났다.

그는 당시 세력을 떨치고 있던 도쿄의 미네야마구미(峰山組)에 들어가 열심히 일했다. 물론 이름을 바꾸었으며, 매우 열심히 일했다.

그러던 어느 날이었다. 그때 그는 이미 청부업자 가운데서도 한 무리의 우두머리가 되어 여러 곳의 공사를 맡고 있었다. 구라마에(蔵前)에 있던 전매국의 일도 하고 있었다. 그런데 거기서 우연히 얼굴을 마주하게 된 것이 나고야에 있었을 때의 우두머리인 시미즈 젠이치였다.

"아아, 자네가 여기에 어쩐 일인가? 그때 이후 어떻게 됐는지 걱정하고 있었는데."

라고 젠이치가 말했다. 헤이조는 별로 반갑지 않은 녀석을 만나게 되었다고 생각했다. 젠이치는 헤이조의 옛 범죄를 전부 알고 있는 자였다. 자신은 지금 여기서 이렇게 사업에도 성공해서 어엿한 청부업자로 행복하게 살아가고 있는데, 이 녀석이 옛 범죄를 폭로해버리면 전부가 끝장이라고 그는 생각했다.

그리고 자신이 기와공을 권총으로 살해한 뒤 도망치려 했을 때 젠이치가 자신을 충분히 감싸주려 하지 않은 것처럼 보였다는 사실도 있었다.

'이 녀석을 이렇게 살려두어서는 내가 위험해……'

헤이조는 섬뜩한 눈으로 젠이치를 가만히 노려보았다.

젠이치의 말에 의하면 자신은 지금 주머니 사정이 그다지 좋지 않아 예전에 알고 지내던 동업자들 사이에서 심부름 등을 해주며 하루하루 연명해가고 있다는 것이었다.

"조만간에 한번 놀러 오세요. 다른 좋은 일도 있으니."

라고 헤이조는 젠이치에게 말하고 그날은 헤어졌다. 헤이조는 집으로 돌아와 여러 가지로 생각을 해보았다. 그러나 결국 젠이치를 죽여 뒤탈을 없애는 것 외에는 방법이 없겠다고 생각했다.

헤이조와 의형제를 맺고 동생처럼 지내는 자 중에 야마다 다로(山田太郞)라는 자가 있었다. 헤이조는 곧 다로와 상의했다. 다로가 협기(俠氣)를 발휘하여 그 일을 맡았다. 그리고 마침내 젠이치를 살해하기로 마음을 정했다.

(3)

헤이조와 다로의 젠이치 살해 계획은 다음과 같았다.

우선 다로가 헤이조의 집에 가 있고, 젠이치를 헤이조의 집으로 불러들이기로 했다. 그리고 헤이조의 집에서 다로가 젠이치를 살해하기로 한 것이었다.

젠이치가 살해당한 곳은 헤이조의 집 안쪽에 있는 방이었다. 거기에는 화투가 흩어져 있었으며, 50센[16] 은화와 그 외의 돈도 역시 흩어져 있었다. 검은색 칼집의 단도와 창, 일본도 등이 피에 물든 채 던져져 있었다. 젠이치의 시체가 피 가운데 떠 있는 것처럼 놓여 있었다는 것은 그 당시 판검사가 작성한

---

16) 錢. 엔의 100분의 1.

실지검증조서 속의 말이었다.

3

위와 같은 사실이 헤이조가 과거에 저지른 범죄라는 것이었다. 그리고 그는 그 사실 때문에 나고야 지방재판소에서 1번, 쓰 지방재판소에서 1번, 그리고 도쿄 지방재판소에서 1번, 도합 3번의 사형 선고를 받았다.

"하지만 선생님, 저는 나고야에 있었던 적도 그리고 이세(伊勢)에 있었던 적도 없었습니다. 그것은 전부 거짓말입니다."

라고 헤이조가 내게 말했다.

"저는 나고야의 사건에 대해서도, 또 쓰의 사건에 대해서도 전혀 알지 못할 뿐만 아니라 제대로 취조를 받은 적조차 없습니다."

라고 그가 다시 말했다.

나는 헤이조의 말이 갈수록 이상해진다고 느꼈다. 이에 나는 그에게 물어보았다.

"그럼 그 전에 있었던 두 번의 사형 선고에 대해서 자네에게 통지가 있었는가?"

"아니요, 그런 통지는 받지 못했습니다."

"그렇다면 그 언도를 어떻게 해서 알게 된 거지?"

"예심 때 조사를 받다 알게 되었습니다. 판사가 제게 물었기에 알게 되었습니다. 어쨌든 그건 전혀 알지도 못하는 일인데, 판사는 틀림없이 제가 그 살인을 저지른 것이라고 생각하고 있습니다. 확실한 증인도 나왔다고 합니다."

 "통지도 하지 않으면 어쩌라는 거지?"
라고 나도 말했다. 그와 동시에 이보다 묘한 사건도 흔치 않을
것이라고 생각했다.

 동일인이 2개의 서로 다른 재판소에서 2개의 서로 다른 범
죄로 사형을 선고받은 것도 상당히 보기 드문 일이지만, 그보
다 그 언도 내용을 당사자가 수감되어 있는데도 그에게 통지
하지 않았다는 것 역시 참으로 이상한 일이었다. 그것을 알려
주지 않으면 설령 그 사형 선고가 부당하다 할지라도 언도에
대해서 맞설 수가 없지 않겠는가?

 더욱 이해할 수 없는 점은 헤이조가 극력 부인하고 있는데
도 어떤 이유로 헤이조가 사형 선고를 세 번이나 거듭 받았는
가 하는 점이었다. 단 한 번의 사형조차 그리 쉬운 것이 아니
다. 그런데 그 무시무시한 언도를 어떻게 해서 3번이나 받게
된 것인지? 거기에는 형사재판제도의 커다란 결함이 숨어 있
었다. 지금부터 그것을 차근차근 이야기하기로 하겠다.

 나고야의 우두머리인 시미즈 젠이치를 자신의 집으로 불러
들여 살해한 것은, 애초부터 헤이조와 다로의 음모에 의한 것
이 아니었다. 그것은 그 현장을 본 사람이면 누구나 쉽게 알
수 있는 일이었다. 젠이치와 헤이조, 그리고 그 현장에서 도박
을 하고 있던 또 다른 한 사람인 헤이스케(兵助) 사이에서 금
전 문제로 다툼이 일었는데 그것이 원인이 되어 대판 싸움이
벌어진 것은 사실이었다.

 직접 살해를 한 것은 헤이조였다. 다로도 그 자리에 있었지

만 그것을 돕지는 않았으나, 헤이스케는 나무로 된 칼집의 일본도로 그를 도왔다. 따라서 젠이치를 살해한 것은 그 두 사람이었다.

하지만 헤이조는 앞서도 이야기한 것처럼 그 당시 상당한 청부업자가 되어 있었기에 그 밑에 많은 사람들이 딸려 있었다. 만약 헤이조가 감옥에 들어가게 되면 그 밑에 있는 많은 사람들은 굶어죽을 수밖에 없었다.

"형님, 형님께서 들어가셔서는 안 됩니다. 이번 일은 제가 책임지고 자수하도록 하겠습니다."

의형제를 맺은 아우 다로가 말했다.

"형님께서는 당분간 몸을 숨기시기 바랍니다. 그리고 사람들의 관심이 어느 정도 식으면 돌아오시기 바랍니다. 형님의 몸은 소중하니 결코 경솔하게 움직이셔서는 안 됩니다."

그리고 다로는 피가 잔뜩 묻은 채 떨어져 있는 단도를 집어 들었다. 그런 다음 갑자기 자신의 허벅지를 그 칼로 푹 찔렀다.

"자 이렇게 한 다음 자수를 할 겁니다. 상대방에게 먼저 당했기에 정당방위를 위해 죽였다고 말하면 됩니다."

"그래, 네가 가주겠느냐? 미안하구나! 부디 몸조심하기 바란다."
라며 헤이조는 눈물을 흘렸다.

"걱정할 것 없습니다. 제가 혼자서 가면 그것으로 일은 끝납니다. 하지만 형님이 가시게 되면 밑에 있는 수백 명의 사람들이 함께 고통을 받게 됩니다. 형님, 걱정 마시고 한시라도 빨리 여기를 떠나십시오.”

이렇게 해서 헤이조는 오아키(お秋)라는, 올해로 겨우 16세가 된 첩을 데리고 우선은 요코하마로 달아나기로 했다. 요코하마에서 배를 타고 어딘가로 도망칠 생각이었던 듯하다.

헤이조를 달아나게 한 뒤 다로는 헤이조의 집 부엌에서 한숨을 돌리고 있었다. 그때 헤이조의 아내가 돌아왔다.

“형수님, 시미즈를 해치웠습니다.”

라고 다로가 말했다.

“뭐?”라며 아내는 놀라 얼굴빛이 바뀌었다.

“조금 전에 안의 8조짜리 방에서 해치웠는데 지금부터 자수하러 갈 생각입니다.”

라고 다로가 말했다.

“그럼 다로, 우리 집 양반은 어떻게 됐지?”

아내가 불안하다는 듯 물었다.

“형님 말입니까? 형님은 이곳을 떴습니다.”

“그럼, 우리 집 양반도 같이 일을 저질렀단 말인가?”

“그렇습니다. 같이 놈을 해치웠습니다. 하지만 형님은 소중한 몸이시니, 모든 뒤처리를 제게 맡기고 조금 전에 이곳을 뜨셨습니다.”

“세상에, 내가 없는 동안에 아주 큰일이 벌어지고 말았군. 그럼 우리 집 양반은 어디로 간 거지?”

“어디로 가실 건지 저는 듣지 못했습니다. 하지만 형수님, 걱정하실 것 없습니다. 소란이 가라앉으면 형님께서는 틀림없이 돌아오실 겁니다. 어쩔 수 없는 일입니다, 형수님. 이런 일을 하는 남자의 아내가 됐으니 이 정도의 불운은 어쩔 수 없는 일이라 생각하시고 단념하시기 바랍니다. 자, 저는 지금부터 자수를 하러 가겠습니다. 사실은 형수님이 오시기를 기다리고 있었습니다. 형수님이 이 집에 계셔야 안심할 수 있습니다. 그리고 누가 와서 물어도 형님은 사오일 전부터 집에 없었다고 하십시오."

이렇게 말하고 다로는 경찰서로 갔다.

4

다로의 자수로 경찰과 재판소에서 사건이 벌어지면 언제나 하는 실지검증을 위해 집으로 찾아왔다.

다로가 범인이라는 점은 재판소에서도 의심하지 않았다. 그리고 헤이조의 아내의 증언도 있었기에 헤이조는 혐의를 받지 않았다. 하지만 현장의 상태로 봐서 다로 혼자 살인을 저지른 것이 아니라는 사실이 밝혀졌다. 결국은 그 자리에 있었을 것이라고 헤이조의 아내가 말한 사내 한 명이 검거되었다. 다로와 그 사내는 도쿄 지방재판소에서 무기징역을 선고받았다.

언뜻 사건은 이것으로 끝난 것처럼 보였다. 하지만 그것은 아직 종결된 것이 결코 아니었다.

젠이치의 아내로 오스마(おすま)라는 여자가 있었다. 그녀도 검사국으로 소환되어 심문을 받았다. 그때 그녀가 뜻밖의 사실을 진술했다.

"젠이치가 살해당한 것은 결코 돈 문제로 벌어진 우발적 싸움 때문이 아니라고 생각합니다."

라고 그때 여자가 검사에게 말했다.

"젠이치는 헤이조의 집에서 살해당했는데 그 자리에 헤이조도 분명히 있었을 겁니다. 헤이조의 집에서 젠이치를 부르러 왔을 때, 헤이조도 집에 있다고 다로가 분명히 말했었습니다."

그 말을 들은 담당 검사는 눈을 둥그렇게 떴다.

"저는 틀림없이 헤이조가 젠이치를 죽인 것이라 생각하고 있습니다. 거기에는 이런 사정이 있습니다."

남편을 살해당했다는 원한 때문이었는지 오스마는, 젠이치를 살해한 것이 결코 단순한 금전상의 문제 때문만은 아니었을 것이라고 말했다. 검사는 그 새로운 사실의 발견을 단 한마디도 놓치지 않겠다는 듯 귀를 기울였다.

"그렇다면 어떤 이유로 살해한 건지 자세히 말해보게."

옆에 있던 연필을 집어 들고 그것을 메모지 위로 가져가며 검사는 오스마가 말하기를 기다렸다.

"나리, 그 헤이조는 유명한 긴스지입니다."

오스마가 이건 몰랐지 하는 듯한 태도로 말했다.

"뭐, 긴스지라고? 긴스지가 대체 뭐지?"

학교를 졸업하고 재판소에 들어온 지 얼마 되지 않은 검사는 그런 세상일에 대해서 전혀 아는 것이 없었다.

"나리께서는 아직 긴스지에 대해서 모르신단 말씀이세요?"

이렇게 말한 뒤 오스마는 도박꾼들 사이의 긴스지에 대해서 설명했다.

"긴스지란 도박꾼들의 두목 사이를 돌아다니는 자로, 도박꾼들 사이에서는 꽤나 세력이 있는 자를 말합니다."

"흠, 그저 세력이 있다고만 해서는 감이 잘 잡히지 않지만, 그 긴스지인 헤이조가 네 남편인 젠이치를 살해한 데 어떤 이유가 있단 말이지?"

"그건 말입니다, 나리. 헤이조가 긴스지이기 때문에 살해한 겁니다."

"긴스지라서 살해한 거라고? 그건 또 무슨 소리지? 어쨌든 그 긴스지라는 것에 대해서부터 설명을 해보게."

"그건, 나리께서는 잘 모르실지도 모르겠지만 저희와 같은 일을 하는 사람들 사이에서는 일 년 내내 다툼이 끊이지 않습니다. 누구를 찌르겠다는 둥, 누구를 죽이겠다는 둥, 일 년 내내 떠들어댑니다."

"그래, 그럴지도 모르겠군. 그래서?"

"그런데 굳이 말씀드리자면 그 긴스지가 상대방을 처리해주는 역할을 하는 겁니다."

"상대방을 처리해주다니, 무슨 뜻이지?"

"다투고 있는 적을 죽여주는 겁니다."

"흠."

"도쿄에 있는 두목의 집에 머물 때 그 두목에게서 부탁을 받아 한바탕 일을 하고 나면 바로 나고야나 오사카, 또는 나가사키(長崎) 등처럼 멀리로 소개장을 들고 달아납니다. 그렇게 해서 경력을 쌓으며 돌아다니는 겁니다."

"별 이상한 일을 하는 놈들도 다 있군."

"그래서 말입니다, 나리. 긴스지라고 하면 어느 곳의 두목이나 아주 좋은 대우를 해주며 맛있는 음식도 먹이고 용돈도 주어가며 놀게 해줍니다. 일이 생겼을 때 도움이 되니까요."

"그래, 도박꾼이나 청부업자에게는 그런 사람이 필요하겠지."

라고 검사도 수긍했다.

"긴스지는 사람을 죽여도 결코 잡히지 않는다고 합니다. 그들은 원적도 이름도 알 수 없는 부랑자들이기 때문에 나라에서도 손을 쓸 수가 없다고 합니다."

"알겠네. 그것으로 긴스지에 대해서는 이해가 됐네만, 헤이조가 그 긴스지였단 말이지?"

"네, 유명한 긴스지입니다. 저는 옛날부터 그 헤이조에 대해서 잘 알고 있었습니다."

"그렇다면 헤이조는 지금까지 어떤 일을 해왔지?"

"헤이조는 지금까지 두 번이나 사람을 죽였습니다."

"뭐? 두 번이나 사람을 죽였다고? 그것도 역시 긴스지를 하고 있을 때의 일인가?"

"그렇습니다. 한 번은 헤이조가 막 긴스지가 되었을 때로, 아니, 그 일 이후부터 긴스지가 된 걸 겁니다."

"음. 언제, 어디서 그 첫 번째 살인을 저지른 거지?"

검사가 눈을 반짝였다.

"그건 헤이조가 A현 B군 A읍에 있을 때의 일이었는데, 그를 돌봐주고 있던 두목의 부탁으로 그 지방의 다른 두목이었던 에토 다이키치라는 자를 죽였습니다."

"흠, 대체 어떤 방법으로 죽였지?"

"우선 한 요리점으로 다이키치를 불러 술을 마시게 한 뒤, 집으로 돌아가는 길에 죽였습니다."

그런 다음 오스마는 같은 죄목의 또 다른 사건 하나를 저질 렀다고 공술했다.

그것은 앞서 이야기한 예심조서 속의, 두 번째 사형을 언도 받은 범죄이니 여기서는 다시 말하지 않겠다.

5

이에 재판소는 오스마의 말에 따라 나고야와 쓰의 두 재판 소에 의뢰를 해보았다. 그랬더니 오스마의 말대로 결석재판에 서 사형을 선고한 사건이 있었다. 그런데 앞선 사건의 범인은 사야마 고타로(佐山幸太郎)라는 자였다. 후자는 시미즈 쇼자 부로(清水庄三郎)라는 자로 되어 있었다. 나이는 두 사람 모두 지금의 헤이조와 일치했다. 이에 검사는 헤이조를 직접 취조 하지 않고 바로 기소해버렸다. 그 정도로 검사는 오스마라는 여자의 공술을 믿고 있었던 것이다. 그리고 헤이조가 악한이 라는 사실을 믿고 있었던 것이다.

오스마는 검사에게 마지막으로 이렇게 말했다.

"헤이조가 젠이치를 살해한 것은 한마디로 자신의 옛 범행 이 드러나면 안 된다고 생각했기 때문입니다. 헤이조는 자신 이 예전에 저지른 범행을 젠이치가 전부 알고 있었기 때문에 젠이치를 도쿄에서 만난 순간부터 그를 죽일 생각이었던 겁니 다."

검사가 고개를 끄덕이며,

"그에 대해서 뭐 짚이는 일이라도 있는가?"
라고 물었다.

"네, 헤이조가 젠이치를 죽이려 한 것은, 젠이치가 아직 나고야에 있을 때부터 그런 낌새가 있었습니다."

"그건 또 무슨 소리지?"

"마침 헤이조가 기와공을 권총으로 죽였을 때(두 번째 살인), 저희 집으로 돌아왔기에 제가 헤이조에게 당신의 두목과 오래도록 분쟁이 있던 기와공이 권총으로 살해당했는데 그건 당신이 한 건가요, 라고 물었더니 헤이조는 웃었습니다. 그 뒤 헤이조는 W라는 곳의 항구 건설지로 간 듯했는데, 그 직후 형사가 찾아와서 자세히 조사해보니 기와공을 살해한 것은 틀림없이 헤이조인데 어디로 갔느냐고 물었으나 저는 분명히는 대답하지 않았습니다만 젠이치가 그 소리를 듣고 부하 둘을 헤이조에게 몰래 보내 헤이조에게 자수하라고 권했습니다. 그러자 헤이조는 크게 화를 내며 나를 감싸주는 것이 당연한데 자수를 권하다니 이런 법이 어디 있냐고 말했습니다. 다음에 젠이치의 집에 가게 되면 불을 질러 태워버리겠다고 말했다고 하는데, 젠이치 앞으로 결투장이 날아와서 산에 있는 광장으로 오라고 했기에 젠이치는 틀림없이 헤이조가 거기에 나타날 것이라 생각하고 형사 두 명을 그리로 보냈으나 헤이조는 모습을 드러내지 않았다고 합니다. 이런 이유로 헤이조는 기회가 생기면 젠이치를 없애겠다고 생각하고 늘 기회를 엿보고 있었습니다."

"그렇다면 헤이조가 어떻게 해서 도쿄로 들어오게 된 건지,

그 후의 일도 알고 있는가?"

"소문을 듣자하니 헤이조는 탁발승처럼 꾸미고 아우인 다로와 함께 도카이도를 따라 도쿄로 올라왔다고 합니다."

"그 뒤의 일은?"

"그 뒤의 일은 저도 모릅니다."

"그러니까 도쿄에서 젠이치를 다시 만나게 되었을 때, 예전의 일들이 있었기에 헤이조가 아우인 다로와 함께 젠이치를 살해한 것이라는 말이지?"

"그렇습니다."

이 오스마의 공술이 헤이조를 모살했다. 그리고 그에게 사형 선고를 받게 한 것이었다.

검사가 오스마에게 계속해서 물었다. 오스마의 말에 의하면 헤이조의 원적은 나고야 아쓰타(熱田) K촌의 니시야마 다이스케(西山代助)의 차남으로 본명은 레이산(礼三)이라는 것이었다.

헤이조의 범죄는 이 한 명의 여자, 헤이조가 살해한 젠이치의 아내 오스마의 진술에 의해 재판의 모든 기초가 만들어졌다.

6

헤이조가 내게 재판의 변호를 부탁한 것은 위와 같은 내용의 사건으로 세 번째 사형 선고를 받고 난 뒤의 일이었다.

우선 이 사건의 기록을 본 자라면 누구나 생각하게 되는 문제는 그가 앞서 결석재판을 받았다는 사건이 과연 실제로 그가 저지른 것인가 아닌가 하는 중요한 점인데, 그 중요한 점에는 어떠한 증거가 있는가 하면, 거기에는 젠이치의 아내 오스마의 증언 외에는 아무런 믿을 만한 것이 없었다. 만약 그것 외에 확실한 증거가 없다면 이보다 더 위험천만한 재판사건은 없다고 해도 좋을 것이다.

예를 들어 여기에 한 사내가 있는데 갑(甲)이라는 사람에게 원한이 있어서 그 사내가 재판소로 가 갑이 커다란 범죄를 저질렀다고 밀고했다고 하자. 그 밀고도 결코 실증이나 현장을 목격했다는 확실한 증거를 들 필요가 없다. 그저 그 진술이 참으로 그럴 듯하게 들리기만 하면 되는 것이다. 그것으로 검사는 곧 갑을 기소할 수도 있다는 말이다. 이 헤이조의 경우가 그러한 예 중 하나 아니겠는가?

하지만 그런 빈약한 원인으로 범인이 만들어진다면 그건 큰일이다. 더구나 그런 증언 정도로 사형 선고를 받게 된다면 더더욱 큰일이다. 이에 나는 헤이조가 과연 그런 사형에 부합하는 범인인지 아닌지를 지금부터 연구해보기로 하겠다.

우선은 니시무라 헤이조라는 사람에 대한 연구다. 이 사람은 대체 어디에서 태어났으며 그 뒤 어떤 성장과정을 거쳤고 어디를 방랑했는지, 그것이 매우 중요한 문제다.

헤이조의 출생 경력이 왜 문제가 되는지 이유를 밝혀보기로 하겠다.

헤이조는 예심정에서 이렇게 말했다.

"저는 말씀하신 나고야에서도, 그리고 쓰 시에서도 산 적이 없습니다. 따라서 나고야에서도 쓰에서도 살인을 한 기억은 결코 없습니다."

헤이조는 이렇게 말해서 앞서 오스마가 진술한 사실을 전부 부인했다.

그러니 오스마의 진술을 믿고 그를 기소한 검사가 얼마나 경솔했는지를 알 수 있다. 그렇다면 나고야와 쓰, 두 재판소에서 사형 선고를 내린 사람이 이 헤이조인지 아닌지가 의심스러워진다. 물론 나이는 일치하지만 이름이 전혀 다르다. 전자는 사야마 고타로였고, 후자는 시미즈 쇼자부로라는 이름이었다. 특히 후자인 시미즈는 살해당한 젠이치와 같은 성이다. 이처럼 두목의 성을 쓰는 자는 부하들 가운데 얼마든지 있다. 하지만 헤이조는 지금까지 시미즈라는 성을 쓴 적이 단 한 번도 없었다고 말했다. 그럼에도 불구하고 고타로와 쇼자부로와 헤이조를 동일인물이라고 단정하는 것은 위험하기 짝이 없는 일이다. 그러나 검사는 동일인물이라고 주장했으며, 도쿄 지방 재판소도 그렇게 단정해서 그에게 마지막 사형 선고를 내린 것이다.

여기서 한 걸음 더 나아가 헤이조의 원적을 살펴보기로 하자.

오스마가 진술에서 헤이조는 나고야 아쓰타 K촌에 사는 니시야마 다이스케의 차남이라고 말했다는 사실은 앞서도 이야기했다. 게다가 젠이치를 살해한 공범인 다로는 그의 친동생으로 본명은 후지타로(藤太郎)라고 증언했다.

하지만 헤이조는 이렇게 말했다.

"나의 원적은 S현 H군 H촌이고 어머니는 거지였는데 내가 열한두 살 때 어머니가 돌아가셔서 한 청부업자가 나를 길러 주었다."

이에 재판소가 그의 말대로 S현의 원적지에 조회를 해보았으나 그의 호적은 보이지 않는다는 답이 돌아왔다. 그에 대해서 헤이조는 다시 이렇게 말했다.

"호적이 있는지 없는지는 내 알 바 아니다. 우리 어머니는 거지였기에 부근 동네를 돌아다니며 먹을 것을 얻어 살아가고 있었다. 거지에게 호적이 있을 리 없다. 하지만 내가 S현 H군 H촌에서 태어난 것만은 틀림없는 사실이다."

헤이조가 이렇게 주장하는 것에 대해서는 재판소에서도 조사할 방법이 없었다. 이에 다른 한편인 오스마가 진술한 내용을 믿어 이번에는 그쪽을 조사해보았는데 거기에는 니시야마 다이스케라는 사람이 있었다. 그리고 다이스케에게는 아들이 있었는데 지금은 행방불명이라는 답변이 돌아왔다.

헤이조의 운명이 약간 위험해지기 시작했다. 그의 원적이 아무래도 오스마가 진술한 곳과 일치하는 것 같았기 때문이었다. 따라서 오스마가 진술한 사실이 그 한 가지 일에 의해서 증명되려 하는 형세로 변해버리기 시작했다.

이에 재판소는 헤이조의 사진을 찍어 그것을 헤이조의 원적지라고 하는 아쓰타의 니시야마 다이스케에게 보냈다. 그리고 그 사진으로 행방불명된 아들인지 아닌지를 확인해 달라고 했다.

그 사진의 감정 결과가 헤이조의 운명에 커다란 영향을 미칠 것은 자명한 사실이었다.

감정 결과가 나왔다. 그것은 '아무래도 우리 아들인 것 같다.'는 결론이었다.

이 대답은 헤이조에게 결코 유리한 것이 아니었다. 변호인은 단지 사진만으로 그 진위를 판단하는 것은 위험한 일이라고 주장하고, 니시야마 다이스케를 출정시켜 헤이조와 대면시킬 것을 신청했다.

"이제 와서 누가 뭐라고 하든 지금의 내게는 아버지도 안 계시고 어머니도 안 계신다. 형제도 없다. 나무에서 떨어진 원숭이와 다를 바 없는 사람이다. 이 도시 저 도시를 떠돌아다니던 부랑자였다. 이제 와서 내 사진을 보고 이게 우리 아들이라고 할 사람이 있을 리 없다."

고 강력히 주장했다.

어찌 됐든 헤이조가 니시야마 다이스케의 아들인지 아닌지를 밝혀내는 것이 이번 의혹을 명백히 하는 첫 번째 조건이 되었다. 이에 니시야마 다이스케를 법정으로 소환하기 위해 동일인을 증인으로 신청했는데, 공소원에서도 변호인의 신청에 대해 허가를 내주지 않을 수 없었다.

7

그날의 공판정은 상당한 긴장감에 둘러싸여 있었다. 이 한 가지 사실로 대세가 결정되리라 모든 사람들이 생각했기 때문이었다. 만약 다이스케가 헤이조의 친아버지라고 한다면 오스마의 증언 대부분이 신빙성을 얻게 될 터였다. 그리고 헤이조는 헤어날 길이 없는 불리한 형세에 빠지게 될 터였다.

그것은 벌써 열 몇 번째인가의 공판이 있던 날이었다. 니시야마 다이스케는 나고야에서 상경해서 헤이조가 자신의 아들인지 아닌지를 감정하는 역할을 맡게 되었다.

앞서도 잠깐 이야기했지만 헤이조는 다부지고 야무진 사내의 모습을 하고 있었는데 그 용모는 특히 강한 매력으로 넘쳐나고 있었다. 그가 한번 날카롭게 노려보면 대부분의 사람들이 섬뜩함을 느낄 정도로 위협적이었다.

그날도 그는 오래도록 계속된 미결생활로 창백해진 얼굴에 거뭇한 구레나룻을 기르고 윤기 넘치는 눈을 이상할 정도로 번뜩이며 법정으로 들어섰다.

다른 미결수와 마찬가지로 헤이조는 삿갓을 쓰고 연두색 미결수의를 입고 있었으며, 손에는 수갑이 단단히 채워져 있었다. 그 수갑에서 허리에까지 굵은 오랏줄이 걸려 있었다. 오랏줄의 끝을 간수가 단단히 쥐고 있었다.

그 섬뜩한 모습을 지금 법정에 들어온 증인 다이스케가 바라보고 있었다. '행방불명된 자신의 아들인지 아닌지……' 그의 눈동자는 기적을 기다리는 것처럼 반짝이고 있었다.

법정에서는 수감자의 모든 형구를 벗겨야 한다. 피고석 앞까지 갔을 때 간수가 짤깍 하고 수갑을 풀었다. 그리고 오랏줄도 풀었다. 다음 순간 헤이조는 자유로이 움직일 수 있게 된 손을 갑자기 들어 슥 하고 삿갓을 벗어버렸다. 그리고 그는 자신의 증인으로 출정하여 바로 옆에 있는 다이스케의 모습을 가만히 바라보았다. 시간으로 따지자면 10여 초 정도, 상대방의 얼굴을 향해 날카로운 응시를 계속했다. 상대방은 헤이조의 살인광선과도 같은 시선을 받자, 심한 현기증이라도 일어난 사람처럼 검은 전율을 느끼며 갑자기 고개를 숙여버리고 말았다. …….

잠시 후 공판이 개정되었다.

재판장이 증인 신문을 시작했다.

절차에 따라서 증인의 신분, 직업을 물은 뒤 재판장이 다이스케에게 질문을 던졌다.

"여기에 있는 니시무라 헤이조는 증인의 아들인가?"

법정은 묘한 침묵과 터질 것 같은 긴장감에 둘러싸여 있었다. 그 가운데서도 헤이조는 석상처럼 똑바로 서서 다이스케의 대답을 기다렸다.

"어떤가? 잘 보고 대답하게."

재판장이 다시 말했다. 그러나 다이스케는 아직 입을 다물고 있었다.

"어떤가? 이제는 대답을 해도 좋으리라 생각하는데……."

재판장이 세 번째로 물었다.

"이 사람은 제가 전혀 모르는 사람입니다."

다이스케가 분명한 목소리로 대답했다. 그 목소리를 듣자 법정 안은 갑자기 뭐라 형언할 수 없는 감격적인 공기로 물들기 시작했다.

"틀림없는가?"

그러나 재판장은 냉정한 태도로 다시 한 번 물었다.

"네, 틀림없습니다."

그날은 헤이조에게 두어 가지 심문만을 한 채 끝나버리고 말았다.

헤이조와 다이스케는 다시 한 번 얼굴을 마주친 뒤, 두 사람 모두 그대로 법정에서 빠져나갔다. 다이스케는 그때 자신의 막내딸을 데리고 왔었다. 그는 그 딸에게 자신의 오빠를 감정시킬 생각으로 데려온 듯했으나 딸은 결국 한마디도 하지 않았다. 그리고 미결수의를 입은 헤이조의 모습을 가만히 바라보기만 할 뿐이었다.

그 니시야마 다이스케의 증언은 헤이조에게 매우 유리하게 작용했다. 그러나 검사는 자신의 손으로 기소한 앞선 두 사건의 범죄를 어디까지나 헤이조의 짓이라 믿고 다시 그를 추궁하기를 게을리 하지 않았다.

검사가 그렇게 애써 유죄를 주장한 데는, 헤이조의 경력 가운데 아직 불명확한 점이 있었기 때문이었다.

예심정의 조사에서 헤이조는 이렇게 말했다.

"앞서도 말씀드린 것처럼 저희 어머니는 거지였고, 한 청부업자의 집에 17세까지 있다가 거기서 나와 18세 때 도쿄로 왔습니다. 그리고 29세가 될 때까지 계속 도쿄에 있었습니다."

"29세부터 범죄를 저지르기 전, 네가 청부업자가 되기까지는 어디에 있었지?"

라고 예심판사가 물었다.

"29세 때부터 타이완에 있었습니다."

"타이완에 있었다고?"

"네."

"타이완의 어디에 있었지?"

"곳곳을 떠돌아다녔습니다."

"곳곳이라니 어디와 어디지?"

"타이중에 3년, 지룽(基隆)에 4년……"

"타이완에 아직도 지인이 있는가?"

"지금은 없습니다. 이미 오래 전 일이니."

"너의 그 오른손 집게손가락이 없는 건 어째서지?"

"이건 요코스카에 있을 때 광차에 끼었기 때문입니다."

"몇 살 때였지?"

"스물여덟 살 때였습니다."

하지만 검사국에서는 헤이조가 말하는 그 타이완 시절은 거짓말이고, 바로 그때 긴스지로 활약하며 교토·오사카에서 도카이도를 따라 떠돌아다닌 것이라고 단정하고 있는 듯했다.

검사국은 헤이조가 설령 다이스케의 아들이 아니라 할지라도—물론 검사국에서는 그가 다이스케의 친아들이라는 생각을, 다이스케가 증언한 뒤에도 바꾸지 않았다.— 그 두 개의 살인사건의 범인이 헤이조가 아니라고 단정할 수는 없다고 생각했다. 따라서 검사국에서는 어디까지나 그의 나고야 시절이 있었다는 사실을 실증하기 위해 안달했다. 하지만 변호인 쪽에서는 그 반대가 되는 실증을 얻기 위해 고심했다.

헤이조가 말한 타이완 시절이 확실하게 증명되면 승패는 단번에 갈릴 터였다. 하지만 검사국의 조사도 뚜렷한 성과를 거두지는 못했다. 변호인 쪽도 역시 뚜렷한 성과를 거두지는 못했다.

그랬기에 타이완 시절의 실증을 얻는 것은 잠시 뒤로 미루기로 했다. 그리고 변호인은 새로운 방법을 고안했다. 나는 나고야 시절의 헤이조를 알고 있다고 말한 오스마에 대해 연구하기로 했다.

그 연구란 다음과 같은 것이었다.

오스마는 헤이조를 나고야 시절에 알았다고 했는데 과연 오스마가 말한 헤이조와 현실의 헤이조가 동일인물인가 하는 점이었다.

하지만 이는 앞선 니시야마 다이스케의 경우처럼 본인끼리의 대면으로 해결할 수 있는 문제가 아니었다. 왜냐하면 쌍방의 이익이 서로 상반되는 입장에 있기에 서로가 자신의 주장을 내세우면 결론이 나지 않을 것이기 때문이었다.

이에 나는 한 가지 방법을 생각해냈다. 그리고 오스마를 다시 환문해서 헤이조의 몸에 문신이 있는지 없는지를 묻게 해달라고 재판소에 신청했다. 그 증인 신청은 다행히도 허락되었다.

지금부터 그 흥미로운 문신 문제에 대해서 이야기하기로 하겠다.

8

재판장이 오스마에게 물었다.

"증인이 예전부터 헤이조를 알고 있다고 하기에 묻겠는데, 헤이조의 몸에 문신이 있는가 없는가?"

오스마는 재판장의 질문에 잠시 생각하다,

"헤이조에게는 문신이 없었던 것 같습니다."

"흠, 헤이조의 몸에는 문신이 없었다는 말이지?"

"그렇습니다. 분명히 없었던 것으로 기억하고 있습니다."

"알았네. 그럼 다른 질문은 없습니까?"

라고 재판장이 변호인에게 물었다. 이에 나는 그 사실을 더욱 명확히 하기 위해 재판장에게 말했다.

"오스마는 꽤 오랫동안 자신의 집에서 헤이조와 함께 살았다고 하니 헤이조의 몸에 문신이 있었는지 없었는지 정도는 충분히 알고 있으리라 여겨집니다. 그러니 지금의 증언은 확실한 것이라 여겨집니다만 당시 헤이조는 몇 살 정도였는지 그것을 다시 한 번 묻고 싶습니다. 예전에도 그 사실을 조서에 기록한 적이 있으나 지금 다시 한 번 그 점을 확인해두고 싶습니다."

재판장은 고개를 끄덕였다. 그리고 오스마에게 그 사실을 물어보았다.

"당시의 나이는 서른한두 살쯤 되었던 것으로 알고 있습니다."

라고 오스마가 대답했다.

"틀림없습니까?"

라고 내가 오스마에게 다시 한 번 확인했다.

"틀림없습니다."

라고 그녀는 확실하게 대답했다.

이에 나는 헤이조를 다시 불러서 그의 몸에 문신이 있는지 없는지, 그리고 그 시절의 나이를 물어보고 싶다고 말했다. 재판장은 그것을 허락했다.

이렇게 해서 다음 공판이 열렸다.

헤이조는 역시 삿갓을 쓰고 수갑을 찬 모습으로 출정했다.

나는 변호인석에서 그의 모습을 바라보며 미소를 금치 못했다.

그가 입고 있는 미결수의의 짧은 소매 끝으로 노출되어 있는 팔뚝에 검푸른 문신이 선명하게 그려져 있었기 때문이었다.

재판장이 그 앞에 선 피고에게 물었다.

"피고는 몸에 문신이 있지?"

"네, 있습니다."

"잠시 옷을 벗어 보여주기 바라네."

이에 헤이조는 기세 좋게 수의의 어깨를 아래로 내렸다. 그의 전신에는 가뢰처럼 문신이 가득 새겨져 있었다. 그것이 팔뚝까지 이어져서 참으로 오싹한 느낌을 주었다.

"그만 됐네. 그렇다면 그 문신은 언제쯤 한 거지?"

재판장이 역시 냉정한 얼굴로 물었다.

"이건 제가 스무 살 때 한 것입니다."

그가 평소와 다름없이 시원시원하게 대답했다.

"스무 살 때 했다고? 그렇다면 어디서 한 거지?"

"아사쿠사(浅草)에서 했습니다."

"아사쿠사에서 했다. 아사쿠사의 어디서 했지?"

"아사쿠사 W거리에 있는 문신사의 집에서 했습니다."

"W거리의 몇 번지인지는 모르는가?"

"네, 아주 오래 전의 일이기에 번지는 잊어버렸습니다."

"어쨌든 아사쿠사에서 한 것만은 틀림없는 사실이란 말이지?"

"그렇습니다."

그날의 공판은 이렇게 해서 끝났다.

앞서 오스마가 이야기한 내용과 지금 헤이조가 한 이야기를 대조해보니 지금의 헤이조는 오스마가 말한 헤이조와 동일인이 아님이 분명해졌다.

하지만 이 쌍방의 말만 가지고 재판소는 충분히 만족하지 않았다. 이에 헤이조의 주장을 실증하기 위해 나는 활동을 개시했다.

나는 이튿날 일찍 감옥으로 찾아가 헤이조를 면회했다. 그리고 헤이조에게 아사쿠사에 있었다는 문신사의 주소를 자세히 물었다.

그러나 그것은 지금으로부터 십수 년이나 전의 일이었다. 게다가 요즘에는 문신사도 엄중하게 처벌을 받게 되었으니 이러한 상황 속에서 그 문신사가 아직도 아사쿠사에서 살고 있을지는 참으로 알 수 없는 일이었다. 지금부터 그를 찾아내서, 그 문신사에게 십수 년 전의 기억을 더듬어 달라고 청하려는 것이었다. 뜬구름을 잡으려 한다는 것은 이를 두고 하는 말 아닐지.

하지만 이 어려운 문제를 실제로 해결하지 못하면 헤이조는 모살범으로 사형 집행을 받게 될 터였다. 나는 아사쿠사 전체를 뒤져서라도 그 문신사를 찾아내기로 결심했다.

나는 서생 한 명과 함께 아사쿠사로 갔다.

9

그날은 삼복 중의 무더운 날이었다.

하늘은 눈이 부셔서 올려다볼 수 없을 정도로 파랗게 빛나고 있었으며, 주변의 기와지붕들은 마치 불꽃을 내뿜고 있는 것 같았다.

그 무렵 나는 아직 사회에 막 발을 내딛은 변호사였기에 생활의 괴로움은 상당한 것이었다. 헤이조의 변호인은 나 한 사람만 있는 것이 아니었다. 하나이(花井), 다카기(高木), 이소베(磯部) 등처럼 당시의 유명한 변호사들이 모여 있었다.

여기서 이런 얘기를 한다는 것도 좀 우습지만 당시 나는 그 사건에서 아직 한 푼의 비용도 받지 못했었다. 그렇다고 해서 헤이조가 비용을 내지 못한 것도 아니었다. 그는 그 당시 도쿄에서도 손가락에 꼽히는 청부업자인 미네야마구미에서 모든 일을 돌봐주고 있었다. 그러나 일개 청년변호사인 나를 그렇게 중요하게는 생각하지 않았기에 나는 언제나 내 돈으로 돌아다녀야만 했다. 하지만 나는 그렇다고 해서 변호사의 임무를 잊는 그런 청년은 아니었다.

여담은 이쯤 해두기로 하겠다. 어쨌든 나는 서생과 둘이서 전차를 타고 아사쿠사로 갔다. 그리고 헤이조에게서 들은 S거리로 가보았다. 하지만 그가 말한 것과 같은 문신사의 집은 어디에도 없었다. 나는 S거리의 좁다란 골목을 강아지처럼 돌아다니며 헤이조가 말한 문신사 센조(仙藏)의 집을 찾아다녔다.

"글쎄요, 오래 전 이 부근에 문신사가 하나 살고 있었는데,

지금은 후카가와(深川) 쪽으로 이사했다는 소리를 들은 적이
있습니다."
라고 S거리에서 오래 전부터 살았다는 노무자 할아버지가 말
했다. 실망한 나는 한 동안 멍하니 서서 흘러내리는 땀을 닦고
있었다.

"나리, 문신을 하실 생각이십니까?"
라며 노무자 할아버지가 내 얼굴을 보았다. 나는 쓴웃음을 짓
지 않을 수 없었다.

"잠깐만 기다리십시오. 그 문신사의 딸이 이 부근에서 장사
를 하고 있다는 소리를 들은 적이 있으니."
라고 할아버지가 말했다. 그리고 그는 가벼운 발걸음으로 달
려갔다.

나는 그 뒷모습을 바라보며 크게 숨을 내쉬었다. 거기서 한
줄기 광명을 본 듯한 느낌이 들었기 때문이었다.

잠시 후, 그 할아버지가 돌아왔다. 하지만 그 보고는 나를
만족시키지 못했다. 그 딸도 지금은 후카가와의 Y거리로 이사
를 했다는 것이었다.

후카가와의 Y거리 역시 좁은 구역이 아니었다. 아는 것이라
고는 문신사의 딸이라는 것뿐, 이름도 몰랐으며 또 그 문신사
가 아직 살아 있을지도 의심스러운 일이었다.

나는 완전히 당황하고 말았다. 하지만 그렇다고 해서 헤이
조의 사활이 걸린 문제를 그대로 포기할 수는 없었다. 나는 시
계를 꺼내보았다. 오후 5시를 지난 시각이었다.

"오늘은 그만 돌아가기로 하세. 지금부터 후카가와에 가봐

야 밤이 되어버릴 테니."

라고 나는 데리고 온 서생에게 말했다.

　이튿날 나는 우선 서생을 혼자 보내볼까도 싶었으나 다시 생각을 바꾸었다. 어려운 일은 전부 내가 직접 해야 한다고 생각하고 있었기 때문이었다.

　며칠 뒤, 나는 다시 후카가와 Y거리로 갔다. 하지만 그날도 역시 헛되이 돌아오고 말았다. 그래도 나는 굴하지 않았다. 그리고 1개월여쯤 뒤에 문신사 센조를 드디어 후카가와 H거리의 한 구석에서 찾아냈다. 내가 얼마나 기뻐했겠는가!

　"어르신이 센조라는 분이십니까?"

라고 내가 벌써 일흔 살도 넘은 것 같은 한 노인에게 물었다. 그는 더 이상 문신사가 아니었다. 그리고 지금은 아들과 함께 살고 있었다.

　"네……."

라며 센조가 의아하다는 듯한 얼굴로 나를 바라보았다.

　"센조라는 분이 어르신이십니까?"

라고 내가 다시 물었다.

　"제가 센조입니다만, 당신은 누구십니까?"

　상대방은 아직도 무슨 일인지 모르겠다는 듯한 표정이었다.

　"아아, 이거 제가 무례를 범했습니다."

라며 나는 명함을 내밀었다.

　"네."

하며 상대방은 그 명함을 받은 채 아직도 이해할 수 없다는 듯한 얼굴로 나를 바라보았다.

상대는 어쩌면 내 명함을 읽지 못하는 것일지도 몰랐다.

"갑자기 찾아와서 이런 말씀 여쭙는다는 건 실례입니다만, 어르신께서는 예전에 아사쿠사에서 오래 지내신 적이 있었습니까?"

"아사쿠사에서……."

라고 상대방이 더욱 이상하다는 듯한 표정을 지으며 나를 바라보았다.

"네, 아사쿠사의 S거리에서 오랫동안 살지 않으셨습니까?"

"아니요, 아사쿠사에서는 산 적이 없습니다."

라고 상대방이 말을 막듯 대답했다.

"……."

나는 완전히 배신당한 듯한 기분이 들었다.

"혹시 예전에 아사쿠사에서 문신사를 하신 적 없으셨습니까?"

내가 거듭해서 물었다.

"문신사? 아니, 저는 그런 일을 하던 자가 아닙니다."

라고 상대는 매정하게 쏘아붙인 뒤 고개를 돌려버리고 말았다. 순간 나는 퍼뜩 깨닫고 아차 싶었다. 나의 이와 같은 질문법은 틀림없이 적당한 방법이 아니었다.

그 당시만 해도 문신에는 엄중한 단속법이 있었다. 그리고 지금은 구류형에 처해지게 되어 있다.

"갑자기 그런 것을 묻다니 제가 무례했습니다. 일단은 제 이야기를 좀 들어주시기 바랍니다."

나는 그 집의 마루 끝에 걸터앉아 우선은 이렇게 태도를 바꾸어 입을 열었다. 하지만 상대방은 여전히 미심쩍다는 듯한 눈빛으로 나를 가만히 바라볼 뿐이었다.

나는 내가 변호사라는 사실부터 이야기하기 시작했다. 그리고 헤이조의 사건에 대한 내용을 대충 들려주었다. 그런 다음 문신에 관한 문제를 자세히 설명한 뒤, 그 사실 하나가 한 인간의 생사를 좌우할 수 있다는 점을 차근차근 이야기했다.

처음 센조 노인은 반신반의 속에서 듣고 있었으나 언제부턴가 내 이야기에 몰입해서 귀를 기울였고, 결국에는 몸을 앞으로 당겨 팔짱을 낀 채 고개를 갸웃거리고 있었다. 그리고 내 말에 몇 번이고 머리를 끄덕였다.

"그렇군요. 말씀을 듣고 보니 이는 그렇게 간단한 일이 아닌 듯합니다. 어쨌든 벌써 십수 년 전의 일이기에 저도 정확히는 기억하고 있지 못하지만, 그 무렵에도 문신은 역시 금지된 일이기는 했으나 아직은 꽤나 유행을 했기에 그 정도 나이의 젊은이에게는 저도 아주 많이 문신을 해주었습니다. 이런 말씀 드리기는 좀 뭣합니다만, 저는 당시 문신에 있어서만은 다른 누구에게도 뒤지지 않겠다는 생각으로 있었습니다. 그래서 에도(江戶) 시대 협객들의 문신을 자세히 연구했고 문신을 부탁하는 사람들이 원하면 옛날의 유명한 협객과 같은 것을 해주는 등 꽤나 여러 모양의 문신을 새겼습니다."

라며 센조 노인은 옛날의 자랑을 늘어놓기 시작했다. 나는 그것을 공손히 듣지 않을 수 없었다.

"그 무렵의 일이라면 모를 것도 없습니다. 지금도 문신첩을 잘 보관하고 있으니. 누가 뭐래도 옛일은 역시 잊을 수 없는 것이기에."

라며 센조 노인은 자리에서 일어났다. 그리고 안쪽 방에서 낡은 화첩을 가져왔다.

"나리, 이건 나리께만 특별히 보여드리는 겁니다. 예전에 저를 찾아왔던 사람의 목숨이 걸린 중요한 일이라고 하니 저도 약간의 징역이나 벌금 정도에 떨 수는 없습니다."

라며, 과연 옛날을 떠올리게 하는 협기를 내보였다.

구문룡(九紋龍), 자운룡(紫雲龍), 주천동자(酒天童子), 그 외에도 무엇무엇 하는 식으로 우리는 전혀 들어본 적도 없는 이름이 붙은 문신첩을 내 앞에 펼쳐보였다.

"제 손으로 새긴 것은 꽤나 많지만 십수 년 전이라면 이쯤이 될 겁니다."

라며 센조 노인이 손때가 묻어 거의 찢어질 것 같은 페이지를 넘겼다.

센조 노인은 그 한 페이지 한 페이지를 넘기는 와중에도 내가 물은 헤이조에 대한 옛 기억을 더듬고 있는 듯했다. 그러던 센조 노인이 찰싹 하고 무릎을 한 번 쳤다.

"있습니다, 있어. 저는 까맣게 잊고 있었습니다만, 그 사람은 틀림없이 그때 제가 달기(妲己)를 새겨주었습니다."

라고 센조 노인이 말했다. 그리고 헤이조의 용모가 노인이 말하는 것과 완벽하게 일치했다.

나는 나중에 재판소에서 호출이 있으면 출정해 달라고 부탁했다. 그는 그 자리에서 승낙해주었다.

10

검사는 극력 반대했으나 재판장은 결국 센조 노인을 증인 으로 호출하는 것에 대한 허가를 내주었다. 그리고 헤이조가 20세 때, 틀림없이 자신의 손으로 헤이조의 몸에 황화수은이 들어간 문신을 해주었다고 증언했다. 이 증언으로 재판소도 그 심증을 움직이지 않을 수 없었다. 피해자 시미즈 젠이치의 아내인 오스마의 주장은 마침내 근거를 잃기 시작했다.

결판의 날이 다가왔다.

담당 검사는 형법학자로도 상당히 유명한 N검사였다.

N검사가 논고했다.

"피고가 나고야 지방 재판소에서 사형 언도를 받은 범죄사 실 및 쓰 재판소에서 사형 언도를 받은 범죄사실은 한 점 의 혹의 여지도 없는 것입니다. 그것은 피해자 젠이치의 아내인 오스마의 증언에 의해서도 분명히 알 수 있습니다. 피고는 예 전의 범죄 사실을 극력 부인하고 있으나 그 부인은 근거가 전 혀 없는 것입니다. 왜냐하면 오스마의 주장에 의한 피고 헤이 조의 원적지는 움직일 수 없는 사실로 피고는 그곳에서 태어 나 긴스지로 곳곳을 유랑하던 불량한 도박꾼이었습니다. 그의 아버지인 니시야마 다이스케는 그의 사진을 보고 현재 행방불 명 중인 자신의 아들이라고 확인했으나 자신의 아들과 대면해 서는 아버지로서의 정에 이끌려, 아들에게 불리한 증언을 할 수 없었던 것입니다. 하지만 직접 만나보고 그가 자신의 아들 임을 니시야마 다이스케도 느낀 것은 말할 필요도 없는 사실 입니다. 피고는 자신의 원적지를 사이타마(埼玉) 현 H군 H촌이라고 주장하고 있으나 조사를 해본 결과 그것은 허위라는 사실이 판명되었습니다. 또한 나고야 지방재판소와 쓰 지방재판소에서의 피고의 이름이 다르지만 이는 이상한 일이 아닙니다.

그와 같은 부랑자들은 곳곳에서 이름을 바꾸고 가명을 쓰는데 특히 피고는 여러 곳에서 범죄를 저질렀기 때문에 가명을 쓴 것은 당연한 일입니다. 마지막으로 문신 문제가 있는데 이는 논할 가치도 없는 것입니다. 왜냐하면 문신이 있는지 없는지에 대한 증인 오스마의 대답은 '문신은 없었던 같다.'는 정도의 것이었습니다. 설사 짧은 기간 동거했다 할지라도 착각은 있을 수 있습니다. 그 한 가지 사실로 헤이조가 아니라고 단정 짓는다는 것은 매우 경솔한 행동입니다.

이를 요약하면, 피고 헤이조가 아이치(愛知) 현 A읍에 재주하고 있을 때 에토 다이키치를 살해한 것은 의심의 여지도 없는 사실입니다. 이어 기후(岐阜) 시로 달아나 요시다 규조(吉田久造)를 권총으로 살해한 사실도 오스마의 증언처럼 전후의 동작에 비추어보아 증빙은 충분합니다. 위 사건들이 발각될까 두려워 그 사실을 알고 있는 젠이치를 도박으로 불러들여 아우인 다로와 함께 피고의 자택에서 살해한 것은 매우 명백한 결과라고 하지 않을 수 없습니다. 피고는 그 범행을 저지른 29세부터 36세 사이에 타이완에 있었다고 주장하고 있으나 그것은 아무런 근거도 없는 허위진술로 피고는 그 시절에 틀림없이 도카이도를 따라 유랑하고 있었습니다. 실제로 피고가 아이치 현에서 에토 다이키치를 살해했을 때 사용한 흉기는 당시 나고야 지방재판소에 압수되어 있던 이 단도입니다."
라며 N검사는 책상 위에 놓여 있던 범행용 단도를 집어 들어 재판장 앞에 서 있는 피고의 눈 앞으로 내밀듯 해서 몇 번이고 그것을 휘둘렀다. 섬뜩할 정도로 허연 칼날이 공판정의 유리창을 통해 쏟아져 들어오는 햇빛에 반사되어 마치 그날의 범행 당시를 떠올리게 하듯 번뜩번뜩 번쩍였다. 법정 안에 있던 사람들 모두 자신도 모르게 전율을 느꼈다.

"이처럼 피고 헤이조는 흉포한 비사회성을 가진, 개심의 여지가 없는 범인이니 앞선 판결대로 사형을 언도하시기를 청구하는 바입니다."

N검사의 구형은 이것으로 끝났다. 당시의 신문들은 N검사가 취한 논고 중의 제스처에 대해서 '검사 법정에서 칼을 휘두르다'라고 보도했다.

11

N검사의 논고에 대해서 나는 그것을 12개 항목으로 구분해서 헤이조를 변호했다. 그러나 지금 여기서 그것을 자세히 이야기할 수는 없으니 아주 간단히 요점만을 밝히기로 하겠다.

나는 우선 재판소가 한 부인의 증언에만 의지해서 이처럼 중대한 형사사건을 심리하는 것은 부당하고, 또 과오를 저지르는 처사라고 논했다.

검사의 논고는 아무리 생각해도 난폭하다. 검사는 젠이치의 아내가 처음 긴스지의 이야기를 했을 때부터 그 주장을 완전히 신용해버렸다. 그리고 헤이조가 예전에 두 번이나 사형 선고를 받았다는 말을 듣자 그 선고를 받은 재판소에 조회했다. 그리고 비슷한 사건이 있음을 다행으로 여기며 그것을 바로 헤이조의 범행이라고 단정해버렸다. 그런 다음 곧 기소해버렸다. 범인이라 여긴 헤이조조차 충분히 취조하지 않고 바로 기소해버린 것은 놀라울 정도로 경솔한 행동이다.

검사는 헤이조의 사진을 그 아버지라고 하는 니시야마 다이스케가 보고 아들인 것 같다고 말한 것을 유일한 증거로 이전의 두 사건도 유죄로 만들려 하고 있었다. 이 역시 무모한 독단이었다. 사진의 감정이 중죄의 유무를 결정할 만큼 중요시되어서는 안 된다는 점은 새삼스럽게 말할 필요도 없는 사실이다. 이에 대해서 나는 촬영학을 인용해 자세히 논했으나 여기서는 이야기하지 않겠다. 게다가 니시야마 다이스케는 헤이조와 대면한 뒤에는 자신의 아들이 아니라고 증언했다. 이 증언은 취하지 않고 사진의 감정에만 매달리는 것은 결코 정당한 처사가 아니다.

검사가 믿고 있는 것처럼 오스마의 증언이 확실한 것이라면, 그녀의 문신에 대한 증언은 그녀가 믿고 있는 헤이조와 현실 속의 헤이조가 전혀 다른 사람이라는 사실을 명백하게 말해주는 것이다. 이 한 가지 사실로 앞선 두 사건에 대한 헤이조의 유죄설은 근본에서부터 흔들리고 말았다.

요컨대 오스마는 자신의 남편을 살해당한 결과 강한 히스테리를 일으켜, 가해자에 대한 원한을 풀기 위해 이와 같은 허위 증언을 한 것이라 여겨진다.

판결이 내려졌다. 헤이조의 앞선 2건은 인정되지 않았다.

그리고 헤이조는 고살범[17]으로 무기징역을 선고받았다. 공범인 아우 다로는 미결수로 만 6년 2개월 동안 감옥에 있다가 무죄가 되었다.

내가 변호를 맡았을 당시 헤이조도 앞선 2건에 대한 누명에 대해서는 끝까지 싸우겠으나, 젠이치를 살해한 사실에 대해서는 결코 부인하지 않겠다고 말했다. 단지 다로는 무죄임을 주장했을 뿐이었다. 따라서 나의 주장은 이 판결에 의해서 전부 받아들여진 셈이었다. 헤이조는 사형을 면했다며 흔쾌히 홋카이도로 갔다. 그는 15년 후에 다시 세상으로 나왔다. 그리고 지금도 생존해 있다.

한 여성의 히스테릭한 감정에서 나온 엉터리 증언이 검사의 무조건적인 신용을 얻으면, 그것이 인간의 생사를 결정하게 된다. 재판을 받는 자에게는 재앙이 아닐 수 없다.

---

17) 故殺犯. 고의로 살인을 저지른 범인.

사실상의 간통·법률상의 간통

1938년 판의 표지 그림

사실상의 간통 · 법률상의 간통

1

살인범, 이렇게 한마디로 말해버리면 사회는 그 흉포한 행위에 대해서 얼마나 증오스러운 눈빛을 보낼지.

강도 · 살인과 같은 종류는 예외로 하고 그 외의 일반 살인범, 치정 · 원한 · 언쟁 등의 결과 살인을 저지르게 된 범인에게서는 거의 대부분 범의[18]라 인정할 만한 것이 발견되지 않는 경우가 많다. 그리고 그 범인 가운데는 격정적인 성격의 매우 정직한 자들이 적지 않다. 고집스럽지만 악의는 없는 성격을 가진 사람이 흥분한 나머지 자신도 모르게 흉행(兇行)을 저지른 예는 얼마든지 있다. 음험하고 교활하고 약삭빠르고 처세에 능한 성격을 가진 사람은 결코 그처럼 과감한 행동을 하지 않는다.

---

18) 犯意. 범죄행위라는 것을 알고도 그 행위를 하려는 의사.

내가 여기서 이야기하려고 하는 한 살인사건의 주인공은 오히려 보통 사람 이상으로 정직하고 선량한 남자였다. 앞으로 이야기할 남자의 성격을 안다면 누구나 그 사실을 분명히 알 수 있을 것이다. 그 선량한 남자가 부부간의 변태적 성관계 때문에 결국은 살인을 저지르고 만 것이다. 그것을 우리의 비평적인 널따란 시야로 볼 필요가 있다.

우선 본 사건의 개요부터 이야기하기로 하겠다.

피고인은 사와다 진키치(澤田甚吉)라는 자로 당시 44세였다. 그는 N현 K군 H촌 출신으로 자신의 이웃인 가와카미 하루스케(川上春助)의 아내 오하나(お花)라는 42세의 여자와 정을 통해 고향에 머물 수 없게 되었기에 1921년 10월에 오하나와 손을 잡고 상경했다. 그리고 교외의 다키노가와(滝野川)에 있는 한 사람의 집 2층을 빌려 동거하며 진키치는 제국대학의 사환으로 일하게 되었다.

오하나는 시간이 흐름에 따라서 지금의 생활이 성에 차지 않게 되었다. 그것은 그녀의 남편인 가와카미 하루스케가 상당한 자산가이기 때문에 지금의 가난한 생활에 싫증이 난 것도 한 원인이었으나, 한편으로는 그녀의 타고난 성격인 다정함이 움직이기 시작한 것도 한 원인이었던 듯하다. 이에 그녀는 진키치에게 가게를 하나 내주면 이대로 동거를 계속하겠지만, 만약 그렇게 해주지 않으면 더는 동거를 하지 않겠다고 말했다. 진키치는 마음속으로 오하나가 자신에게 싫증이 나서 남편인 하루스케의 집으로 돌아가려는 것이라고 좋지 않은 쪽으로 생각했다. 이에 그때는 두 사람이서 말다툼을 했고, 그날은 그것으로 끝났다. 하지만 그 이튿날도 오하나의 태도는 변하지 않았다. 오하나는 지금부터 짐을 싸서 집을 나가겠다고 말했다. 이에 진키치와 다시 싸움이 시작되었는데, 억척스러운 성격의 오하나가 식칼을 가져와 진키치와 맞섰다. 그리고 얼굴과 손가락에 부상을 입혔다. 이에 화가 난 진키치는 오하나가 쥐고 있던 칼을 빼앗아 오하나의 등쪽 폐부를 찔러 11번째 늑골을 절단하는 자상을 입혔다. 그로 인해 오하나는 늑막염에 걸렸고 결국은 패혈증을 일으키기에 이르렀다. 그리고 사건이 있던 해 2월 21일 오전 9시에 마침내 세상을 떠났다.

진키치는 상해치사죄로 법정에 섰는데 그는 피해자가 손에 쥐고 있던 식칼로 단번에 찔러 오하나가 쓰러진 것은 시인했으나, 그것은 신의 지도에 따라 행한 것이라고 말했다. 다시 말해서 오하나의 사악함을 신이 벌한 것이라는 뜻이었다.

이 사건에서 드러난 사실은 대략 위와 같은 것이다. 그리고 이 사실에는 한 점의 의심스러운 부분도 없다. 세상에서 흔히 볼 수 있는 살상사건과 별다른 차이가 없는 것처럼 보인다. 겉으로 드러난 사실은 그렇지만, 그 내용은 매우 복잡해서 거기서는 번뇌스러운 인간 애욕의 소용돌이가 맴돌고 있다. 지금 그것을 해부해보기로 하자.

2

진키치와 오하나가 고향에서 도망쳐 도쿄로 온 것은 간통죄의 발각을 두려워한 것이 원인인 듯 여겨졌다. 그러나 사실은 그와 반대여서 두 사람은 젊은 시절부터 부부였다. 그런데 진키치가 집에 없는 사이에 하루스케가 오하나를 빼앗은 것이었다. 따라서 진키치는 오하나를 하루스케의 손에서 되찾은 것에 지나지 않는다. 그러한 사정은 진키치가 검사의 질문에 대해 이렇게 답한 것으로 분명히 알 수 있다.

　문 : 피고는 언제 도쿄로 왔는가?

　답 : 저희 집은 대대로 농사를 지어왔기에 저도 소학교를 졸업한 뒤부터 농업에 종사해왔습니다만, 재작년 10월에 하나 (오하나)와 같이 도쿄로 나왔습니다.

　문 : 피고와 하나와의 관계는?

　답 : 저와 하나와의 관계는 지금으로부터 25·6년 전, 제가 18세이고 하나가 16세였을 때 부부가 되었으며 둘 사이에는 아이들이 셋 있습니다.

　문 : 그렇다면 지금 호적상에는 어째서 하나가 가와카미의 아내로 되어 있는 것인가?

　답 : 그것은 제가 1914년에 절도죄로 복역하고 있는 사이에 하나가 가와카미 하루스케라는 자에게 시집을 가버렸는데 그때 호적에 넣었기 때문이라 생각합니다. 그것 때문에 법률상으로는 제가 가와카미라는 남편이 있는 하나와 간통을 한 것처럼 되어버렸으나, 사실은 제가 집을 비운 사이에 제 아내인 하나를 가와카미라는 사내에게 빼앗긴 것입니다. 그 아내를 제가 감옥에서 나와 되찾은 것뿐입니다.

　문 : 그렇다면 도쿄까지 도망쳐올 필요도 없지 않았는가?

　답 : 아니, 그렇지 않습니다. 제가 전에 절도죄로 복역하게

된 것도 하나 때문이었습니다. 저와 하나는 부모님들의 사이가 좋지 않아서 신고를 하지 못한 것인데, 당시 저희 집의 유산을 분배할 때 저와 하나가 갈라서지 않으면 제게는 재산을 한 푼도 줄 수 없다고 하기에 저는 그것을 부모님들의 냉혹한 처사라 생각해서, 사실은 저희 아버지의 재산을 맡고 있던 친척의 창고를 턴 것이었습니다. 그렇게 해서 저는 절도범이 되었습니다. 저는 하나 때문에 그처럼 고생을 했는데 하나는 제가 감옥에 들어가 있는 동안 가와카미에게로 시집을 가버렸으니 저는 세상에 대한 체면이 서지 않았습니다. 그런데 제가 감옥에서 나왔다고 해서 하나가 다시 제게로 돌아온다면 그것 역시 세상에 대해서 부끄러운 일이었습니다. 그래서 저와 하나는 둘이서 도쿄로 도망쳐온 것입니다. 게다가 하나는 가와카미와 이야기를 전부 끝냈다고 했으나 제가 가와카미와 직접 이야기를 한 것은 아니었으니 만일 가와카미가 이러쿵저러쿵 트집을 잡으면 큰일이라고 생각했기에 그 지방에 머물 수 없다고 생각한 것입니다.

　문 : 피고의 말대로라면 하나라는 여자는 매우 음란한 여자인 듯한데, 실제로는 어떤 여자인가?

　답 : 말이 나왔으니 드리는 말씀입니다만, 실제로 대단한 여자였습니다. 저는 벌써 24·5년이나 같이 살았습니다만 하나가 제멋대로 집을 나간 것이 몇 번인지 모릅니다. 사실 세 번째 아이는 하나가 가출 중에 임신한 아이입니다.

　진키치가 검사에게 이렇게 대답한 그의 아내 오하나에 대해서는 호적상의 남편인 가와카미 하루스케 역시 검사에게 이렇게 대답했다.

문 : 증인(하루스케)은 하나와 언제 결혼했는가?

답 : 하나를 아내로 맞아들인 것은 1918년 1월 13일이고 혼인신고는 그로부터 1년쯤 뒤에 했습니다.

문 : 그 당시 하나에게는 사와다 진키치라는 남편이 있고 그와의 사이에 세 자녀까지 있었는데 그 사실을 몰랐었나?

답 : 제가 하나를 아내로 들였을 때는 남편이 있다는 사실도, 자식이 있다는 사실도 알지 못했습니다. 그런데 하나를 아내로 맞아들인 지 1년쯤 뒤에 세 자녀가 있다는 사실을 알게 되었습니다. 그리고 세 아이 중 둘은 이번 사건을 저지른 사와다 진키치와 하나 사이에서 태어난 아이이고, 나머지 한 명은 하나가 다른 데서 임신해서 온 아이라는 말을 들었습니다.

문 : 그런 여자와 증인이 결혼한 이유는 무엇인가?

답 : 1917년 12월 중순, 우연한 일로 하나와 관계를 맺었기에 어쩔 수 없이 아내로 들였습니다.

문 : 하나와의 사이는 어땠는가?

답 : 부부사이는 아주 좋지 않았습니다. 하나를 아내로 맞아들인 뒤, 하나는 때때로 신슈(信州)나 조슈(上州)의 제사공장으로 갔으며 고향에 돌아와서도 저희 집에 들어오는 날도 있고, 들어오지 않는 날도 있었기에 사이는 좋지 않았습니다.

이것으로 오하나라는 여자의 성격은 대략 판명되었다. 그리고 진키치가 그녀의 매정함에 화가 나서 그녀와 싸움을 하다 상대방이 식칼을 들고 왔기에 그것을 빼앗아 단번에 찌른 것은 신의 명령이었다고 한 변명도 어딘가 일리 있는 얘기처럼 들리기도 했다. 하지만 16·7세 때부터 24·5년 동안이나 동거를 했던 부부가 상해치사를 저지르기까지의 경위에는 좀 더 복잡한 성적 문제가 얽혀 있었다. 그 내용을 진키치의 재판조서 가운데서 취해 적어보기로 하겠다.

　문 : 그처럼 성격이 거친 여자와 어떻게 해서 24·5년 동안이나 동거를 할 수 있었는가?

　답 : 저도 잘 모르겠습니다만, 어렸을 때부터의 애정이 얽혀 있었던 것이라 여겨집니다. 게다가 3일이 멀다하고 싸우기는 했으나 아무래도 진심으로 미워서 싸운 것은 아닌 듯합니다. 하나가 집을 나간 것도 제가 미워서 나간 것이 아니라, 오히려 제가 하나를 얼마나 사랑하는지를 시험하기 위해서였다고 생각됩니다. 또 제가 하나에게 나가라고 한 것도 하나가 집에서 정말 나가는지 안 나가는지를 시험해보기 위해서 한 말이라는 사실을 나중에서야 깨달았습니다. 따라서 3일이 멀다하고 싸움도 하고 집을 뛰쳐나가기도 했지만, 하나도 바로 집으로 돌아왔고 또 저도 하나를 찾아다니곤 했습니다.

　하나는 도저히 제 곁을 떠날 수 없는 여자였고, 또 저도 어차피 하나를 집을 나간 채로 그냥 내버려둘 수는 없는 남자였습니다. 이제 와서 생각해보면 그처럼 하찮은 마음의 시험 따위 하지 않아도 되지 않았을까 싶지만, 그건 저 역시도 성격이

급하고 하나도 지기 싫어하는 성격이었기에 나가라, 나가겠다 하는 싸움을 하기까지 언제나 흥분을 해버리곤 했습니다. 세상에서 말하는 악연이라고 해야 하는 걸까요? 서로를 사랑했기에 그렇게 하면서도 20여 년이나 같이 살 수 있었던 것이라 생각합니다.

제가 성급하게 굴거나 하나의 성격이 거칠어진 것은 둘이서 싸움을 할 때뿐이었고, 싸움이 끝나 서로의 마음이 가라앉으면 싸울 때 흥분했던 감정의 높이만큼, 그만큼 더 정열도 깊어져 전보다 한층 더 강하게 서로를 사랑하게 되었습니다.

문 : 두 사람의 사랑이 그처럼 깊었다면 하나가 다른 사람의 아이를 임신했을 리 없지 않은가?

답 : 참으로 옳은 말씀이십니다. 마음을 잘 가라앉히고 생각해보면 싸움을 할 때의 마음을 저 자신도 잘 이해할 수가 없었습니다. 그리고 정말 한심하다는 생각이 들었습니다. 어째서 그런 싸움을 한 걸까 하는 생각이 들어 하나와 둘이서 늘 후회를 했습니다. 그러다가도 싸움을 하게 되면 정색을 하고 대들며 길길이 날뛰었으니 정말 알다가도 모를 일이었습니다. 남들도 이해를 못하지만 저 자신도 이해를 할 수가 없었습니다. 그랬기에 어느 정도 세월이 흐른 뒤부터는 아주 커다란 싸움이 아닌 이상 이웃 사람들도 싸움을 말리려 하지 않게 되었습니다.

임신해서 돌아왔을 때도 그랬습니다. 그때 하나가 얼마나 깊이 사과했는지 모릅니다. 울고 또 울고, 울다 쓰러져버렸기에 옆에 있던 사람들 모두가 동정을 했을 정도였습니다. 그 가

없은 모습을 더는 바라볼 수가 없었습니다. 그랬기에 하나를 그 이상 탓할 마음은 들지 않았습니다. 그리고 신기하게도 제가 하나와 결혼한 이후 가장 사이가 좋았던 날들이 계속된 것도 그때부터 수개월 동안이었습니다. 그때는 싸움 한 번 하지 않고 아주 즐겁게 살았는데 그런 적은 그 이전까지도, 또 그 이후에도 단 한 번도 없었습니다. 이런 일은 다른 사람에게 도저히 말할 수 있는 것이 아니고, 또 상식적으로 생각해봐도 도무지 이해할 수 있는 일이 아니나 이것은 모두가 사실입니다.

문 : 피고(진키치)와 하나의 관계는 상식 밖의 사랑이었다 할지라도, 피고가 감옥에 있을 때 가와카미에게 시집을 가고 심지어는 호적에까지 이름을 올린 하나의 마음은 대체 어떻게 생각을 해야 하는가? 그걸 하나에게 물어본 적이 있었는가?

답 : 물론 물어봤습니다. 제가 감옥에서 나오자마자 바로 물어보았습니다. 그때도 하나는 울었습니다. 그리고 어렸을 때부터 당신이라는 남자에 의지해서 살아왔기에 의지할 남자가 없으면 도저히 살아갈 수가 없어서 당신이라고 생각하고 당신이 돌아올 때까지 가와카미의 집에 있었던 것인데 이제 당신이 돌아왔으니 가짜인 가와카미와는 한시도 같이 있을 수 없다, 제발 당신 옆에 두기 바란다, 당신 외에는 의지할 사람이 없다고 말했습니다. 저는 하나가 가와카미에게 간 것은 저를 버린 것이 아니라 오히려 저를 너무 깊이 생각하고, 너무 의지하고 있었기에 그 결과 그렇게 한 것이라고 생각하여 3년 동안 감옥 속에서 쌓아두었던 원한도 잊고 하나에게 저를 괴롭히는 것을 허락해버리고 말았습니다.

문 : 아무리 그렇다 해도 호적까지 올린 것은 너무한 일이라고 생각지 않았는가?

답 : 하나는 호적 문제를 그렇게 중요하다고 생각지는 않았던 모양입니다. 저와 24·5년 동안 함께 살면서 세 아이를 두고도 호적에 올리지 않은 것을 크게 고민하지 않았을 정도였으니, 잠시 사정이 있어서 가와카미의 호적에 올린 것이라는 정도로만 생각하고 있었던 듯합니다.

문 : 피고가 그렇게 동정어린 해석을 한다면 그것도 상관은 없지만, 그렇게 관대한 마음을 가지고 있었으면서 어째서 3일이 멀다하고 싸움을 한 거지? 그건 거짓말 아닌가? 이번에 이런 잘못을 저질렀기에 그 책임을 가볍게 하기 위해서 하나의 성격이 드세다는 둥, 3일이 멀다하고 싸움을 했다는 둥 주장하고 있는 건 아닌가?

답 : 천만의 말씀입니다. 그런 거짓말은 결코 하지 않았습니다.

3

이 변태적인 부부관계에 대해서 두어 명의 증인이 그들의 생활상을 이야기했다.

그 가운데서도 피해자 하나의 친딸인 오키쿠(お菊)는 어머니가 1월 29일 밤에 다쳐서 2월 21일 오전 9시에 마침내 세상을 떠날 때까지 그 옆에 붙어서 간호를 했다. 그때 하나가 딸에게 한 참회의 말이 예심과 공판정에서 진술되었다. 여기에 그것을 적어보겠다.

문 : 1월 29일에 참고인(오키쿠)의 아버지 진키치가 식칼로 하나를 찔러 부상을 입혔다고 하는데, 그에 대해서 참고인이 알고 있는 사실을 이야기해보시오.

답 : 31일에 저는 대학병원에 있었는데—오키쿠는 대학병원의 간호부였다.— 어머니가 편찮으시니 바로 오라는 전화가 왔기에 곧 부모님이 계신 곳으로 갔습니다. 그랬더니 어머니는 자리에 누워서 '내가 잘못했다. 내가 잘못했다.'고 되풀이했습니다.

문 : 어머니는 어째서 내가 잘못했다고 말한 거지?

답 : 그 이유는 묻지 않았지만, 어머니도 아버지를 꽤나 힘들게 했으니.

딸인 오키쿠는 아버지와 어머니의 성격에 대해서 이렇게 이야기했다.

"아버지는 성격이 급하고 화를 잘 내기 때문에 어머니께 그런 일을 한 것이지만, 그렇게 이성을 잃고 끔찍한 일을 저지른 뒤 어머니가 다쳤다는 사실을 인지한 이후부터 아버지가 놀란 모습은 참으로 가슴 아플 정도였다. 아버지가 원래의 선량한 인간으로 완전히 돌아와 어머니를 친절하게 돌보며 위로한 모습에는 옆에 있던 사람들까지 눈물을 글썽였을 정도였다."

현장을 목격한 하시구치 요시코(橋口芳子)는 이렇게 진술했다.

문 : 증인(요시코)은 노지마(野嶋)의 집 2층을 빌려 진키치의 옆방에서 살고 있었는가?

답 : 작년 11월 초부터 노지마의 집 2층을 빌려 진키치의 옆방에서 자취를 하고 있었습니다.

문 : 진키치 부부는 싸움을 자주 했다고 하던데 1월 30일 밤, 진키치가 하나를 찔렀을 때의 일을 알고 있는가?

답 : 알고 있습니다. 오후 6시 무렵, 제가 직장에서 돌아왔을 때 노지마 씨 댁에는 아무도 없었습니다. 제가 계단을 두어 단 올랐을 때 2층에서 진키치가 허둥지둥 내려오기에 무슨 일이냐고 물었습니다. 그랬더니 진키치는 어제의 싸움이 원인이 되어 오늘도 싸움을 하다 식칼로 하나를 찔러 부상을 입혔는데 자수를 하는 것이 좋을지 의사를 부르는 것이 좋을지 모르겠다고 말했습니다. 저는 우선 의사를 부르는 것이 좋겠다고 말하고 밖에는 아무도 없었기에 제가 돗토리(鳥取) 의사를 부르러 갔습니다.

문 : 그런 다음 어떻게 되었는가?

답 : 제가 진키치의 방으로 갔을 때 하나는 이불 위에 엎드려 '아이고, 아이고'하고 신음하고 있었습니다. 그래서 저는 대학병원에 있는 딸 오키쿠에게 전화를 걸어 그녀를 불렀습니다.

문 : 진키치는 하나를 친절하게 간호했는가?

답 : 저는 그 후 일주일 정도 친구의 집에 가 있었기에 잘은 모르겠습니다만, 진키치 씨는 새파랗게 질려서 간호를 하고 있었으니 아주 친절했을 겁니다.

이 사실을 딸인 오키쿠는 더욱 상세히 이야기했다.

문 : 참고인(오키쿠)이 간병을 하러 갔을 때, 아버지는 어떻
게 하고 있었는가?

답 : 제가 간호를 하러 갔을 때 어머니는 자리에 누워 계셨
고 아버지는 그 옆에서 열심히 간호를 하고 있었습니다. 저는
그날부터 일주일 동안 병원을 쉬고 간병을 했습니다만 아버지
도 아주 잘 간호를 해주셨기에 경과가 상당히 좋아서 9일째
되는 날, 상처를 봉합했던 실을 뽑고 한때는 상처도 거의 나았
습니다.

그런데 아버지가 고향으로 전보를 치러 간 사이에 상자를
받침 삼아 선반 위에서 무엇인가를 꺼내려다 상자가 쓰러져서
배를 부딪치고 말았습니다. 그 때문에 늑막염이 생겼고, 결국
이번과 같은 일이 벌어지고 만 겁니다.

실제로 오하나의 사인은 틀림없이 그것이었다. 점점 회복되
고 있던 오하나의 상처는 오하나의 부주의 때문에 결국 그녀
의 사인이 되고 말았다. 그리고 진키치는 상해치사죄를 저지
른 자가 되고 말았다.

법률상의 범죄는 언제나 이러한 일들 속에서 일어나는 경
우가 많다.

재판관의 일상적 업무와 피고의 운명

1938년 판의 표지 그림

재판관의 일상적 업무와 피고의 운명

1

안세이의 대옥[19] 사건은 봉건정치의 말기적 상황에 직면한 막부의 쿠데타였음은 누구나 잘 아는 사실이다.

막부의 다이로[20]였던 이이 나오스케[21]는 그 당시 왕을 지지하고 막부를 쓰러뜨리려했던 지사들에게 극력 박해를 가했다. 그 박해를 구체적으로 보인 것이 안세이의 대옥 사건이었다.

요시다 쇼인[22]은 그 지사 가운데서도 가장 과격한, 지금으

---

19) 安政の大獄. 안세이 5년, 6년(1858·59)에 행해진 에도 막부의 탄압. 에도 막부의 다이로인 이이 나오스케와 로주인 마나베 아키카쓰(間部詮勝) 등은 천황의 허락도 받지 않고 미일수호통상조약에 조인했으며, 쇼군(将軍)의 후계자를 도쿠가와 이에모치(德川家茂)로 정했는데 이러한 각 정책에 반대한 자들을 탄압한 사건을 말한다.

20) 大老. 무가 정치에서 쇼군을 보좌했던 최고 직명.

21) 井伊直弼(1815~1860). 에도 말기의 정치가. 결국은 반파대의 암살로 세상을 떠났다. (각주 19 참조)

로 말하자면 좌경파였다. 그 역시 대옥 사건에 걸려 감옥에 들어가게 되었다.

막부의 로주[23]에서 많은 지사들에 대한 모든 판결을 내렸다. 로주에서 평정한 결과 쇼인은 '유죄(流罪)'로 결정되었다. 이에 로주는 그 수뇌인 이이 다이로에게 재가를 얻기로 했다.

이이 다이로는 수많은 지사들의 이름이 적혀 있는 것을 대충 훑어보았다. 그런데 요시다 쇼인의 이름이 있는 곳에 와서 문득 의아하다는 듯 눈을 크게 떴다. 그는 잠시 생각하다 '유죄'라고 되어 있는 곳의 '유'자를 옆에 있던 붓을 들어 검게 칠해버렸다. 그리고 그 옆에 '사(死)'라고 정정하는 글자를 써넣었다. 다시 말해서 이이 다이로는 로주가 평정하여 쇼인을 유죄로 삼은 것에 불만이 있었기에 사죄로 정정해버린 것이었다. 이 일화는 전제정치하의 단옥[24]을 가장 잘 보여주는 것이다. 하지만 전제정치에서 그것은 결코 불합리한 일이 아니었다. 전제정치가는 단옥에 있어서 합리 따위는 고려하지 않았다. 단지 자신의 권력을 유지하는 데 불리하다 여겨지면 아무리 불합리한 일이라 해도 그대로 단행했다. 이것이 전제정치의 특질이다.

현대의 일본은 법치국가라 일컬어지고 있다. 하지만 내가 지금 이야기하려는 사건은 앞서 이야기한 것과 같은 봉건시대의 단옥과 조금도 다르지 않은 기괴한 재판이다.

---

22) 吉田松陰(1830~1859). 에도 시대의 지사, 교육가.
23) 老中. 쇼군에 직속하여 정무를 총괄하고 다이묘(大名)를 감독하던 직책(4~5명).
24) 斷獄. 중한 범죄를 처벌함.

이제 순서에 따라서 그 판결을 받은 피고에 대해 대충 이야기하기로 하겠다.

2

피고가 된 후쿠야마 다사부로(福山太三郎)는 그 당시 이미 32세였다. 죄명은 공갈협박, 사기였다. 그런데 그가 그러한 죄명으로 법정에 서기까지는 상당히 복잡한 경로가 있었다.

다사부로는 25·6세 때는 열렬한 기독교인이었다. 그리고 상당한 학구파여서 종교, 철학, 문학 등의 연구에 열심이었다.

그처럼 순진했던 청년이 어떤 일을 계기로 놀랄 정도의 성격 파탄을 맞이하게 되었다. 그리고 그는 고리대금업자가 되었다. 그는 열렬한 배금주의자가 되어 잔인하고 냉혹한 수단으로 가난한 사람들의 피를 빨았다. 특히 그는 속된 말로 '증거꾼'이라 불리는 무자비한 고리대금업자였다.

증거꾼이란 설령 채무자가 빌린 돈을 갚았다 할지라도 갚았다는 증거가 없으면 강압적으로 다시 채무의 이행을 요구하는 악랄한 수법을 쓰는 자를 말한다. 그렇게 해서 원금과 이자를 이중, 삼중으로 받아냈다. 그러던 중에 그는 한 채무자로부터 사기죄로 고소당했다. 그것을 들은 다른 채무자들도 역시 같은 죄로 고소했다. 그 고소가 합계 4건에 이르렀다. 그가 얼마나 악랄하게 채무자를 괴롭혔는지를 이것으로 알 수 있다.

제1심에서는 4건 모두 유죄가 되어 징역 10개월을 선고받았다. 하지만 공소한 결과 4건 중 2건만 죄가 인정되었고 나머지 2건은 무죄가 되었다. 그런데도 형은 역시 10개월이었다.

이에 그는 바로 상고했다.

대심원은 원판결을 파기하고 미야기(宮城) 공소원으로 회부했다. 그 사이에 다사부로는 보석으로 풀려났다.

보석으로 풀려난 다사부로는 이런 생각이 들었다.

설령 사건이 미야기 공소원으로 회부되어 다시 판결을 받는다 할지라도 어차피 유죄가 될 터였다. 만약 유죄가 되어 감옥에 들어가게 된다면 자신은 전과자가 되어 사회에서 영원히 매장될 것이 틀림없었다. 감옥에서 10개월이나 시달린 뒤 매장당할 바에는 차라리 고통을 받지 말고 매장당하는 편이 낫겠다 싶었다. 이에 그는 지금 당장 도망쳐야겠다고 생각했다. 그는 수중에 있던 돈을 가방에 넣어 조선으로 달아나기로 했다.

다사부로는 기차로 시모노세키(下関)까지 갔다. 그리고 시모노세키에서 부관연락선25)으로 갈아탔다. 그것은 1917년 8월의 일이었다.

연락선에서 다사부로는 한 사내와 알게 되었다. 그 사내는 이세 구와나(桑名) 출신으로 지금부터 조선으로 가서 한몫 잡겠다는 것이었다.

8월이었기에 배 안은 후텁지근해서 인간의 누룩이 생길 것만 같았다. 아니나 다를까 밤이 되자 다사부로와 알게 된 사내가 갑자기 고열에 시달리기 시작했다.

사내는 혼자 여행하고 있었다. 다사부로는 그 사내가 괴로

---

25) 부산과 시모노세키를 오가던 일본 철도성의 연락선. 1905년~1945년 사이에 운행되었다.

위하는 모습을 차마 볼 수가 없어서 친절하게 돌봐주었다. 그는 밤새 친형제처럼 머리맡에서 간호를 해주었다.

부산에 상륙했을 때 의사가 그 사내를 진찰했는데 콜레라라는 것이었다. 그것을 들은 순간 다사부로는 한 가지 계획이 가슴을 스치고 지나갔다. 그때부터 다사부로는 그 사내의 친척인 양 가장하여 한층 더 친절하게 돌봐주었다.

사내는 피병원26)에 수용되었으나 얼마 지나지 않아서 목숨을 잃고 말았다. 다사부로는 그 사내의 원적과 이름에 대한 질문을 받았을 때, 자신의 원적과 이름을 댔다. 다시 말해서 자신이 콜레라로 죽은 양 꾸민 것이었다. 병원에서는 다사부로의 자택으로 다사부로가 죽었다는 전보를 보냈다. 다사부로의 형 겐지(憲二)가 부산에 있는 피병원으로 동생의 뼈를 거두러 왔다.

다사부로는 부산의 여관에서 형이 오기를 기다렸다. 그리고 형을 여관으로 불러 자세한 이야기를 들려주었다. 형도 어쩔 수 없이 동생이 죽은 것으로 하고 그 구와나 출신 사내의 뼈를 가지고 돌아갔다. 다사부로에게는 수천 엔의 보험금이 걸려 있었다. 형이 그 돈을 보내주었다.

3

다사부로는 이제 호적상 이 세상에 존재하지 않는 사람이 되어버렸다. 그는 안도의 한숨을 내쉬었다. 그리고 곧 일본으

---

26) 避病院. 전염병 환자를 격리수용하는 병원.

로 돌아갔다.

그는 한때 도쿄로 들어갔으나 아무래도 불안해서 견딜 수가 없었다. 그랬기에 지바(千葉)의 시골에 우선은 자리 잡기로 했다. 지바 현 아와(安房) 군 S촌. 그는 훌쩍 그 마을로 가서, 몸의 정양과 학문연구를 위해 도쿄에서 온 것이라 말하고 농가의 방 하나를 빌렸다.

순박한 시골 사람들은 그를 학자로 대접했다. 그리고 마을의 지식계급—소학교장, 촌장—이라 불리는 사람들과 교제했다.

촌장은 야스다 가마키치(安田鎌吉)라는 중후한 노인이었다. 가마키치는 다사부로가 참으로 재기 넘치고 말솜씨가 뛰어난 청년이라며 흥미를 가지고 그를 자신의 집에서 살게 했다.

다사부로는 가지고 있던 돈으로 어선을 사고 어부를 고용해서 어업을 시작했다. 그리고 상당한 수입을 얻었다.

촌장에게는 딸이 하나 있었다. 오나오(お尚)라고 스무 살 전후의 참한 여자였는데 언제부턴가 다사부로와 사랑에 빠졌다. 아버지 가마키치는 두 사람을 결혼시켰다.

다사부로는 이렇게 해서 뜻밖에도 평화롭고 풍족한 생활 속에서 유유자적하게 되었다. 만약 그가 언제까지고 그런 생활을 계속했다면 그의 생애는 의외로 평화롭고 행복했을지도 모른다. 그러나 그는 이제 일본에 국적이 없는 무국적자였다. 아버지 가마키치는 종종 딸 오나오를 호적에 넣으라고 다사부로를 재촉했다. 언제까지고 다사부로가 오나오의 입적을 등한히 하는 것은 당연히 아버지 가마키치에게 의심을 품게 하는 한 원인이 될 터였다. 그리고 그 의심이 결국은 다사부로의 신상을 폭로하는 계기가 될지도 모를 일이었다. 그는 그런 불안에 떠는 날이 많아졌다.

'어떻게든 하지 않으면 안 된다.'

그는 마음속으로 끊임없이 생각했다.

그러는 사이에 오나오가 임신을 했다. 가마키치는 딸에게 사생아를 낳게 할 수는 없었다. 그랬기에 다사부로에게 입적을 자꾸만 재촉했다.

"조만간에 틀림없이 신고를 하겠습니다."

다사부로는 언제나 이런 말로 순간을 모면했다. 그는 오나오를 입적시키고 싶어도 그 적을 넣을 호적이 없었던 것이다. 그의 고민은 시시각각 더욱 깊어졌다.

4

1919년 모월 모일이었다. 도쿄의 각 신문은 지금 식으로 말하자면 KKK단이라고 부를 만한, 놀라울 정도로 악마적인 단체가 부호를 협박하고 있다고 보도했다. 그 사건은 다음과 같은 것이었다.

도쿄의 유수한 대상인, 긴자 거리의 일각에 장려한 시세션[27]식의 커다란 점포를 가지고 전국은 물론 외국에까지 지점을 낸 m상회의 주인 오하라 히로시(大原宏)에게 고쿠케이클럽(黑鯨俱樂部, 검은 고래라는 뜻)이라 칭하는 한 비밀단체

---

27) 19세기 말, 빈에서 일어나 오스트리아와 독일 각지로 퍼진 예술 혁신 운동. 허식을 배척하고 실용·간명·직절을 취지로 했다.

가 10만 엔을 제공하라는 공갈협박장을 보냈다는 것이었다. 그 대략적인 내용은 다음과 같았다.

1. 우리 고쿠케이클럽은 일본이 해양국임을 자랑스럽게 생각하며 바다를 통해 우리 국력의 커다란 발전을 꾀하려는 단체다. 단장은 예전에 동해의 대전에서 용명을 떨친 해군 소령으로 지금은 예비역인 하야미 로쿠로(速水六郎) 씨다. 단원은 대략 300명, 모두 예비역 육해군이다.

2. 우리 고쿠케이클럽은 지금 하나의 커다란 계획에 착수했다. 그것은 일본의 육해군 현역을 마친 제대병을 다수 남양 방면으로 이민시켜 거기서 고무를 재배하도록 하는 것이다. 그리고 대대적으로 우리나라에 수입해서 우리나라의 국부를 증대시키려는 것이다. 그 계획을 실행에 옮기려면 초기비용으로 10만 엔이 필요하다. 고쿠케이클럽은 클럽의 결의에 따라 귀하(m상회의 주인인 오하라 히로시를 말함)에게 그 자금의 조달을 명하기로 했다.

3. 귀하에게 그 출자를 명하는 이유는 다음과 같다.

귀하는 현재 m상회의 주인으로 수백만 엔의 부를 소유하고 있으나 이는 귀하가 이마에 땀을 흘려 번 돈이 아니라 사실은 선대 m상회의 주인인 아다치 소베에(安達惣兵衛)의 재산을 교묘하게 횡령한 것이다.

따라서 귀하가 소지하고 있는 부는 소베에에게서 빼앗은 것이다. 그 부정한 재산의 몇 십 분의 일을 떼어 국가의 유용한 자금으로 투자하는 것은 그 커다란 죄를 갚는 길이다.

4. 모월 모일 오후 12시까지 도쿄 시 K구 H거리 2번지 S상점 모퉁이에 있는 우편함 아래에 앞서 말한 10만 엔을 묻어둘 것을 명한다. 만약 우리 고쿠케이클럽의 명령에 따르지 않는다면 귀하는 귀하의 일가족과 함께 다이너마이트에 의한 폭파로 목숨을 잃을 각오를 해야 할 것이다. ……

참으로 무시무시한 협박장이었다. 이에 m상회의 주인인 오하라 히로시는 그 사실을 경찰서에 알렸다. 앞서 쓰기를 잊었는데 위의 협박장 말미에는 다음과 같은 내용도 덧붙여져 있었다.

'이 서장은 단순한 협박장이 아니다. 우리 고쿠케이클럽은 다수의 다이너마이트를 가지고 있다. 따라서 만약 귀하가 경찰서에 이 사실을 알린다면 용감한 클럽원이 곧 다이너마이트를 들고 습격할 것이다.'

5

이 협박장이 경찰서로 넘겨진 뒤 경찰서에서는 언제나처럼 '엄중조사'가 시작되었다. 하지만 그 편지를 보낸 곳은 조금도 밝혀내지 못했다.

그로부터 십여 일 뒤, m상회로 다시 이상한 소포 하나가 도착했다. 불안한 눈빛을 감추며 그 안을 들여다보고 일동은 아연실색했다. 거기에는 얼른 불을 붙여달라고 말하기라도 하는 듯한 다이너마이트가 몇 개 들어 있었다.

'고쿠케이클럽에는 이처럼 효과가 확실한 다이너마이트가

있다. 만약 귀하가 경찰이나 검사국 등에 신고한다면 우리는 이 다이너마이트로 곧 일가를 폭파할 것이다. 우리는 단지 협박장으로만 협박을 하는 자들이 아니라는 사실을 실지로 증명해보이기 위해서 이 다이너마이트를 귀하에게 보내는 것이다. …….'

이 다이너마이트가 다시 경찰서에 제출되었을 때 경찰서에서는 발을 동동 구르며 분해했으나 보낸 곳은 전혀 알아낼 수가 없었다. KKK는 세상에 드러나지 않은 무시무시한 공포였다.

경찰에서는 팔방으로 형사를 배치해서 조사에 힘을 쏟았다. 그러나 협박장이나 다이너마이트의 출처는 전혀 밝혀지지 않았다. m상회에서는 다수의 점원과 고용인들이 야경을 섰다. 경찰서에서도 순경을 배치해서 하루 종일 지키게 했다.

그런 가운데 다시 세 번째 협박장이 m상회에 도착했다.

그 협박장에는 다음과 같은 내용이 적혀 있었다.

'몇 번이고 귀하에게 자금 제공을 요구했으나 귀하는 요구에 전혀 응하지 않았다. 아무래도 귀하는 고쿠케이클럽을 경멸하고 있는 듯하다. 따라서 머지않아 클럽원이 다이너마이트를 들고 귀댁을 방문할 것이다. 그때 10만 엔을 준비해놓기 바란다. 그렇게 하지 않으면 우리의 다이너마이트가 귀하의 머리 위로 날아갈 것이다. …….'

이 세 번째 협박장을 보았을 때 오하라 히로시 일가는 놀라 전율했다. 고쿠케이클럽이 직접 다이너마이트를 들고 돌격해 들어오리라!

그 협박장에 이른바 '방문'의 때가 언제인지는 명기되어 있지 않았다. 따라서 갑자기 찾아와서 어떤 협박을 가할지 알 수 없는 일이었다.

경찰서에서는 m상회로 청원경찰을 보냈다. 그리고 두어 명의 형사가 한시도 쉬지 않고 잠복해 있었다.

오하라 히로시는 그것만으로는 불안했다. 그랬기에 종전보다 많은 인원으로 '결사대'를 조직해서 집을 매일 지키게 했다. 그야말로 대지진보다 더 커다란 소동이 오하라 일가에서 일어난 셈이었다.

정직한 고쿠케이클럽원이 어느 날 혼자서 찾아왔다. 그는 오하라의 집으로 들어서려던 순간 다수의 결사대원에게 포위되어 간단히 잡히고 말았다. 들고 있던 다이너마이트도 끝내 아무런 위력도 발휘하지 못했다.

사로잡힌 고쿠케이클럽원 사내는 다름 아닌 후쿠야마 다사부로였다.

6

다사부로가 어째서 그처럼 무시무시한 계획을 세워 단신으로 다이너마이트를 들고 부호의 집으로 찾아간 것일까? 거기에는 다음과 같은 사연이 있었다.

앞서도 이야기한 것처럼 다사부로는 가마키치의 딸이자 자신의 아내인 오나오의 입적문제 때문에 난처한 상황에 놓여 있었다. 호적이 없는 남자에게 아내를 입적시키라는 것이니 가마키치가 그것을 강력하게 요구하면 그는 파멸을 하고 말

터였다. 그 파멸이 두렵다면 거기서 달아나면 그만일 테지만, 그는 아내 오나오에게도 미련이 있었고 태어날 아기에 대한 애착도 있었다. 이에 그는 아내를 데리고 멀리로 달아날 결심을 했다.

어차피 일본 국내에서는 끝내 사회 표면으로 나갈 수 있는 몸이 아니니 외국으로 가서 자신의 뜻을 펼쳐야겠다고 생각했다. 그는 남양으로 건너가 거기서 고무 재배를 하겠다는 계획을 세웠다. 그러려면 적어도 2, 3만 엔은 필요할 것이라고 그는 생각했다.

그때 마침 다사부로가 사는 마을에서 사건 하나가 발생했다. 그것은 보슈(房州)의 바다에서 한 상선이 암초에 부딪쳐 침몰한 사건이었다. 그리고 그 배의 폭파공사가 진행되었는데 거기에 쓸 재료 대부분을 다사부로의 마을에 맡겨놓았다. 특히 그것을 폭파할 때 쓸 다이너마이트의 보존은 촌장인 오나오의 아버지 가마키치가 맡기로 했다.

그 다이너마이트를 바라보던 다사부로는 한 가지 좋지 않은 계획을 세웠다.

그는 지금 긴자에서 당당하게 커다란 점포를 운영하고 있는 m상회의 주인 오하라 히로시가 전 주인을 악랄한 수단으로 감금하여 그 재산을 횡령한 것이라는 사실을 알고 있었다. 이에 그는 이번과 같은 연극을 꾸민 것이었다.

소포로 보낸 다이너마이트도, 그리고 상대방이 응하지 않자 화를 내며 오하라의 집으로 들고 간 다이너마이트도 전부 그 상선 폭파공사에 사용할 것들이었다.

7

다사부로는 다시 붙잡혀 감옥으로 보내졌다. 검사의 기소에 의하면 그의 죄명은 강도미수, 사기라는 것이었다. 그런데 제1심에서는 공갈미수, 사기가 되었다. 사기는 보험금 사기였다.

제1심의 재판장은 K·S씨였다.

재판장은 공판정에서 수차례에 걸친 심리를 마친 뒤, 다사부로에게 징역 7년을 선고했다.

그 판결문에는 다음과 같이 기록되어 있었다.

주문(主文)
피고 후쿠야마 다사부로를 징역 7년에 처한다.

하지만 이상하게도 그 주문에 '7년'이라고 적힌 부분의 '7'이라는 한 글자는 전에 썼던 숫자를 지우고 나중에 다시 쓴 것으로 전에는, 즉 주문을 작성했을 때에는 다른 숫자가 적혀 있었다. 그 줄 위에는 1글자 정정이라고 적혀 있었다.

공갈미수, 사기라는 죄명에 대해서 징역 7년은 상당히 과중한 판결이라는 사실은 충분히 상상이 되는 일이다. 하지만 여기서 그 이야기는 하지 않겠다. 이상한 것은 그 주문의 정정된 글자다.

원래 판결문은 변호인의 변론을 듣고 결심에서 합의로 결정된 사실 인정과 죄명과 양형에 기초하여 주임판사가 기록으로 작성하게 되어 있다. 따라서 그 판결서의 중요한 부분인 주문의 형기에 적힌 숫자 하나가 정정된 것은 이해하기 어려운 일이었다.

변호인은 그것이 이상했기에 그 판결서를 작성한 주임판사에 대해서 물어보았다. 그리고 그때 내가 직감한 1글자 정정의 경위는 대충 이런 것이 아닐까 여겨졌다.

"처음 다사부로의 행위는 강도로 다루어야 하는 것 아닌가 하는 의견이 있었으나 거듭된 토의 결과 공갈로 다루기로 했다. 그리고 형기도 5년으로 하기로 했다. 이에 판결문도 그대로 작성했다. 그런데 그 판결을 언도하기로 한 날, 배석판사인 R판사가 여러 가지 범죄를 저질렀으니 아무래도 5년은 너무 짧은 것 같다고 했기에 '5'라는 숫자를 '7'로 정정해버렸다. 재판장도 특별히 이견은 없는 듯했다."

판결을 언도하기로 한 날 아침에 재판관의 생각이 문득 바뀌어 '5'라는 숫자를 '7'로 정정한 것이었다. 재판관의 '갑작스러운 생각'은 일상의 '사무'에 지나지 않을 것이다. 그러나 그렇게 해서 2년의 세월이 늘어나, 어두운 감옥에서 고역을 치러야 할 피고인의 입장에서 보자면 이는 결코 가벼운 일이 아니다.

여기에도 '재판받는 자'의 비애가 있다.

'사회적 제재'에 대한 항의

1938년 판의 표지 그림

'사회적 제재'에 대한 항의

─교육가라는 이유로

◇　　◇　　◇

T코─젊은 여성 교육가─, 당사자에게 피해가 갈 것을 고려하여 이런 가명을 쓰기로 하겠다.

T코는 ○○여자대학교 교수였다. 젊은 나이에 어울리지 않게 그녀는 여자대학의 교수로 수많은 여학생들의 존경의 대상이 되어 있었다.

어느 해의 여름방학도 끝나가려 할 무렵, T코는 갑자기 경찰서로부터 소환장을 받았다. 그녀는 한 형사에 의해 자택에서 경찰서로 불려갔다.

신문은 과장스럽게 보도해서 독자의 호기심을 자극하기에 노력했다. 보도에 의하면 T코는 구세군의 한 사관을 정부로 두고 있다는 것이었다. 그런데 그 정부에게는 다른 한 명의 정부가 있었다. 사관은 그 정부에게 싫증이 났기에 T코와 동거하고 싶다는 생각이 들었다.

이에 T코와 구세군 사관은 공모하여 다른 한 정부를 살해하기로 했다. 그 수단으로는 사관이 잘 설득해서 그 정부와 정사(情死)하는 방법을 택했다. 물론 그것은 자신만이 살아남으려는 방법이었다.

사관은 그 일을 잘 처리했다고 생각하고 정사 현장에서 자택으로 돌아갔다. 그러나 공교롭게도 그 정사 상대는 사람들에게 발견되어 마침내 소생했다. 그렇게 해서 사관과 T코의 악행이 드러나고 말았다. 사관도 자신의 집에서 체포되었다.

사회는 이 사실을 참으로 있을 법한 일이라고 보았다. 그리고 이 사실에 대해서 아무런 의심도 품지 않았다. 한쪽이 도덕적 결정체라 여겨지고 있는 구세군 사관이었고, 다른 한쪽은 수많은 자녀를 교육하는 여성 교육가였기에 한층 더 세상 사람들의 호기심을 자극했다. 두 사람은 사회의 거센 비난과 조롱 속에서 공판정에 서지 않을 수 없었다.

그러나 인생은 복잡하게 얽혀 있어 갈피를 잡기 어려운 법이다. T코의 사건도 결코 신문에서 수십 행의 기사로 그 진상을 전할 수 있을 만한 것이 아니었다. 그러나 냉혹한 사회는 그녀의 불행한 인생을 신문기사를 통해서만 살펴보려 했다. 결국 그녀는 희망 가득했던 앞으로의 반생을 완전히 매장당하고 말았다.

여기서는 T코가 거기에 이르게 된 경위를 이야기하기로 하겠다.

1

어느 일요일 저녁, T코는 친구의 집에서 나와 길을 걷고 있었다. 그녀는 지금 친구의 집에서 들은, 자기 동생에 관한 좋지 않은 소문 때문에 괴로워하고 있었다.

"요시오(良夫) 군을 언제까지고 그렇게 내버려두면 앞으로 어떤 사람이 될지 몰라."

라고 그 남성 친구가 친절하게 말해주었다.

"너는 훌륭한 교육가이니 내가 이런 말을 할 필요는 없을 테지만, 젊은이들은 워낙 누나의 말에는 전혀 귀를 기울이지 않으니까. 게다가 여자들이 잘 모르는 뜻밖의 행동을 몰래 하고 다니는 법이야. 한시라도 빨리 고향으로 돌려보내거나, 아니면 더욱 엄한 사람에게 감독을 부탁하는 게 좋을 거야."

친구는 그렇게 권했다. T코의 동생 요시오는 T코와 같이 살고 있었는데 그 친구의 말대로 누나가 하는 말에는 조금도 귀를 기울이지 않았다. 그리고 몰래 여러 좋지 않은 친구들과 사귀며 함부로 행동을 하고 다녔다. 요시오는 불량소년이 되어 있었던 것이다.

T코는 길을 걸으며 동생을 어떻게 해야 좋을지 앞으로의 처치를 여러 가지로 생각했다. 하지만 세상의 딸들에게 지식을 가르치는 것이 임무인 그녀도, 친동생의 덕육(德育)은 어떻게 해야 좋을지 알 수가 없었다.

그곳의 길은 별로 넓지 않았다. 양쪽 옆으로는 초라한 작은 가게들이 음울하게 늘어서 있었다.

그런데 그 모퉁이에서 갑자기 요란스럽게 한 무리의 사람들이 나타났다. 가느다란 테두리가 있는 붉은 깃발을 들고 빨간 모자를 쓰고 큰북과 방울을 울리고 군가를 부르며 참으로 씩씩하게 행렬을 지어 다가왔다. 그들이 구세군의 사관들이라는 사실은 금방 알 수 있었다.

그들은 거기에서 멈춰섰다. 그리고 그 가운데 한 사람이 커다란 목소리로 말했다.

"여러분, 지금부터 저기에 있는 구세군 소대에서 일요 설교가 있을 예정입니다. 오늘 밤에는 우치야마(内山) 중위도 출장해서 영혼을 구원하기 위한 대전쟁을 펼칠 예정입니다. 당신영이 구원받을 수 있는 것은, 바로 지금입니다. 오늘 밤입니다. 여러분 바로 오늘 밤, 신의 구원을 얻으시기 바랍니다."

그 말을 들은 T코는 문득 그 설교를 들어보고 싶다는 생각이 들었다. 동생 요시오를 구하기 위해서는 종교에 의지하는 것이 가장 좋은 길이라고 생각했기 때문이었다.

T코는 그 사람들의 뒤를 따라 구세군의 소대로 갔다. 요란한 악기소리 속에서 기도를 하기도 하고, 찬송가를 부르기도 했다. T코는 아직 그러한 것에는 익숙지 않았기에 강당 한구석에서 몸을 웅크린 채 듣고 있었다.

간증이 시작되었다. 조그만 체구의 상인인 듯한 남자, 노동자인 듯한 남자, 어딘가의 할머니, 소녀 등과 같은 사람들이 번갈아 자리에서 일어나 '저는 신께 구원을 얻어 기쁩니다.'라는 내용의 이야기를 했다.

그런 다음 구세군의 군인인 듯한 사람이 설교를 시작했다.

어딘가 영어를 직역한 듯한 투가 있기는 했으나, 한동안 듣던 T코는 그 열렬한 연설에 매우 감동하고 말았다.

그녀는 저런 사람에게 동생의 교육을 맡기면 틀림없이 훌륭한 사람으로 만들어 줄 것이라고 생각했다. 그리고 그 모임이 끝나기를 기다렸다가 설교한 사관을 만나고 싶다고 청했다. 그것은 물론 상대도 원하던 일이었기에 T코는 사관을 바로 만날 수 있었다.

"저는 우치야마라고 합니다. 당신은 신을 믿어야겠다고 생각하시게 되었습니까?"

라고 상대방이 물었다.

"네. 저도 신을 믿어야겠다고 생각하게 되었습니다만 저 외에도 한 사람, 선생님께 꼭 부탁드리고 싶은 사람이 있습니다."

라고 T코는 말했다.

"네, 어떤 분이십니까?"

"그게, 제 동생인데……."라고 그녀는 말끝을 흐렸다가 다시 동생의 행실이 좋지 않다는 사실을 이야기하고, 부디 종교의 힘으로 동생의 성격을 바로잡아 달라고 열심히 부탁했다.

"알겠습니다. 제가 신의 힘에 의지해 동생을 틀림없이 훌륭한 사람으로 만들겠습니다."

라고 우치야마 구세군 중위가 굳게 맹세했다.

"모쪼록 잘 부탁드리겠습니다. 제게 형제라고는 그 동생 하나밖에 없습니다. 그런데 그렇게 행실이 좋지 않아서 저는 어떻게 해야 좋을지를 모르겠습니다. 선생님의 교육으로 훌륭한 사람이 될 수 있게 해주셨으면 합니다."

T코가 눈물을 글썽일 듯한 심정으로 부탁했다.

"알겠습니다. 그렇다면 우선은 그 동생을 만나보기로 하겠습니다. 그리고 앞으로는 모든 일을 당신과 상의하며 진행하도록 하겠습니다."

우치야마 중위는 이렇게 말했다. 그는 이제 막 서른 살이 넘은 청년이었는데 구세군 사관 가운데서 흔히 볼 수 있는, 다혈질적인 참으로 듬직하게 보이는 사내였다. T코는 그의 열렬한 설교에 감격해서 그 인격의 고결함과 굳은 지조는 조금도 의심하지 않았다. 그녀는 우치야마 중위를 진심으로 믿고 동생을 맡기기로 결심했다.

그날 밤, 소대에서 나왔을 때는 이미 10시에 가까운 시간이었다.

"마쓰다이라(松平) 씨의 댁은 어디십니까?"
라고 우치야마가 물었다.

"네, 저는 고이시카와(小石川) 조시가야(雜司ヶ谷)에서 살고 있습니다. ……"라고 그녀는 자신이 조금 전 우치야마에게 건넨 명함 속의 주소를 이야기했다.

"아아, 그렇습니까? 저도 역시 그쪽에서 살고 있으니, 그럼 같이 가기로 합시다."

이렇게 말한 우치야마는 서둘러 모자를 쓰고 T코와 함께 문을 나섰다.

그녀와 우치야마는 그곳의 거리를 나란히 걸었다. 그리고 그리 멀지 않은 역에서 전차에 함께 올랐다.

두 사람은 메지로(目白)에서 내렸다. 그리고 바로 거기에 있는 선로 위 육교를 건넜다. T코는 거기서도 아직 한참 걸어가야만 했다.

"마쓰다이라 씨, 어떻습니까? 아직 시간도 이른 듯하니 저희 집에 잠깐 들르지 않으시겠습니까? 더 상의해야 할 일도 있을 듯하고."

우치야마가 갑자기 이렇게 말했다. 그는 가쿠슈인(学習院) 바로 앞에서 왼쪽으로 꺾어지면, 다카다(高田) 조시가야 부근에 자신의 집이 있다고 말했다.

"아니요. 벌써 꽤 늦었으니 오늘 밤은 이만 실례할게요. 그리고 내일이라도 제 동생을 데리고 찾아뵙도록 하겠습니다."
라고 T코는 말했다.

"그렇게 하시겠습니까? 그럼 내일은 외출하지 않고 기다릴 테니 동생을 꼭 데리고 오시기 바랍니다."
라고 말한 뒤, 그는 명함에 집으로 오는 길을 그려 건네주었다.

2

T코는 우치야마 중위와 헤어진 뒤 집으로 돌아왔다. 그런데 평소와 다름없이 동생은 집에 없었다. 그때부터 T코가 다음날 학교에서 필요한 것의 조사 등을 하고 있자니 동생이 돌아왔다. T코가 동생에게 내일 학교를 마치면 집으로 바로 오라고 말했다. 그리고 남매는 잠자리에 들었다.

약속한 시간에 T코는 동생을 데리고 우치야마의 집으로 갔다. 우치야마는 T코 남매가 오기를 학수고대하고 있었다.

우치야마는 독신이었다. A학원의 신학부를 졸업하고 목사가 되었으나 교회에서는 만족을 얻지 못했기에 지금의 구세군에 들어온 것이라고 말했다. 그리고 현대 종교가들의 부패를 통렬하게 비판했다. T코는 그것을 얌전하게 듣고 있었다.

하지만 우치야마는 자신이 구세군 사관이라는 사실을 동생이 깨닫지 못하게 하라고 T코에게 주의를 주었다. T코도 우치야마에 대해서 동생 요시오에게는 자세히 이야기하지 않았다.

"여름방학은 언제부터지?"

라고 우치야마가 사과 등을 권하며 요시오에게 물었다.

"이번 달 20일부터입니다."라고 요시오가 대답했다.

"그럼 앞으로 이삼일밖에 남지 않았군. 올해는 나와 함께 보슈의 해안으로 가보지 않을래? 거기서 나와 같이 보내기로 하자."

라고 우치야마가 말했다.

"네, 해안이라면 저도 가겠습니다."

"누님께는 내가 말해서 허락을 받아낼 테니, 이번 여름에는 나랑 해안에서 보내기로 하자."

우치야마가 이렇게 말하며 T코의 얼굴을 보았다. 물론 T코에게는 이견이 없었다. T코는 우치야마가 동생을 해안으로 데려가 자연스럽게 친해져 그를 교화해줄 것이라고 생각했다. 동생이 우치야마를, 구세군의 사관으로 자신을 도야하기 위해 누나가 부탁한 사람이라 생각하지 않게 하고, 우치야마에게 친밀함을 느끼게 해서 자연스럽게 교화해 나가려 하는 것이라고 T코는 우치야마의 세심한 책략에 우선 감탄했다.

"정말 그렇게 해주신다면 얼마나 기쁠지 모르겠어요. 선생님 부디 같이 데려가주세요."

라며 T코는 머리를 숙였다.

우치야마는 남매가 그것을 승낙하자 매우 만족해하며 근처의 식당에서 저녁 등을 배달시켜 두 사람에게 권했다.

T코는 특별히 사양하지도 않았다. 동생의 스승으로 동생의 장래를 맡긴 사람이니 앞으로도 무슨 일이든 상의를 해야겠다고 생각했기 때문이었다.

우치야마는 구세군 사관인 만큼 영어회화에 아주 능했다. 그리고 요시오에게 이번 여름에는 영어회화를 가르쳐주겠다고 했다.

우거진 나뭇잎 사이를 지나 시원한 바람이 방 안으로 흘러들었다. 세 사람은 거기서 늦게까지 이야기를 나누었다.

시건방져서 사람을 무시하고 뻔뻔스러워서 K코로서는 도저히 손을 쓸 수 없었던 요시오도 우치야마의 매력적인 태도가 완전히 마음에 든 모양이었다. T코는 그것을 우치야마가 발하는 인격의 빛이라 생각했기에 속으로 존경의 마음을 품게 되었다. 남매는 밤늦게 집으로 돌아왔다.

우치야마는 길이 위험하다며 T코의 집 근처까지 데려다주었다.

"그럼 21일 아침에 보슈로 갈 수 있도록 준비를 해두십시오"

라고 우치야마는 헤어질 때에도 다시 한 번 다짐했다.

21일까지는 겨우 며칠밖에 남지 않았으나 우치야마는 그 후에도 T코의 집으로 자주 찾아왔다. 그는 물론 구세군의 제복은 입고 있지 않았다. 양복을 잘 갖춰 입고 있었다. T코는 그것을 동생에게 구세군이라는 사실을 숨기기 위한 수단이라고 생각했다. 언젠가는 알게 되겠지만 요시오가 신앙을 갖게 되기까지는 그렇게 해서 요시오를 자신에게서 멀어지지 않도록 하기 위한 수단일 것이라고 생각했다.

우치야마가 T코를 방문했기에 T코도 그에 대한 답례로 학교가 끝나고 나면 우치야마를 방문했다.

그런데 벌써 23일이 되어 우치야마가 요시오를 데리고 해안으로 가기 하루 이틀 전의 일이었다. T코가 우치야마의 집을 방문했더니 한 여자가 집에 와 있었다. T코의 모습을 본 우치야마는 약간 당황하며 T코를 맞아들였다. T코는 우치야마에게 인사를 했으나, 그는 그 여자와 T코를 서로에게 소개해 주기를 어딘가 망설이고 있는 듯했다.

T코는 그 여자가 묘하게 신경 쓰였기에 잠시 앉아 있다 자리에서 일어나 돌아갈 준비를 했다.

"괜찮지 않습니까? 좀 더 천천히 놀다 가세요."
라고 우치야마가 그 여자에게 신경을 쓰며 자꾸만 말렸다. 그러나 T코는 그 여자에게도 인사를 한 뒤 문 밖으로 나왔다. 우치야마는 문 밖까지 배웅을 나왔는데 그 여자에 대해서 T코에게 이렇게 설명했다.

"저 사람은 저의 친척입니다."
하지만 T코는 그 여자에 대해서 특별히 알고 싶지 않았기에 그대로 흘려들은 뒤 우치야마와 헤어졌다.

T코는 우치야마를 진심으로 믿고 있었다. 설령 어떤 여자가 우치야마의 집을 찾아간다 할지라도 그것은 일반적인 교제에 지나지 않을 것이라고 생각했다. 그녀는 그처럼 열렬한 신앙을 가진 청년 종교가가 여자와 그 이상의 깊은 교제를 하리라고는 생각지도 않았다.

3

예정대로 우치야마는 요시오를 데리고 보슈로 출발했다. T코는 두 사람을 료고쿠(両国) 역까지 배웅했다. 헤어지기 전, 우치야마는 요시오에게 들리지 않도록 T코에게 이렇게 말했다.

"마쓰다이라 씨, 학교가 방학에 들어가면 당신도 보슈로 꼭 와주세요. 요시오 군에 대해서 긴히 말씀드릴 것이 있으니."

T코는 고개를 끄덕였다.

집으로 돌아온 T코는 여름방학 전의 학교의 일로 그로부터 이삼일 정도 분주한 날을 보냈다. 그 사이에 우치야마에게서 편지가 왔다.

편지에는 학교가 방학에 들어가면 보슈로 꼭 와달라는 말이 적혀 있었다. 그리고 파란 바다, 하얀 물결의 장쾌함과 그 속에서 요시오를 위해 천천히 신의 길을 이야기하겠다는 마음, 저녁이면 솔밭 속에서 요시오를 위해 신께 조용히 기도를 하고 있다는 등의 내용이 적혀 있었다.

굳이 말하자면 T코는 보슈에 가고 싶지 않았다. 요시오가 마음에 걸리기는 했으나, 그 일은 모든 것을 우치야마에게 맡겼다. 또한 자신이 요시오 곁으로 가서 다시 응석을 받아주는 것도 좋지 않을 터였다. 하지만 우치야마가 그렇게 말하는데 가지 않는 것도 도리가 아니라고 생각했다. 이에 그녀는 자신의 일들을 대충 마무리 짓고 보슈로 향했다.

R역에 내리자 요시오와 우치야마가 마중을 나와 있었다. 세 사람은 거기서 승합자동차[28]를 타고 해안으로 들어갔다. 우치야마 들은 해안의 여관에서 하숙하고 있었다.

그날 밤에는 셋이서 저녁을 먹었다. T코는 그 여관의 다른 방 하나를 비워달라고 해서 거기서 묵기로 했다. T코의 방이 결정되자 요시오가 누나의 짐을 들고 방으로 들어왔다. 우치야마는 화장실에 간 듯했다.

"누나, 우치야마 씨한테 부인이 있던데."

라고 요시오가 묘하게 호기심 가득한 투로 능글능글 웃으며 말했다. T코는 그런 동생의 말투가 마음에 들지 않았다.

"그러니?"

라고 T코는 쌀쌀맞게 말했을 뿐, 입을 다물어버렸다.

"그 부인이 말이지, 우치야마 씨가 여기에 오자마자 바로 뒤따라왔었어."

라고 다시 말했다.

"그러니?"

라며 T코는 그저 듣기만 할 뿐이었다.

---

28) 지금의 버스처럼 일정한 요금을 받고 정해진 노선을 달리던 자동차.

"그런데 말이지, 우치야마 씨는 내게 그 사람은 자기 부인이 아니라고 말하고 있어. 어딘가의 유치원에서 보모를 하고 있는 친척의 딸이라고 해. 하지만 그건 거짓말이야. 나는 그 여자가 우치야마 씨의 부인이라는 걸 다 알고 있어."

T코는 동생의 묘하게 되바라진 듯한 말투를 씁쓸하게 생각했다. 하지만 우치야마가 친척의 딸이라고 변명했다는 그 여자는 언젠가 밤에 우치야마의 집에서 봤던 그 여자일 것이라는 생각이 문득 들었다. 그리고 그때 우치야마가 보였던 행동을 생각해보니 아무래도 요시오의 말이 맞는 것 같다는 생각이 들었다.

"정말 짜증이 났다니까. 그 부인 오늘 아침에 돌아가기는 했지만 언제나 밤늦게까지 우치야마 씨랑 울기도 하고 웃기도 하며 떠들어댔어. 나에 대해서도 우치야마 씨에게 자꾸만 캐물었어."

요시오는 또 이렇게 말했다. 요시오는 거짓말을 자주 하는 소년이었다. T코는 요시오의 말을 조금도 믿지 않았다. 하지만 지금 그가 한 말이 전부 거짓말일 것이라고도 생각지는 않았다.

"그래서 나는 어젯밤에도, 그젯밤에도 다른 방에서 잤어. 시끄러워서."

T코는 눈썹을 찌푸린 채 요시오의 말을 듣고 있었는데 그때 당황한 모습으로 우치야마가 들어왔다. 그것으로 두 사람의 이야기는 끊겨버리고 말았다.

"이 방은 저쪽 방보다 조용하네요."

라고 우치야마는 태연한 척 말했으나 어딘가 차분하지 못한 모습으로, 지금 두 사람이 무슨 이야기를 하고 있었는지 신경을 곤두세우고 있는 것 같았다.

"네, 정말 조용하네요. 거기다 아주 시원해요."
라고 T코도 고개를 끄덕였다. 요시오는 나쁜 짓이라도 한 사람처럼 가만히 방 밖으로 나갔다. T코는 요시오의 모습을 바라본 채 말이 없었다.

그것으로 우치야마는 요시오가 틀림없이 자신에 대해서 누나에게 이야기한 것이라 생각했는지 묘하게 맥이 풀린 모습으로 그 역시 한동안 말이 없다가,

"마쓰다이라 씨, 당신께 꼭 해두어야 할 말이 있습니다."
라고 말을 꺼냈다.

"네."
라고 T코는 간단히 대답해 승낙의 뜻을 보였다.

"여기서 얘기하다 요시오 군이 오면 좋지 않으니, 해안을 산책하며 들어주지 않으시겠습니까?"

"네."

T코는 우치야마의 말에 특별히 이견은 없었으나, 우치야마에 대해서 묘하게 일종의 환멸감 같은 것을 느꼈다. 그날 밤 성단에 서서 불꽃과 같은 웅변으로 설교를 하던 우치야마는 이 사람이 아닌 것 같다는 생각이 들어 견딜 수가 없었다.

"그럼 잠깐 산책을 합시다."
라고 우치야마가 서두르는 듯한 모습으로 T코를 재촉했다. T코는 어쩔 수 없이 우치야마를 따라 해변으로 나갔다.

해변에는 이미 아무도 없었다. 허연 파도가 해안선 부근에서 부서지고 있었다. 바다 냄새가 T코에게는 신선한 느낌을 주었다. 어두운 바다에서는 물새 우는 소리가 들려왔다.

"마쓰다이라 씨, 요시오 군에게서 요네코(米子)에 대해 듣지 않으셨습니까?"

라고 우치야마가 갑자기 말을 꺼냈다.

"……."

T코는 어떻게 대답해야 좋을지 몰랐다. 더구나 요네코라는 여자가 누구인지조차 그녀는 알지 못했다. 또한 동생의 훈도를 부탁한 사람으로부터 그런 질문을 받았다는 건, 그녀에게는 매우 뜻밖의 일이었다.

"저도 요네코 때문에 골치가 아픕니다. 요시오 군도 그 점에 있어서 저를 의심하고 있으리라 여겨지니 당신께서도 오해가 없도록 잘 말씀해주셨으면 합니다."

라고 우치야마가 뭐가 뭔지 모를 소리를 했다.

"전, 아무것도 몰라요."

T코는 단지 이렇게만 말했다.

"그야 그렇겠지요. 그럼 당신도 일단은 양해해주셨으면 합니다."

우치야마는 이렇게 정중하게 말한 뒤, 요네코라는 여자에 대해서 이른바 '양해'라는 것을 시작했다.

우치야마의 말에 의하면 요네코와는 어렸을 때 정혼을 한 사이라는 것이었다. 그리고 그가 도쿄의 학교에 입학하자 그녀도 역시 도쿄의 여학교에 들어갔고, 지금은 여학교를 졸업한 뒤 유치원 보모로 있다는 것이었다.

"요네코는 도쿄에 있을 때도 곧잘 찾아오곤 했는데 보슈로 오자마자 바로 찾아왔습니다. 고향에 계신 요네코의 어머니께서 독실한 신자이신데, 요네코에게 늘 저를 찾아가서 신앙에 대한 이야기를 들으라고 말씀하시기에 저를 자주 찾아오는 겁니다."

라고 그는 말했다.

"하지만 저는 요네코와는 결코 결혼하지 않을 생각입니다. 요네코에게서는 조금도 사랑을 느끼고 있지 않습니다. 설령 요네코가 독실한 신자라 할지라도 사랑을 느끼지 못하는 여자와 결혼하는 것은 죄악이니."

라고 그는 말했다.

우치야마가 T코에게 이야기하고 싶다는 것은 그 일이었던 듯했다. 하지만 T코는 그 이야기를 그저 듣기만 할 뿐이었다. 그것 외에는 달리 대답할 말이 없었다.

둘이 걷고 있는데 뒤에서 두 사람을 야유하듯 묘하게 휘파람을 분 사람이 있었다. T코는 깜짝 놀랐다. 그 휘파람을 분 사람이 다가왔다. T코는 도망치듯 발걸음을 서둘렀다.

"누나, 나야."

라고 요시오가 웃으며 외쳤다.

        4

T코는 우치야마와 함께 숙소로 돌아갔다. 그녀는 우치야마가 요네코에 대한 변명을 한 정도로는 아직 그의 인격을 의심

하는 마음이 생기지는 않았다. 우치야마도 역시 청년이니 비록 종교가라 할지라도 요네코 같은 여자와 교제를 하는 것을 반드시 죄악이라고는 할 수 없다고 생각한 것이었다.

숙소로 돌아간 T코는 자신의 방에서 잠자리에 들었다. 그리고 그날 밤은 아무 일도 없이 지났다.

이튿날 아침, T코는 도쿄로 돌아갈 생각이었다. 그러나 우치야마가 그녀와 아직 상의할 것이 있다며 억지로 하루 더 머물 것을 권했다. 그녀는 그것을 거절하지 못하고 그날 밤도 그 여관에서 묵기로 했다.

뜨거운 낮에 요시오와 우치야마와 T코는 해수욕을 했다. 밤에는 해안을 산책하기도 했다.

그렇게 시간을 보냈기에 T코는 그날 밤 상당히 피곤한 채로 잠자리에 들었다. 그런데 한밤중에 자신의 머리맡에서 문득 남자의 모습을 보았기에 그녀는 깜짝 놀랐다. 하지만 그것은 우치야마였다.

"마쓰다이라 씨, 부디 저의 사랑을 받아주세요. ……."

우치야마가 갑자기 이렇게 말하더니 거기에 엎드려버렸다. 그 모습을 본 T코는 오히려 어처구니없다는 생각이 들었다.

"마쓰다이라 씨, 저는 당신을 진심으로 사랑하고 있습니다. 당신의 숙덕(淑德)을 진심으로 경모하고 있습니다. 마쓰다이라 씨, 부디 저의 사랑을 받아주십시오. 저는 결코 요네코를 사랑하고 있지 않습니다."

T코는 침상 위에 똑바로 앉아 우치야마의 모습을 바라보았다. 그녀는 사내란 이상한 존재라고 생각했다.

T코는 한마디도 대답하지 않았다. 어떻게 답해야 좋을지 몰랐던 것이다.

"선생님, 지금은 너무 늦었으니 내일 다시 천천히 말씀을 듣겠습니다."
라고 T코는 이 말만을 했다. 그러나 우치야마는 좀처럼 나가려 하지 않았다.

우치야마는 T코가 냉정한 태도를 보이자 광기어린 사람처럼 그녀를 설득했다. 그러나 T코는 아무래도 우치야마가 만족할 만한 말을 해주지 않았다. T코는 노예처럼 되어버린 우치야마의 모습을 가만히 바라보며 조각상처럼 앉아 움직이지 않았다.

설득에 지친 우치야마는 어쩔 수 없이 자신의 방으로 돌아갔다. 그날 밤 T코는 더 이상 잠을 잘 수가 없었다.

아침이 되었다. T코는 동생 요시오를 데리고 도쿄로 돌아갈까 싶었다. 그러나 우치야마 앞에서 그런 단호한 태도를 보일 수도 없었기에 이번만은 요시오를 남겨두기로 했다.

T코의 그런 태도를 보고 우치야마는 더욱 열광했다. 그는 어떤 수단을 써서라도 T코를 여관에 붙들어두려 했다. 그러나 T코는 무슨 일이 있어도 그날은 돌아가야겠다며 뜻을 굽히지 않았다.

"마쓰다이라 씨, 그럼 저랑 다시 한 번 저 솔밭을 산책해주시기 바랍니다. 부디 그것만이라도 제 소원을 들어주시기 바랍니다."
라고 우치야마가 비통한 목소리로 말했다. T코는 그것까지 거절할 용기는 나지 않았다.

바다는 새파랗게 빛나고 있었다. 그 수평선 위로 새하얀 솜구름이 가만히 떠 있었다.

솔밭 속에서 두 사람은 한동안 말이 없었다.

그러다 잠시 후, 주위에 사람이 없다는 사실을 안 우치야마가 열심히 구애하기 시작했다. 그는 타고난 웅변을 여기서 유감없이 발휘하여 상대방인 T코를 그 변설로 매료시키려는 듯한 기세를 내보였다. 그러나 T코는 역시 분명한 태도는 취하지 않았다.

T코는 하얀 팔뚝의 살에 뱀처럼 감겨 있는 손목시계를 힐끗 보았다. 기차 시간에 늦으면 오늘도 역시 도쿄로 돌아갈 수 없다고 생각했기 때문이었다.

"저, 기차 시간에 늦을 것 같으니 여기서 그만 인사드릴게요."

라고 T코는 말하고 소나무 그루터기에서 몸을 일으켰다.

"마쓰다이라 씨, 그럼 당신은 제 사랑을 절대로 받아주실 수 없다는 말씀이십니까?"

우치야마가 비명처럼 T코의 뺨 부근에서 말했다.

"선생님, 부디 시기를 기다려주세요. 시기가 오면 저는 선생님의 말씀에 따르겠어요. ……."

T코는 단 한마디, 이렇게 말했다.

"시기를 기다리라는 말씀이십니까?"

라고 우치야마가 반은 환희하며, 반은 의심하며 되물었다.

"네……."

라고 T코는 짧게 대답했다.

그로부터 얼마 지나지 않아서, 우치야마는 도쿄로 돌아가는 T코의 모습을 환상속에서처럼 바라보고 있었다.

기적과 함께 기차가 막 움직이려 한 순간 T코는 창을 통해 배웅 나온 요시오와 우치야마의 모습에 인사를 했다. 그런데 그 순간 주위에 사람들이 있다는 사실에도 신경 쓰지 않고 우치야마가 갑자기 T코의 팔을 잡았다. 그녀는 깜짝 놀라 팔을 뿌리칠까도 싶었으나 그렇게까지는 하지 않았다.

"마쓰다이라 씨, 저는 당신께서 조금 전에 말씀하신 시기를 틀림없이 만들겠습니다."
라고 그가 갑자기 뜨거운 어조로 말했다.

T코는 너무나도 상식에서 벗어난 우치야마의 태도에 약간 섬뜩한 기분이 들었다. 기차는 T코의 당혹스러운 얼굴을 싣고 멀리로 떠나버렸다.

*   *   *

도쿄로 돌아온 뒤 며칠이 지났다. T코는 요시오를 도쿄로 불러들여야 할지 말아야 할지, 끊임없이 고민했다.

그러던 어느 날, 요시오가 갑자기 혼자 도쿄로 돌아왔다.

"누나, 큰일 났어. 정말 큰일이 벌어졌어."
라고 요시오가 요란스럽게 말했다.

"대체 무슨 큰일이 벌어졌다는 거니?"
라며 겉으로는 태연한 척했으나 왠지 좋지 않은 예감이 들었기에 T코는 눈썹을 찌푸렸다.

"무슨 큰일이냐고? 정말 대단한 일이지. 정말 대단하고 멋진 일이야."

요시오가 누나의 얼굴을 빤히 바라보며, 누나의 호기심을 한껏 자극하려는 듯한 태도를 보였다.

"요시오, 쓸데없는 소리하지 말고 무슨 일이 일어났는지 어서 말해봐."

라고 T코가 동생을 야단치듯 말했다.

"우치야마 씨가 정사를 했어."

라고 요시오가 자랑이라도 하는 듯한 투로 말했다.

"뭐?"

라고 T코도 놀라 외쳤다.

"요시오, 누구랑 정사를 한 거지, 우치야마 씨는……."

T코가 숨 막힌다는 듯 물었다.

"그 부인하고."

"그 부인하고……."라며 T코는 거듭 놀랐다.

"그렇다니까. 그 부인이 말이지, 누나가 가고 난 뒤 다시 찾아왔어. 그리고 그 다음날 밤, 우치야마 씨는 그 사람하고 같이 나갔어. 우치야마 씨가 늦게까지 돌아오지 않기에 나는 혼자서 잠을 잤는데 새벽에 내가 자고 있는 여관방으로 경찰들이 칼을 쩔꺽쩔꺽 울리며 성큼성큼 들어와서는 한바탕 소란을 피웠어. 난 정말 깜짝 놀랐다니까. 그리고 경찰이 내게 이것저것 물어댔어. 난 짜증이 났어. 나야 누나가 가라고 해서 갔던 건데 그 우치야마라는 사람, 대체 뭐하는 사람이야?"

요시오의 도야를 위한 T코의 사업은 완전히 실패로 끝나버리고 말았다. 그렇다 해도 그 도야를 맡겼던 우치야마가 요네코와 정사했다는 것은 너무나도 뜻밖의 일이었다. 참으로 모순되는 일이라고 T코는 생각했다.

　"그럼 요시오, 그 뒤로 우치야마 씨는 어떻게 됐니?"

　"그래서 나는 우치야마 씨가 정사했다는 곳으로 서둘러 달려갔어."

　"어머."

라며 T코는 눈을 동그랗게 떴다.

　"그런데 거기에는 아무도 없었어."

　"어머, 어떻게 된 일이지?"

　"어떻게 된 일인지는 모르겠지만 아무도 없었어. 우치야마 씨도, 그 부인도, 아무도 보이지 않았어."

　"죽은 걸까, 두 사람 모두……"

　"글쎄, 어떻게 됐는지는 나도 잘 모르겠어."

　"그래서 너는 어떻게 했지?"

　"그래서 말이지, 누나. 나는 그날 밤 그곳의 경찰서에 잡혀 있었어. 나도 깜짝 놀랐다니까."

　"뭐? ……."

라며 T코는 낯빛을 잃고 말았다.

　"경찰에서는 말이지, 누나에 대해서도 여러 가지로 물었어."

　"……."

　T코는 창백해진 입술로 전율했다.

"네 누나는 무슨 일을 하는 사람이냐는 둥, 그리고 이름, 주소, 여러 가지 것들을 물어봤어."

"요시오, 너 그걸 전부 대답했니?"

라고 T코가 떨리는 목소리로 물었다.

"응, 전부 말해버렸어. 아니면 나를 언제까지고 구류해둘 거라고 경찰이 겁을 줬거든."

"우리 학교에 대해서도……."

"응."

"……."

"그리고 말이지."

"응."

T코는 왠지 불안해졌다.

"누나하고 우치야마 씨는 어떤 관계냐고 경찰이 물었어."

"……."

그 말을 들은 T코는 더욱 커다란 불안에 휩싸인 얼굴을 했으나 격렬하게 고동치는 가슴을 억누르며 말이 없었다.

"하지만 나는 모르겠다고 말했어."

"……."

"내가 모른다고 말했더니, 경찰은 그럴 리가 없다, 네 누나와 우치야마 도모키치는 연애관계에 있지 않느냐고 말했어."

"어머!"

라고 T코는 소리를 내서 외쳤다.

"그래서 말이지, 난 연애관계가 뭔지 모르겠다고 대답해줬어. 그랬더니 누나, 경찰도 참 더럽더군. 그 여관에서 누나랑 우치야마 도모키치가 같이 밤을 보내지 않았냐고 하더라고."

"……."

"난, 그런 일 없었다고 말해줬어. 그랬더니 경찰은 말이지 커다란 소리로 거짓말 하지 마, 네 누나하고 우치야마 도모키치가 언제나 해안을 산책하기도 하고 밤에는 한 방에서 자기도 했다는 사실을 여자 종업원이 자세히 이야기했어. 거짓말 하면 구류장에 처박아두겠어, 라고 협박했어. 난 완전히 할 말을 잃고 말았어. 누나, 나 보슈에는 가지 말 걸 그랬어."

"……."

T코는 그저 꿈을 꾸고 있는 것만 같았다. 그것은 전혀 생각지도 못했던 악몽이었다.

순간 현관 바깥으로 누군가가 갑자기 찾아온 모양이었다. 요시오가 현관으로 나가보니 T코를 만나고 싶다며 한 사내가 서 있었다.

"누구십니까?"

라고 요시오가 묻자,

"마쓰다이라 씨를 뵙고 말씀드리겠다."

고 말했다. 이에 그 사내를 집 안으로 들였다.

T코는 무슨 일인가 싶어 떨리는 가슴으로 그 사내를 만났다.

"당신이 마쓰다이라 T코 씨입니까?"

라고 상대방이 물었다.

"네, 제가 마쓰다이라입니다만……."

"아아, 그렇습니까? 그럼 K경찰서까지 잠깐 같이 가주셨으면 합니다만……. 저는 이런 사람입니다."
라며 길고 가느다란 명함—경찰이 늘 들고 다니는—을 꺼냈다.

T코는 심장이 터질 것만 같았다. 하지만 그녀에게는 조금도 숨길 것이 없었기에 마음을 다잡고 그 사내를 따라 K경찰서로 갔다.

    5
    ◇◇여자대학교 교수라는 직함 때문이기도 할 테지만 경찰에서는 T코를 정중하게 다루었다.
    사법주임인 경위가 T코를 취조했다.
    "당신은 언제부터 우치야마 도모키치와 알고 지내셨습니까?"
라는 식으로 경위는 T코와 우치야마의 자세한 관계를 취조했다.
    T코는 우치야마에게 접근하게 된 경위를 처음부터 순서대로, 거짓 없이 이야기했다.
    "당신은 마치다 요네코라는 여자를 알고 계십니까?"
라고 경위가 물었다.
    "네, 특별히 자세하게 아는 건 아니지만, 우치야마 씨로부터 이야기를 들은 적은 있습니다."
라고 그녀는 대답했다.
    "그럼 당신은 요네코가 우치야마 도모키치의 정부였다는 사실도 알고 계셨겠군요."

라고 말하며 경위는 T코의 얼굴에서 무엇인가를 읽어내려는 듯 가만히 바라보았다.

"아니요, 그런 것까지는……."

하며 T코는 얼굴을 붉혔다.

"모르셨다는 말씀이십니까?"

라며 상대방이 약간 강한 투로 육박해 들어왔다.

"네……."

"흠."

하고 경위가 의심스럽다는 듯한 눈초리로 T코의 얼굴을 노려보았다.

"하지만 당신께서 요네코가 우치야마의 정부인지 아닌지 몰랐다고 말씀하시는 것은 거짓말이라 여겨집니다. 우치야마가 요네코와 정을 통하고 있었다는 사실을 당신께 털어놓았을 테니……."

라고 말하며 경위가 아니냐는 듯 T코의 눈을 가만히 바라보았다.

"……."

T코는 그런 말을 남성 앞에서 거리낌 없이 한다는 것은 치욕이라고 생각하고 있었다. 또한 그럴 만한 용기도 없었다.

"당신은 우치야마와 둘이서 무엇인가 굳게 약속한 적 없으셨습니까? 예를 들자면 장래에는 반드시 결혼을 하자거나 하는……."

"없었어요"

라고 T코가 분명하게 말했다.

"아니, 그럴 리 없을 텐데."

라며 경위는 확고한 태도로 상대방의 말을 믿지 않았다.

"너는 우치야마 도모키치와 장래에 부부가 될 것을 약속했잖아. 실제로 우치야마 자신이 그렇게 자백했어."

그러니 아무리 숨기려 해봐야 소용없다고 말하기라도 하듯 자신만만한 미소까지 짓고 있었다. 그리고 이때부터 '당신'이라고 부르던 것을 '너'라고 부르기 시작했다.

T코는 근거도 없이 우치야마와의 관계를 그렇게 말한 것에 강한 모욕을 당한 듯한 느낌이 들었다. 게다가 그녀가 이상하게 생각한 것은 '우치야마가 그렇게 자백했다.'는 말이었다. 요시오의 말에 의하면 우치야마는 요네코와 정사를 했다고 하지 않았는가? 두 사람 모두 죽었는지 어땠는지는 모르겠으나, 지금 경위가 말하는 모습으로 봐서는 아직 살아 있는 듯했다. 그리고 경찰서에 와 있는 듯했다. T코는 대체 어떻게 된 일인지 전혀 짐작조차 할 수가 없었다.

"부부의 약속은 결코 한 적이 없습니다."

라고 T코가 강하게 부인했다.

"하지만 연애관계는 있었겠지?"

"아니요……."

"없었다는 말인가?"

"네."

라며 T코는 진심으로 화가 났다.

"그럴 리 없을 텐데. 너는 우치야마가 묵고 있는 여관으로 가서 이틀 밤이나 묵었잖아."

"그건 동생의 교육을 위해서 갔던 거예요."

"그렇게 말해봐야 소용없어."

라며 경위는 싸늘하게 웃었다.

"우치야마에게 동생의 교육을 일임했다면 네가 굳이 찾아가서 남자의 숙소에 묵을 필요는 없었잖아. 그렇게 하면 동생의 교육에 오히려 좋지 않은 결과를 초래하지 않을까? 나는 교육가가 아니라 교육상의 문제는 잘 모르겠지만, 너는 적어도 대학의 선생이니 그 정도는 알고 있었으리라 여겨지는데."

"그야 지당한 말씀이시지만, 우치야마 씨가 동생의 일로 꼭 상의할 것이 있으니 한번 오라고 해서, 그래서 갔던 거예요."

"그야 물론 어떤 식으로든 이유는 갖다 붙일 수 있겠지."

라고 상대방은 악의적인 냉소를 띄우며 그 말을 믿으려 하지 않았다.

"너는 그렇게 잘난 척 말하지만, 네 동생은 너에 대해서 모든 걸 다 알고 있어."

라고 경위가 다시 말했다. 그렇게 이야기하는 경위의 말에는 강한 자신감이 묻어 있어서 자신은 모든 사실을 다 알고 있다는 듯한 투였다.

"동생이 무슨 말을 하던가요?"

라고 T코가 숨을 몰아쉬며 물었다.

"너와 우치야마의 관계를 전부 알고 있어. 그야 그렇겠지. 두 사람 곁에 늘 붙어 있었으니."

"그렇다면 제게 그런 것 물으실 필요 없잖아요?"

라고 T코가 화난 목소리로 말했다.

"물론 그럴지도 모르지. 그렇다면 동생 마쓰다이라 요시오가 한 말을 너는 전부 인정한다는 말이지?"

"사실을 말했다면 저는 전부 인정하겠어요."

"그야 경찰에서도 허위 증언은 결코 믿지 않아. 그런데 요시오의 증언과 우치야마 도모키치의 진술이 완전히 일치한단 말이지. 그런 점에서 너의 말보다는 동생의 말이 더 진실에 가깝다고 여겨져."

"그럼 동생은 뭐라고 말했나요?"

"음, 그럼 여기서 동생의 진술을 읽어주기로 하지."

경위는 이렇게 말하고 요시오가 이야기했다는 공술을 T코에게 읽어주었다.

문 : 너는 어째서 우치야마와 누나 T코 사이에 정교가 있었다고 생각하는 거지?

답 : 그야 실제로 인정한 것은 아니지만, 누나 T코가 보슈의 여관으로 와서 우치야마와 같이 해안을 산책할 때 여러 가지 말을 했기에 저는 그것을 믿게 되었습니다.

문 : 단지 말을 들었을 뿐인가?

답 : 말뿐만이 아닙니다. 누나와 우치야마는 늘 사이좋게 이야기를 나누었습니다.

문 : 이야기를 나누었을 뿐인가?

답 : 그 다음날 밤이었을 겁니다. 누나 T코의 방으로 늦은 시간에 우치야마가 몰래 들어갔습니다. 그리고 둘이서 ○○○○○○○○○○○.

문 : 너는 그걸 ○○○○○○○○○○.

답 : 그렇습니다.

T코는 경위가 여기까지 읽자 고개를 숙이고 울기 시작했다. 그녀는 태어나서 지금까지 이런 극도의 모욕을 당한 적은 한 번도 없었다. 그러나 경위는 태연하게 그 다음 내용을 계속해서 읽었다.

문 : 누나 T코와 우치야마가 장래에 대해 약속했다는 얘기는 들은 적 없었는가?

답 : 특별히 그런 말을 들은 적은 없었지만, 딱 한 번 비슷한 일이 있었습니다.

문 : 그건 또 무슨 말이지?

답 : 3일째 되던 날, 누나 T코가 도쿄로 돌아갈 때 우치야마와 제가 기차역까지 배웅을 나갔는데 우치야마가 누나를 향해, 조금 전에 당신이 제게 말씀하신 시기를 만들겠습니다, 라고 누나의 손을 잡고 말한 것을 들었습니다.

문 : 시기를 만든다는 건 무슨 뜻이지?

답 : 그 뜻은 모르겠습니다.

여기까지 읽은 경위가 그 시기라는 말의 의미를 T코에게 물었다. T코는 거기에 답하지 않았다.

그러자 경위는 이렇게 말했다.

"그런데 우치야마는 그때 너에게 말한 이 시기의 의미에 대해서 이렇게 말했어. 물론 너도 인정하겠지?"

그리고 경위는 우치야마 도모키치의 공술서를 읽어주었다.

문 : 그때 T코가 시기를 기다려달라고 한 말의 의미를 너는
어떻게 받아들였지?

답 : 그야 장래에 결혼할 시기라는 의미로 받아들였습니다.

문 : 어째서 그런 의미로 받아들인 거지?

답 : 그건 제가 T코에게 결혼을 청했기 때문입니다.

경위가 무슨 내용을 읽어주어도 T코는 그저 놀라서 듣기만
할 뿐이었다. 그녀에게 있어서 그것은 너무나도 뜻밖의 일들
뿐이었기 때문이다.

그러나 사회적으로도 뜻밖의 일이었기에 ◇◇여자대학교
교수 마쓰다이라 T코는 그 사건에 대해서 더욱 취조를 받게
되었다.

6

구세군 사관인 우치야마 도모키치와 N유치원 보모인 마치
다 요네코가 보슈 A군 S촌 부근의 논 가운데 있는 농기구 창
고에서 목을 매달아 정사한 일에는 상당히 흥미로운 의문의
로맨스가 숨겨져 있었다. 지금 사건의 개략을 이야기하고 거
기에 숨겨져 있는 그 의문의 로맨스를 풀어보기로 하겠다.

보슈 A군 S촌의 논두렁길을 모월 모일 오후에 지나던 한 농
부가 있었다.

그는 자신이 지나던 길 바로 옆에 있는 농기구 창고의 문이

반쯤 열려 있다는 사실을 깨달았는데 그 안에서 이상한 사람의 모습을 보았다. 농부는 놀라 그 창고 속으로 들어갔다. 그리고 그곳을 지나던 사람을 불러 여자의 몸을 아래로 내렸다. 여자의 몸에는 아직 온기가 있었기에 한 사람은 의사를 부르러 갔다. 그리고 한 사람은 근처에서 물을 떠다 여자의 얼굴에 뿌렸다. 의사가 달려와서 인공호흡을 하자 여자는 곧 소생했다. 여자는 의식을 회복하자마자 갑자기 울며 이렇게 말했다.

"저 창고 안에 사람이 하나 죽어 있을 테니 얼른 구해주세요. ……"

"또 한 사람이 죽었다고"

라며 사람들이 놀라 창고 안을 찾아보았으나 사람의 모습은 어디에도 보이지 않았다.

"아무도 없소."

라고 사람들이 여자에게 말했다.

"그럼 여기서 죽지 못해 다른 곳으로 가서 죽으려 하는 것이라 생각되니 얼른 찾아서 살려주세요."

라고 여자가 말했다.

이에 사람들은 부근에서 다시 여러 사람을 불러 모아 또 다른 남자 하나를 찾기 시작했다. 논에서 부근의 늪과 연못까지 찾아보았으나 어디에서도 모습은 보이지 않았다. 여자는 남자가 어딘가에서 죽은 것이라며 슬피 울었다.

그러는 사이에 주재소에서 경찰이 왔다. 부근의 분서에서는 경위 등도 왔다.

지방 경찰서에서 여자를 조사한 결과는 다음과 같았다.

여자는 마치다 요네코였다. 그녀는 도쿄에서 정부인 우치야
마 도모키치가 있는 여관으로 와서 묵었는데 그날 밤, 도모키
치가 정사를 하자고 했다. 이에 이튿날 오후, 두 사람은 여관
에서 나왔다.

도모키치가 오전 중에 두 사람이 정사할 곳을 물색해두었
다. 그리고 오후에 둘은 그곳으로 갔다. 그곳이 농부가 발견한
창고였다.

사건의 경위는 그것으로 잘 알았으나 무엇보다 이상한 것
은 요네코가 그렇게 말했는데도 우치야마 도모키치의 모습이
보이지 않는다는 점이었다. 이에 경찰서에서는 우치야마의 자
택을 살펴보기 위해 도쿄로 조회를 함과 동시에, 한편으로는
현장인 창고를 자세히 살펴보았다.

그랬더니 이상한 점들이 발견되었다.

여자는 틀림없이 목을 매달았다. 지나가던 사람이 조금만
더 늦게 발견했다면 여자는 분명히 목숨을 잃었을 것이었다.
하지만 남자가 죽으려 했던 곳은 어디에도 없었다. 남자가 목
을 매려 했다는 곳에는 가느다란 대나무가 하나, 두 개로 부러
져 떨어져 있었다. 그리고 그 아래에 들고 온 끈이 버려져 있
었다.

여자의 말에 의하면 남자도 여자와 마찬가지로 그곳의 천
정에 가로놓여 있는 굵은 들보에 끈을 묶었다는 것이었다. 하
지만 경찰에서는 여자의 말을 믿지 않았다. 여자는 그렇게 믿
고 있었으나, 경찰에서는 남자가 오전 중에 들보와 수평이 되
게 가느다란 대나무를 몰래 걸어놓은 것이라고 생각했다. 그

리고 자신이 들고 온 끈을 거기에 건 것이라고 생각했다. 그러나 여자는 들보에 끈을 걸고 목을 매단 것이었다. 다시 말해서 남자는 처음부터 자살할 마음이 없었던 것이 진실인 듯했다.

도쿄에 있는 남자의 자택을 살펴보니 그는 거기서 잠을 자고 있었다. 남자는 그 자리에서 체포되었다. 자살방조죄 혐의였다.

그리고 남녀가 묵었다던 여관에서 하녀 등을 소환해서 우치야마의 소행을 조사했다. 그와 함께 묵었던 마쓰다이라 요시오를 소환해서 취조했다. 그 결과 우치야마는 마치다 요네코와 정사하려 한 것이 아니라 사실은 마치다 요네코를 살해할 뜻이 있었던 것 같다는 의문이 생기기 시작했다. 자살 현장의 검증 결과와 종합해보니 그 혐의가 더욱 짙어졌다.

무슨 이유에서 우치야마 도모키치가 요네코를 살해하려 했던 것인지 그 동기도 대부분은 추정이 되었다. 특히 마쓰다이라 요시오가 자신의 누나인 T코와 우치야마의 관계에 대해서 가장 유력한 증언을 했다.

경찰에서는 T코와 우치야마가 공모해서 요네코를 살해하려 한 것이라고 추측했다. 특히 T코가 요네코를 눈엣가시로 여겨 우치야마에게 정사로 꾸미라고 교사한 것이라 추측했다.

T코의 범죄는 자살방조 교사인지, 살인 교사인지는 모르겠으나 어쨌든 T코는 끔찍한 형사범죄의 혐의를 받게 되었다. T코에게는 전혀 생각지도 못했던 뜻밖의 누명이었다. 그녀는 이 사건으로 인해서 대학교수라는 사회적 위치를 포기해야 했을 뿐만 아니라, 그녀 자신의 운명까지도 참으로 끔찍하고 어

두운 연못에 빠져버리고 말았다.

7

우치야마 도모키치는 경찰서에 구치되었다. 그는 취조에서 이런 진술을 했다.

문 : 요네코를 자살하도록 만들기 위해서 네가 그 논 가운데 있는 창고로 데려간 것이라 여겨지는데, 맞는가?

답 : 죄송합니다. 그렇습니다.

문 : 그리고 너 혼자 달아날 결심을 한 것이라 여겨지는데, 그 점도 맞는가?

답 : 그렇습니다.

문 : 어째서 요네코 혼자 자살하게 만들고 자신은 달아나려 했던 거지?

답 : 그건 약간 다른 일이 있었기 때문입니다.

문 : 다른 일이란 무었이지?

이때 도모키치는 답하지 않음.

문 : 그 일이란 마쓰다이라 T코와의 결혼이라 여겨지는데, 맞는가?

답 : 죄송합니다. 사실은 그렇게 생각하고 있었습니다.

문 : 그에 대해서 마쓰다이라 T코가 네게 한 말이 있는가?

답 : 있습니다.

문 : 무슨 말이었지?

답 : 제가 결혼해달라고 청했더니 시기를 기다리라고 말했

습니다.

문 : 그건 무슨 의미지?

답 : 제게 요네코라는 여자가 있으니 만약 그 여자와 관계를 끊는다면 결혼하겠다는 의미라고 생각했습니다.

문 : 그래서 너는 요네코를 자살하게 만들어야겠다고 생각한 건가?

답 : 그렇습니다.

문 : 요네코는 너와 정사하는 것을 반대하지는 않았는가?

답 : 반대하지는 않았습니다.

그런데 이 도모키치와 요네코의 정사 사건은 법리상으로도 상당한 논의거리가 있는 문제다. 하지만 여기서 그런 이야기는 하지 않겠다.

단지 T코가 요네코의 자살에 관해서 방조를 교사했느냐 하는 것이 문제였다. 경찰에서는 T코가 교사한 것이라고 보았다. 동생 요시오와 우치야마의 진술이 T코를 거기까지 몰고 간 것이었다.

T코가 변호사를 찾아와 무죄를 호소한 것은 그 사건의 예심이 끝난 뒤였다.

일반적인 사회적 사건으로 이 문제를 보자면, T코는 경찰에서 생각한 것처럼 이번 사건에서 매우 중대한 역할을 한 것처럼 여겨진다. 우치야마 도모키치가 요네코를 자살하도록 만든 동기가 누가 뭐래도 T코에게 있었기 때문이었다. 그리고 보슈의 여관에서 연애의 삼각관계를 연출한 다른 한쪽의 히로인은 아무리 봐도 T코라고 여겨졌기 때문이었다. 그 결과 T코가 우치야마와 결혼하기 위해서 우치야마에게 요네코를 자살하게 만들라고 교사했다고 보는 것도 결코 억지스러운 생각은 아니었다.

T코가 그런 혐의를 받게 된 데는 적어도 다음과 같은 원인이 그 바탕에 있었다.

첫 번째로 T코의 동생인 요시오의 불량성을 띤 성적 질투다. 이 질투가 T코를 어두운 구렁텅이로 빠뜨린 것이다.

요시오는 T코가 요시오의 불량성을 바로잡도록 하기 위해 우치야마에게 접근했다는 사실을 몰랐다. 요시오는 당시 17세의 청년으로 성적으로 이미 성숙했기에 T코가 우치야마에게 접근한 것은 오로지 남녀 사이의 성적 흥미 때문일 것이라고만 상상해서 남몰래 질투를 느끼고 있었다. 그랬기에 요시오에게는 우치야마와 T코의 행동 모두가 연애관계인 것처럼 느껴졌다.

요시오가 경찰에서 진술한 내용도 그 결과에 의한 것으로, 그것이 T코에게는 매우 불리하게 작용했다.

두 번째는 우치야마의 진술이다.

우치야마와 수색관헌과의 문제는 매우 추상적이다. 관헌은 이 추상적인 우치야마의 진술을 근거로 T코의 의지를 판정해 버렸다.

게다가 우치야마의 진술 가운데는 놓칠 수 없는 중대한 점이 있었다. 그것은 우치야마가 T코를 이미 자신의 정부처럼 진술했다는 점이었다. 그리고 오로지 T코와 결혼하고 싶어서 요네코를 자살하게 한 것이라고 진술했다.

우치야마는 T코가 완강하게 거부했다는 사실은 말하지 않았다. 이는 수색관헌 앞에서 그가 여성에 대한 허영심, 즉 남자의 자존심에 상처를 받지 않기 위해서 표면을 꾸민 것인데 그 결과가 T코에게는 돌이킬 수 없는 불리한 자백이 되어버리고 만 것이다.

위와 같은 이유로 T코는 경찰로부터 검사예심과 몇 번인가의 취조를 받지 않을 수 없었던 것이다.

8

예심조서에 드러난 표면상의 내용을 보자면 T코는 우치야마와 요시오의 진술에 의해 틀림없이 유죄라 인정된다. T코가 아무리 부인한다 할지라도 두 사람의 증언이 그 부인을 완전히 무력화시키고 있다. 그런 사실들이 T코를 유죄로 만들기 위해 필요한 것이다. T코를 무죄로 만들 유일한 방법은 이 두 사람의 증언을 뒤엎는 것밖에 없었다.

하지만 이 두 사람의 증언, 특히 요시오의 증언은 오히려 그의 감상과 의견을 이야기한 것에 지나지 않는다. 누나가 우치야마와 여관에서 함께 묵었다는 사실, 둘이서 해안을 산책했다는 사실, 밤중에 둘이 밀담을 나누었다는 사실, 그런 사실에 자신의 감정을 대입시켜 이야기한 것에 지나지 않는다. 설령 요시오의 감정이 청년기의 성적 질투를 다분히 포함하고 있는 것이라 할지라도, 누나와 우치야마의 행위는 틀림없는 사실이니 그것을 뒤엎을 수는 없다. 요시오의 증언은 뒤엎을 수 없는 사실이다. 다시 말해서 우치야마와 T코의 연애관계는 요시오의 증언에 의해서, 그리고 수색관헌이 거기에 상식적인 상상을 더함으로 해서 유효한 것이 되어버리고 말았다. 그러나 그 상식적 상상은 그와 전혀 상반되는 증거를 잡지 못하는 한, 절대로 부정할 수가 없는 것이다.

우치야마 도모키치의 증언도 역시 마찬가지였다. 그는 이미 T코와 정교가 있었던 것처럼 진술했다. 오로지 그녀와 같이 살고 싶다는 생각 때문에 요네코를 자살하게 만든 것이라고 진술했다. 따라서 T코가 실제로 우치야마와 정교를 나눈 적이 결코 없다는 사실을 실증하지 못하는 한, T코의 혐의는 풀리지 않을 것이다.

따라서 T코를 구할 길은 오직 하나밖에 없었다. 즉, T코가 우치야마와 육체적 관계를 맺었느냐, 맺지 않았느냐.

두 사람 사이에 육체적 관계가 있었느냐, 없었느냐에 따라서 T코의 혐의가 인정을 받느냐, 받지 못하느냐 결정될 것이라고 말한다면 이상히 여길 사람이 있을지도 모르겠다. 왜냐하면 설령 육체적 관계가 없었다 할지라도 T코가 요네코를 자살하도록 만들기 위해 우치야마에게 자살방조를 교사했을 가능성은 충분히 있다고 생각할 수도 있기 때문이다. 그런 경우라면 육체적 관계는 전혀 문제가 되지 않는다. 단지 T코가 우치야마를 사랑했다는 사실만으로도 충분하다. 이러한 비난은 납득이 간다. 하지만 사랑했느냐, 사랑하지 않았느냐 하는 것은 완전히 주관적인 문제이기에 그것을 구체적으로 증명하기란 매우 어려운 일이다. 그리고 그러한 양자의 관계는 요시오의 증언이 외면에서부터 그것을 증명하고 있다고 수색관헌에서는 인정하고 있었다. 따라서 궁극적으로는 육체적 관계가 있었느냐 없었느냐를 실증하는 것이 이 문제를 해결하는 초점이 되는 것이다.

이러한 다툼은 예전부터 수많은 간통죄 등에서 흔히 볼 수 있는 문제였다. 하지만 그것이 이번과 같은 사건에서 일어난 것은 매우 드문 일이었다.

공판이 열렸다.

9

공판정에서도 우치야마의 진술은 변하지 않았다. 그가 저지른 범죄의 희생양이 된 T코는 다행히 T코의 엄숙한 태도와 진지한 공술이 판검사의 심증을 움직여 법률의 제재에서 벗어날 수 있었다. 하지만 그 엄숙한 태도와 진지한 공술로 널리 세상의 입에 자물쇠를 채우고 다닐 수는 없는 일이었다. 사회적 제재로써 교직에서의 진퇴가 문제가 되었다. 그리고 그 해결을 사건의 진상에 가장 정통한 나의 공정한 의견에 맡기겠다는 것이었다. 역시 육체관계의 유무에 대한 질문이 있었다. 변호인인 나는 T코를 위해서 T코의 육체관계를 부인할 실증을 들지 않으면 안 되었다.

그에 앞서 변호인은 T코에게서 그 사실을 부인하는 데 증거가 될 만한 것을 수집하기에 노력했다.

변호인은 T코가 우치야마에게서 받은 편지 한 통을 살펴보았다. 그리고 거기서 우치야마의 공술에 대한 반증이 될 만한 것을 찾으려 했다. 그것 외에 다른 방법은 거의 없었다.

가택수사 때 판검사가 압수한 수많은 왕복문서가 있었는데, T코가 아직 받아들이지 않은 신에 대해서 우치야마가 이야기하기도 하고 사상을 이야기하기도 한 것들 사이에 섞여 있던 한 통의 글에 의해서 T코의 교직만은 다행히 유지할 수 있었다. 그것은 우치야마가 T코에게 보낸 편지로 내용은 다음과 같았다.

'T코 씨.

그 보슈 해안에 있는 여관에서의 하룻밤은 제게 영원히 잊을 수 없는 추억입니다.

T코 씨.

하지만 당신의 바위처럼 굳고 정결한 태도에서는 마치 마돈나와도 같은 숭고함을 느꼈습니다. 저는 그런 당신의 눈처럼 희고 깨끗한 영혼의 숭고함을 흠모합니다. 틀림없이 신께서도 당신을 칭찬하고 계실 것입니다. 저는 당신의 그 마돈나 같은 모습 앞에 신발 끈조차 풀 수 없는 자입니다. 그날 밤 저는 진심으로 그렇게 생각했습니다.

T코 씨.

당신의 영혼은 그처럼 희고 깨끗합니다. 그 모습은 참으로 성스럽고 고결합니다. 그러나 T코 씨, 당신의 그 희고 깨끗한 영혼은 참으로 눈과 같지만, 당신은 또 그 눈처럼 차갑습니다. 그 차가움이 저를 얼마나 외롭게 하는지. 성스럽고 고결한 그 모습 또한 마돈나 같아서 저는 그 곁으로 다가갈 수가 없습니다. 그 성스러움과 고결함이 저를 얼마나 슬프게 만드는지.
…….

  T코 씨.

  저는 예전에 요사노 아키코(與謝野晶子) 여사의 『헝클어진
머리』 속에서 다음과 같은 시를 발견한 적이 있습니다.

  「부드러운 살갗의 뜨거운 피에는 손 내밀려 하지도 않고

  도를 이야기하는 그대, 외롭지도 않은가요」

  T코 씨.

  당신은 이 시를 어떻게 해석하시겠습니까? 저는 이 한 수가
문득 눈에 닿은 순간, 저의 청춘이 슬퍼졌습니다. 성단에 서서
예수의 도를 이야기해야 하는 저를 얼마나 슬퍼했는지! 그리
고 저는 젊은 정열의 불꽃 가운데서 얼마나 몸부림쳤는지!

  T코 씨.

  저는 여기서 거침없이 말하겠습니다. 당신은 ○○대학 강당
의 높은 교단에 서서 그런 외로움을 느끼고 계시지는 않으십
니까?! 그리고 한밤중에 숨 막힐 것 같은 정열의 괴로움에 시
달리고 계시지는 않으십니까?!

  T코 씨.

  저의 이 무례한 말을 부디 용서해주시기 바랍니다. 저는 지
금 불꽃을 끌어안은 것 같은 마음이 되어, 당신을 사랑하기에
맛보아야 하는 괴로움에 몸부림치고 있습니다. 그리고 그날
밤, 보슈에서의 하룻밤, 그때 당신이 하신 말씀의 깊은 의미를
풀려 하고 있습니다.

  T코 씨.

이번에는 대담하게 말씀드리도록 하겠습니다. 당신은 강당에서 가르침을 주는 스승으로서의 존엄한 자부심 때문에 그 외로움을 견디고 계시는 것일 테지요? 그리고 당신의 그 두 눈동자는 정열에 불타고 있었으면서—그렇습니다, 그날 밤 저는 그 불꽃과도 같은 당신의 눈동자를 분명히 보았습니다.—제게 당신을 허락하지 않으셨습니다. 하지만 그 순간, 당신 손의 거친 맥박! 뜨거운 숨결! T코 씨! 저는 그것을 생각할 때마다 미칠 듯합니다. …….

T코 씨.

당신은 그때 말씀하셨습니다.

"시기가 오면 저는 당신 뜻에 따르겠어요. ……."

그리고 당신은 제 손목을 꼭 쥐고 다정한 눈빛으로 저를 보셨습니다. …….

T코 씨.

하지만 당신은 역시 이지적인 분이십니다. 그 다음 순간부터 이미 차가운 이지가 강력하게 당신을 지배했습니다. 그리고 그리운 당신의 손은 냉정하게 제게서 떨어져버리고 말았습니다. 당신은 바로 자리에서 일어나셨습니다.

T코 씨.

저는 그런 당신의 차가운 모습을 거기에 앉은 채 바라보며 당신의 그 냉정함을 얼마나 저주했는지 모릅니다.

「부드러운 살갗의 뜨거운 피에는 손 내밀려 하지도 않고」

저는 이 시를 있는 힘껏 커다란 목소리로 노래하고 싶었습니다.

그때 저는 당신께 말씀드렸습니다.

"당신이 지금 말씀하신 시기가 오면, 이란 말씀은 어떤 의미입니까? 그걸 가르쳐주세요. ⋯⋯."

저의 이 질문에 당신은 더 이상 아무런 말씀도 하지 않으셨습니다. 그리고 당신께서는 달아나듯 밖으로 훌쩍 나가버리셨습니다.

'시기가 오면? 시기가 오면?'

저는 마음속으로 몇 번이고 이렇게 외쳤습니다. 저는 그만 미쳐버릴 것 같은 심정으로 이렇게 외쳤습니다.

T코 씨.

저는 그때 문득 마음에 떠오른 것이 있었습니다. 그것은 당신께서 틀림없이 의심하고 계실 요네코와의 일이었습니다.

'틀림없이 요네코와의 일이다. 시기란 분명히 요네코와 내가 영원히 헤어지는 날이다!'

저는 마음속으로 바로 그 일이라고 생각했습니다. 틀림없이 그때라고 생각했습니다.

T코 씨.

당신의 그 말씀은 저에 대한 가장 높은 사랑의 말씀이라 믿고 있습니다. T코 씨, 저는 틀림없이 그 시기를 만들겠습니다. 그리고 당신의 사랑에 반드시 보답하겠다고 결심했습니다.

T코 씨.

저는 커다란 각오로 그 시기를 만들겠습니다. 그리고 그 순간부터 가슴의 피가 춤을 추는 듯한 당신과의 사랑의 생활에 잠기겠습니다. 부디 그때를, 안심하고 기다리시기 바랍니다.

…….

T코 씨.

바닷가의 밤도 이미 깊었습니다. ……. (이하 생략)'

이 긴 편지가 다음 공판에 제출되었다. 이 편지는 자기중심적 성향이 강한 우치야마 자신의 독선적 감정에 충실한 것이었지만, 그 속에 자세히 적은 내용은 우치야마와 T코의 관계 전부를 이야기하는 것이었으며, 또 우치야마가 요네코를 자살하게 만든 동기를 웅변하는 것이기도 했다.

검사는 우치야마에 대해서 징역 5년을 구형했다. 판결은 구형대로 되었다.

T코는 법률상 무죄가 되었으나 그녀가 경솔한 수색관헌으로부터 받은 커다란 불명예는 영원히 씻을 길이 없게 되었다. 법률에 제정된 '명예훼손죄'도 '신용훼손죄'도 그것이 관헌에 의한 행위인 경우에는 끝내 죄가 되지 않기 때문이다!

경찰서장의 강도 · 살인

1938년 판의 표지 그림

경찰서장의 강도 · 살인

신의 가르침을 전하는 목사도 사람이다. 사람의 자녀들에게 세상의 도리와 인간의 마음을 존중해야 한다고 가르치는 교육가도 사람이다. 이러한 논법으로 말하자면 인민의 생명과 재산을 보호하는 경찰관도 역시 사람이다. 그들이 그 임무를 잊고 반대로 강도질을 하거나 살인을 저지르는 것도 결코 이상한 일은 아니다. 이런 식으로 간단히 생각해버린다면 이 사건도 굳이 이야기할 가치가 없을지 모르겠다. 하지만 현대 국가제도 아래서 인민이 유일하게 믿음을 갖고 있기에 베개를 높이 하고 잘 수 있는 그 경찰관이 강도 · 살인을 저질렀다면 그 말을 들은 인민의 심정은 어떻겠는가? 게다가 그 경찰관이 부하들을 교묘하게 조종해서 그 끔찍한 행동을 당당하게 저질렀다면 어떻겠는가? 인민은 틀림없이 두려움에 몸을 떨 것이다.

그러한 범죄가 이른바 '법치국가' 안에서 실제로 행해졌다면 현대의 경찰관은 인민에게 과연 어떤 인상을 주게 될까? 나는 여기서 한 사건의 내용을 이야기하여 사회비평, 아니 더욱 널리 생각해서 문명비평을 가할 생각이다.

1

1921년에 있었던 일이다.

홋카이도의 어떤 지방에서 기괴한 의옥(疑獄) 사건이 일어났다. 그것은 S경찰서장이자 홋카이도의 경위인 오무라 겐타로(大村賢太郎, 가명)가 강도 · 살인을 저질러 구시로(釧路) 지방재판소에 기소, 수감된 사건이었다.

경찰서장으로 있는 경위의 강도 · 살인. 이 사실은 사회의 인심을 떨게 만들었다. 경찰관을 절대적으로 신뢰하고 있었던 만큼 그 보도를 신문 기사로 읽은 사람들의 놀라움은 이만저만한 것이 아니었다.

그 경찰서장의 강도 · 살인사건은 대체 어떤 내용이었는지 그것부터 이야기하기로 하겠다.

1919년 10월 22일. 그 의옥사건이 일어나기 2년 전, S경찰서 관내에 있는 어업장은 전례 없는 풍어(豊漁)였다. 그곳의 어업가인 요코야마 헤이스케(橫山兵助)는 하룻밤 사이에 1만 5천 엔의 이익을 얻었다. 이 지방은 은행도 없고 우체국도 없는 벽촌이었기에 헤이스케는 그 돈을 자신의 집에 두었다. 그리고 자신은 그 부근의 당구장으로 놀러 갔다.

그날 밤 오전 1시에서 2시 사이에 요코야마의 집에 2인조 강도가 들었다. 바로 그때 헤이스케의 아내인 오후사(お房)는

아이에게 젖을 물린 채 누워 있었는데 그녀가 눈을 뜨자 강도가 갑자기 그녀를 공격해서 살갗만 겨우 붙어 있을 정도로 목을 베어버리고 말았다. 그런 다음 돈을 가지고 달아났다.

S경찰서에서는 곧 비상선을 깔고 범인을 엄중히 수색했다. 그 결과 그 마을에 살고 있던 이노우에(井上) 모 씨를 검거했다. 구시로 지방재판소의 호소노(細野) 검사가 이노우에를 진범으로 기소했으나 재판소에서는 증거불충분으로 이를 기각했다. 하지만 호소노 검사는 이노우에를 여전히 진범이라 믿고 있었기에 상급재판소에 항고했다. 그러나 항고도 기각되었다. 이렇게 해서 이노우에 모 씨는 석방되었다.

이 범죄사건은 미궁에 빠지고 말았다. 이후 진범은 쉽게 잡히지 않았다.

그로부터 2년이 지났다. 참으로 뜻밖에도 당시 직접 범인의 검거에 힘썼던 S경찰서장, 경위 오무라 겐타로가 구시로 지방재판소 검사국에 의해 기소되었다. 세상에 이처럼 기괴하기 짝이 없는 사건이 또 있을까?

오무라 겐타로는 이미 50세에 가까운, 나이 많은 경위였다. 검사의 영장을 받아 구시로 감옥에 수감되었을 당시 그는 범죄지인 S경찰서에서 다른 관할의 경찰서장으로 전임해 있었다. 그는 거기서 구인되었다.

오무라 겐타로는 벌써 30년이 넘는 오랜 경력을 가진 경찰관이었다. 그 동안 인민의 평판은 결코 나쁜 것이 아니었다. 상관으로부터도 상당한 신임을 얻고 있었다. 그런 그가 갑자기 끔찍한 중범죄 혐의로 인치된 것이었다.

검사국이 인민의 치안이라는 중임을 맡고 있는 경찰관을 갑자기 인치했으니 적어도 거기에는 반드시 움직일 수 없는 어떤 범행 증거가 있었으리라. 그렇다면 그 범행 증거란 과연 무엇이었을까?

우선 검사국이(여기서 오무라를 기소한 검사는 앞서 이노우에를 진범이라 생각하여 항고까지 해가며 싸웠던 호소노 검사였다는 사실을 덧붙여둘 필요가 있겠다.) 오무라를 범인이라 인정한 첫 번째 이유는, 오무라가 전임지에서(즉, S경찰서장 시절에) 각종 부정행위를 저질렀기 때문이라는 것이었다. 이와 같은 부정을 저질렀으니 요코야마 가에 들어간 강도도 그일 것이라는 판정이었다.

그런 무모한 판정이 어디 있느냐며 어처구니없어 할 사람도 있으리라. 어쨌든 그 점에 대해서는 차차 이야기하기로 하겠다.

그가 저지른 부정행위란, 그가 그곳의 서장으로 있을 때 도살장과 어업장의 불법행위를 알고 있었으면서도 언제나 상당한 수뢰를 하고 눈감아주었다는 것이었다. 그리고 그 행위가 강도 · 살인 직전에 특히 심했다는 것이었다.

앞서도 이야기한 것처럼 오무라 겐타로는 그 지역 인민 사이에서 결코 평판이 나쁜 사람이 아니었다. 하지만 그가 이처럼 수뢰를 하고 지역 인민과 언제나 타협적인 자세를 취한 것이 그 이유는 아니었다. 그 이전의 오무라는 참으로 청렴결백한 인격자로 결코 수뢰 따위를 할 사람이 아니었다. 인민에게는 언제나 친절했으며 정애도 깊었고, 개인적으로도 결코 양심의 가책을 느낄 만한 짓을 할 사람이 아니었다. 그랬기에 그 지역 사람들도 그를 덕망가로 존경하고 있었다.

그런데 오무라의 평판이 최근 들어서 아주 나빠졌다. 그는 요즘 축재(蓄財)에 부지런히 신경을 쓰고 있다는 것이었다. 여러 잡다한 영리사업에서 부정한 이권을 획득하여 부정한 이익의 분배로 부지런히 축재의 길을 강구하고 있다는 것이었다. 검사국이 그의 전임지인 S경찰서장 아라카와 료조(荒川良三)와 협력하여 자세히 조사해보니 그 범행 흔적이 역력하게 드러났다. 이에 검사국의 호소노 검사는 우선 독직죄로 그를 구인했다. 하지만 검사의 목적은 거기에 있는 것이 아니라 요코야마 헤이스케의 강도·살인범으로 그를 지목하고 있었던 것이다.

2

경위 오무라 겐타로 외 1명이 요코야마 오후사(헤이스케의 아내)를 살해하고 그 집의 돈을 강탈했다는 범죄 혐의는 주로 그 지방의 음식점인 '아케보노(曙)'의 기생 오카네(お兼)의 증언에 의한 것이었다. 그녀 외에도 1명이 더 있었다. 그는 앞서 오무라 서장이 같은 사건의 범인으로 검거했으나, 결국은 방면된 이노우에였다. 이 두 사람의 증언 전부가 검사의 믿음을 얻어 당시 S경찰서장이자 홋카이도의 경위였던 오무라 겐타로가 강도·살인범이라는 죄명의 혐의를 받게 된 것이었다.

우선 이 중대한 범죄사건—일본에서는 오히려 미증유의 괴사건이라고 칭해야 할 경찰서장의 강도·살인사건—은 음식

점에 고용된 한 매춘부의 입에 의해서 그 행적이 전부 드러났다는 것이다. 여기서 그 불가사의한 여자의 진술을 살펴보기로 하겠다.

오카네는 오무라 겐타로의 공범으로 지목된 가나오 가메키치(金尾亀吉)가 경영하고 있는 음식점 아케보노에 고용된 기생이었다. 그녀는 검사의 심문에 대해서 이렇게 진술했다.

"그날 밤, 아마 오전 1시 무렵이었을 것이라 여겨지는데, 가게의 주인 가메키치와 오무라 서장님은 입구의 난로 앞에 있었습니다. 그때 저희 주인인 가메키치는 긴 일본도를 허리에 차고 있었습니다. 서장님은 깃닫이 양복을 입고 계셨습니다. 저는 그날 밤 손님이 있었기에 ○유(湯)로 갈 때 두 사람의 모습을 복도에서 가만히 엿볼 수 있었습니다. 그런데 2시가 조금 지난 시각, 다시 ○유로 갈 때 보니 두 사람은 이미 거기에 없었습니다."

이 공술은 요코야마 오후사가 그날 밤 오전 1시에서 2시 사이에 살해되었다는 사실과 아주 잘 맞아떨어진다. 이에 검사는 이 증언을 그대로 믿어 아케보노의 주인인 가나오 가메키치의 가택수사를 벌였다. 그랬더니 가메키치의 집 천장 위에서 혈흔이 부착된 일본도와, 다른 곳에서 역시 혈흔이 부착된 통소매 상의가 나왔다. 이에 오카네의 증언은 더욱 유력한 것이 되어갔다.

다음으로 이노우에의 증언은 다음과 같았다.

"그날 밤 요코야마 가에서 살인·강도가 있었기에 제가 S경찰서로 달려가 보니, 경찰서에는 아무도 없었습니다. 숙직

하는 사람조차 없었습니다. 딱 한 사람, 얼마 전에 부임한 경찰 한 명만이 멍하니 앉아 있었습니다. 그랬기에 저는 오무라 서장님의 관사로 달려갔습니다. 오무라 서장님은 제가 밖에서 한 번 부르자마자 바로 밖으로 나왔습니다. 그때 오무라 서장님은 셔츠를 단정하게 갖춰 입고 있었습니다. 그래서 저는 서장님도 아직 안 주무셨구나, 라고 생각했습니다."

이 공술은 오무라에게 여러 가지 혐의를 주기에 유력했다.

우선 그날 밤 S경찰서로 이노우에가 달려갔더니 경찰서에는 신참 경찰 한 명밖에 없었다는 사실은 대체 무엇을 의미하고 있는 것일까?

이에 검사국에서는 그날 밤에 있었던 경찰서의 상황을 조사해보았다. 그랬더니 다음과 같은 새로운 사실이 드러났다.

오무라 서장은 그날 밤, 부하인 사법주임을 비롯해 서원 모두에게 도박, 밀매음 검거를 명령했다. 그 구역은 S경찰서에서 가장 먼 관할 내로 그 일대를 검거하려면 적어도 1박은 해야만 했다. 그랬기에 그날 밤 본서에서는 신참 순경 한 사람만이 숙직을 하고 있었다는 것이었다.

이 사실은 오무라에게 가장 불리한 결과를 가져다주었다. 검사국에서는 오무라가 그날 밤을 완전히 무경찰 상태로 만들기 위해서 직권을 남용하여 부하들에게 그런 명령을 내린 것이라고 인정했다.

기생인 오카네 및 이노우에의 증언과 전술한 것과 같은 증거품에 의해 예심판사는 본 사건을 유죄로 보았다.

예심판사는 예심정에서 보인 오무라 겐타로의 성격에 대해서, 그 지방의 신문기자에게 이렇게 말했다.

"오무라 겐타로는 참으로 흉포하고 사나운 악한이야. 그는 그렇게 커다란 범죄를 저질러놓고도, 그날 밤 자신이 들고 가서 요코야마 오후사를 살해한 데 쓴 일본도를 내보이자 창백한 얼굴로 그 일본도를 쥐고 내게 육박해 왔어. 그리고 자신의 범죄 사실에 대해서는 완강히 부인했지. 그런 범인을 나는 지금까지 경험한 적이 없었어."

예심판사는 오무라 겐타로의 범죄 사실은 조금도 의심할 필요가 없다고 단정하고 있었던 것이다. 예심판사가 그날 밤의 범행에 쓰인 것이라고 말한, 아케보노의 주인 가나오 가메키치의 집 천장에서 발견된 일본도를 오무라에게 내보이며 그에게 자백을 강권했을 때, 그가 그 사실을 완강히 부인하며 예심판사가 내보인 일본도를 집어 판사에게 달려들었다는 이 극적 장면은 우리에게 여러 가지 것을 암시해준다.

예심판사는 그때의 그 태도를 보고 '흉포하고 사나운 악한'이라고 말했다. 처음부터 오무라를 진범이라고 단정하고 그것을 굳게 믿은 판사에게 그 말은 조금도 이상한 것이 아니었으리라.

여기서 우리도 한번 생각해보기로 하자. 30여 년을 경찰관으로 봉사하며 인민의 치안을 담당해오던 자가 하루아침에 의심을 받아 섬뜩한 범죄를 저질렀다는 혐의를 받게 되었다.

만약 정말로 그가 누명을 쓴 것이어서 그 범죄를 저지른 기억이 없다면 당시 그의 마음속은 어떤 것이었을까? 그가 창백한 얼굴로 판사에게 달려든 것은 결코 그의 '흉포하고 사나운'

성질을 나타내는 태도가 아니었을 것이다.

그럼 지금부터 이 커다란 수수께끼를 함께 풀어나가기로 하자.

3

미리 얘기해둘 것은 앞서도 이야기한 것처럼 이번 사건에서 오무라 겐타로가 유죄로 결정된 것은 두 사람의 증인인 아케보노의 기생 오카네와 그 지역에 살고 있는 이노우에의 극히 느슨한 진술에 의한 것이었다는 점이다. 하지만 용의자인 오무라 겐타로도, 그리고 공범인 아케보노의 주인 가나오 가메키치도 본 사건에 대해서는 사실 전체를 부인했다.

여기서 한 가지 더 덧붙여두어야 할 것은, 오무라 겐타로의 부하 경찰관들과 사법주임도 그들의 공범이 되어 증거인멸 혐의로 유죄 판정을 받았다는 사실이다. 그렇다면 그 가운데 사법주임은 어떤 증거를 인멸했을까? 증인인 아케보노의 오카네에 대해서,

"요코야마의 강도·살인사건에 대해서 네가 여러 가지 사실을 검사에게 진술했다고 하던데, 그런 말도 안 되는 소리를 함부로 해서는 안 돼."

라고 말한 것이 범죄 사실이라는 것이었다.

검사의 믿음에 의하면 본 사건에는 유력한 다른 증거가 있었는데 이 4명의 경찰관이 상관인 오무라 서장의 지시를 받아 그것을 전부 인멸했다는 것이다. 그렇다면 그 인멸 사실은 어떠한 것이냐고 따져 물으니, 앞서 오카네에게 그런 말을 했다

는 사실 외에는 아무런 정확한 사실도 없다는 것이었다.

무릇 하나의 범죄사건에 대해서 유력한 증거가 떠오르지 않는 것은, 누군가가 증거를 인멸했기 때문이라고 추정하는 것만큼 무모하기 짝이 없는 상상이 또 어디에 있겠는가?

한 명의 용의자에 대해서 유력한 증거가 떠오르지 않는 것은, 그 용의자가 그 범죄를 저지르지 않았다는 사실을 방증하는 것에 지나지 않는다. 그런데 그 사실을 반대로 취해서, 유력한 증거가 떠오르지 않는 것은 틀림없이 누군가가 증거를 인멸했기 때문이라고 상상하다니 세상에 그보다 더 놀라운 망상이 어디 있겠는가? 게다가 용의자 주변의 인물을 끌고 와서 그 증거인멸죄를 뒤집어씌우다니, 참으로 놀랍고 괴이한 일이라고 하지 않을 수 없을 것이다.

만약 사회에서 끊임없이 일어나고 있는 범죄사건에 대해서 그와 같은 방법으로 범인을 만들어낸다면 한 가지 사건으로 수천 명의 용의자를 유죄로 만들어낼 수도 있을 것이다. 왜냐하면 증거가 떠오르지 않는 것은 분명히 누군가가 그것을 인멸했기 때문이라고 인정해서 그 용의자를 유죄로 만들 수단으로 삼을 수도 있기 때문이다.

이를 조금 더 구체적으로 말하자면, 여기에 한 사내가 있다고 하자. 그는 어떤 살인사건의 진범인 듯하다. 한두 사람의 진술에 의하면, 그리고 그의 평소 소행과 그날 밤의 행적을 보니 아무래도 그가 진범인 듯하다. 하지만 안타깝게도 유력한 증거가 나오질 않는다. 그 유력한 증거가 나오지 않는 것은 틀림없이 누군가가 인멸했기 때문이다. 그 인멸한 사실도 역시 정확히는 알 수가 없으나 생각건대 평소 그와 밀접하게 교제하던 자들이 그를 열심히 변호하는 것으로 봐서 틀림없이 그들이 증거를 인멸한 것인 듯하다. 따라서 그들을 곧 증거인멸죄로 검거할 필요가 있다. 그리고 이번 사건의 유력한 증거는 전부 그들이 인멸한 것으로 보이니, 이번 사건의 진범은 그라고 인정된다.

만약 현대의 재판소가 이와 같은 재판을 한다면 어떻겠는가?

오무라 겐타로의 범죄사건이 바로 이런 식으로 진행되었다.

4

이처럼 애매하기 짝이 없는 증거가 오무라 겐타로와 가나오 가메키치 등을 강도·살인사건의 범인으로 만든 것이었다.

이에 이 사건을 처음으로 살펴본 나—F씨는 말했다.—는 본건의 오무라 겐타로 들을 아무래도 유죄라고 믿을 수가 없었다. 그 이유는 대충 다음과 같았다.

첫째로 담당검사는 요코야마 오후사 강도·살인사건에 대해서 거의 일정한 수사방침을 가지고 있지 않았다. 단호한 정견이 없었다.

처음, 호소노 검사는 같은 지역에 살고 있는 이노우에를 유력한 용의자로 검거했다. 그러나 이노우에는 예심 면소되어버렸다. 하지만 검사는 이노우에에 대해서 충분한 자신감을 가지고 있었던 듯 다시 상급재판소에 항고했으나 그 항고도 각하되었다.

이노우에에 대해서 항고까지 해가며 다퉜던 호소노 검사가 이번에는 오무라를 다시 기소한 것이었다. 이 검사의 태도는 직무에 자신감이 있는 자의 태도가 아니다. 아니, 직무상의 책임감을 느끼며 행동하는 검사의 태도가 아니다. 둥실둥실 떠 있는 부평초처럼 그럴 듯한 자들을 닥치는 대로 검거하는 것이다. 이 검사는 오무라를 기소함으로 해서 앞서 이노우에를 기소한 것이 완전히 과오였음을 스스로 널리 밝히는 꼴이 되어버리고 말았다.

사정이 이러하니 오무라에 대해서도 역시 앞선 태도를 되풀이하지 않으리라고 어찌 단언할 수 있겠는가? 만약 그가 자신감을 가지고 있는 검사였다면 그는 본건에 대해서 오무라를 다시 검거하는 태도는 취하지 않았을 것이다. 그런데 그의 일정한 식견 없음이 위의 일로도 드러났다. 검사가 오무라에 대해서 취한 이번 기소사실도 앞서와 마찬가지로 매우 근거가 박약한 것이었다는 사실은 충분히 상상해볼 수가 있다.

둘째로 앞서 이야기한 이노우에의 진술이다(증인에 대해서는 점차 그 존재를 밝혀나가기로 하자).

이노우에는 요코야마 가의 피해를 발견한 뒤 경찰서로 달려갔다고 증언했다. 그때 경찰서에는 경찰이 없었기에 서장 관사로 갔다고 말했는데 그는 그날 밤 오무라의 거동에 대해서,

"서장님은 바로 대답을 하셨습니다. 그때 서장님은 셔츠를 입고 계셨으며 아직 잠자리에 들지 않은 듯했습니다."

라고 진술했다. 이 진술이 오무라에게 매우 불리하게 작용한

것은 말할 필요도 없는 사실이다. 당시 재판장은 공판정에서,

"피고는 매일 밤 잘 때 셔츠를 입고 자는가?"

라고 물었다. 이노우에의 증언을 중요시했기 때문이었다.

그런데 이노우에가 그처럼 오무라에게 불리한 증언을 한 것은 지극히 당연한 일이었다. 왜냐하면 앞서 오무라가 서장으로 있을 때 그를 요코야마 강도 · 살인범으로 검거했고, 그에 대한 원한이 남아 있었기 때문이었다. 따라서 이노우에가 오무라에게 유리한 증언을 하지 않으리라는 점은 처음부터 자명한 사실이었다. 그럼에도 불구하고 그의 그 증언이 오무라의 범죄를 결정하는 데 매우 유력한 것이 되었다는 점은 참으로 기괴한 사실이다.

법률상으로 보았을 때 그 증인은 위법이 아니다. 하지만 가장 공평하게 사건의 진상을 탐구해야 할 검사, 혹은 재판소는 그와 같은 관계에 있는 인물의 증언에 충분한 신빙성이 있는지를 고려해야만 할 것이다. 그런데 그의 증언이 바로 채용되어 그것이 오무라의 단죄에 중대한 증언이 되어버렸다는 점은, 오히려 오무라를 함정에 빠뜨리기 위해서 이노우에로 하여금 증언을 하게 한 것이 아닐까 하는 의심조차 들게 한다.

앞선 이노우에의 진술에 대해서 오무라는 이렇게 해명했다.

"경찰서장의 임무는 중요하다. 특히 그날 밤은 부하에게 명령해서 도박, 밀매음 등의 검거에 나서게 했기에 나는 설령 집에서 잠을 잔다 할지라도 언제 부하가 급한 보고를 하러 올지 알 수 없는 상황이었다. 거기다 그날 밤 나는 치질을 앓았는데 한밤중에 통증이 느껴져 깊은 잠을 잘 수가 없었다."

이 해명은 논리정연하다. 또한 경찰서장으로서 평소 이 정도의 마음가짐은 필요하지 않을까? 하지만 이 사실을 범인 날조를 위한 의지를 가지고 보면, 그날 밤 오무라가 범행을 마치고 집으로 돌아온 직후처럼 여겨진다. 특히 이노우에에게는 평소의 원한으로 오무라에게 복수하겠다는 의지가 있었기 때문에 고의적인 상상을 가미해서, 오무라가 그날 밤의 범행을 마치고 당황한 사람처럼 보였다고 진술한 것이리라. 이러한 증인의 심리를 충분히 통찰하지 않는 자는, 사람을 심판하는 자가 가져야 할 공명한 태도를 갖고 있지 못한 것이라고 말하지 않을 수 없다. 게다가 이 증언은 완전히 고의적인 것이어서 믿을 수 없는 것이라는 점은 쉽게 상상해볼 수 있다.

5

다음으로 기생 오카네의 증언에 대해서 생각해보기로 하자.

이 증인의 증언이 오히려 오무라 등의 유죄를 결정하는 중심 증거가 되어 있으니 가장 중요한 것이다.

"그날 밤 오전 1시에서 2시 사이에 손님이 있어서 저는 ○유로 갔는데, 그때 저희 가게의 주인과 오무라 서장은 이상한 옷을 입고 난롯불을 쬐고 있었습니다. 그리고 저희 가게의 주인은 허리에 일본도를 차고 있었습니다."

라는 증언 하나가 오무라 등의 유죄를 결정하고 있었다.

그 가게에서 데리고 있는 기생은 그녀 외에도 3명이 더 있었다. 그런데 다른 여자들의 증언은 매우 애매해서 어느 것도 사실의 진상을 보충해주지 못한다. 특히 그날 밤 오전 1시에서 2시 사이에는 다른 여자들도 잠을 자지 않았는데 오카네와 동일한 증언을 한 사람은 아무도 없었다. 이에 나는 오카네의 증언에 대한 실지검증을 해보았다.

오카네의 증언에 따라 주인 가나오 가메키치와 오무라 겐타로가 난로 앞에서 이상한 복장으로 일본도를 가지고 있었다는 위치와, 오카네가 ○유로 갈 때 그들을 보았다고 하는 복도의 위치를 살펴보았다. 그런데 그곳은 복도와 매우 가까운 거리에 있어서 그 복도를 지난 자는, 만약 그때 거기에 두 사람이 있었다면 누구나 보았을 터였다. 게다가 요리점의 오전 1시에서 2시 사이는 아직 초저녁이라고 할 수 있는 시간임에도 불구하고, 그곳을 지난 자 가운데 두 사람을 확실히 보았다고 증언한 자는 아무도 없었다. 오직 오카네만이 그 두 사람을 보았다고 하는 것은 참으로 기괴한 진술이 아닐 수 없었다. 그랬기에 오카네라는 여자에게 오무라에 대해서나, 혹은 가게의 주인인 가나오 가메키치에 대해서 예전부터 원한이 있었기에 허위 진술을 한 것이 아닐까 하는 의심을 나는 품게 되었다.

두 사람의 증언에 대한 나의 의문은 이상과 같은 것이었다.

그리고 나의 관찰을 종합해보니 이 증인들 뒤에 어떤 인물이 숨어 있어서, 그 인물이 두 사람을 조종하고 있는 것이 아닐까 하는 의심이 들었다. 나는 재판소에 대해서 다음과 같은 증거신청을 했다.

1. 범행현장에 대한 과학적 증거.

그날 밤, 범행을 발견한 자가 삿포로(札幌)로 급히 달려가 그곳의 의사를 불러왔는데 그 의사는 감정 후, 상처는 일본도가 아니라 정육용 식칼과 같은 물건에 의한 것이라는 견해를 밝혔다. 그런데 검사는 가나오 가메키치의 자택 천장에서 발견된 일본도로 그 범행을 저지른 것이라고 단정했다. 이는 매우 모순되는 점이었다.

피해자인 오후사는 아이에게 젖을 먹이다 목을 9푼까지 잘렸는데 그 위치가 젖을 먹이던 곳에서 움직인 위치에 있었는지, 아닌지. 만약 금전을 강탈하기 위해서 침입한 것이라면 그녀는 틀림없이 그 위치에서 움직였을 것이다. 이 사실은, 만약 범인이 강도였다면 반드시 그렇게 됐어야만 할 결과였다.

위의 증거신청에 대한 의사의 감정은 다음과 같은 것이었다.

피해자는 아마도 젖을 먹이던 위치에서 살해당한 것 같다. 그것은 피해자의 목이 9푼까지 잘려나간 것만 봐도, 범인이 몰래 들어와서 얼핏 잠들어 있는 피해자의 목을 단번에 내리친 것이라는 사실을 알 수 있다. 그렇지 않다면 그렇게까지 깊이 잘리지는 않았을 것이다.

이 감정은 범인이 들어왔기에 오후사가 누구냐고 물은 결과 범인이 덤벼들어 참살한 것이라는 예심조서와 완전히 다른 것이다.

두 번째 증거 조사는 남편인 요코야마 헤이스케를 환문하여 이루어졌다.

요코야마 헤이스케는 그날 밤 부근의 집에서 당구를 치고 있었다고 했는데 그가 돌아왔을 때 1만 5천 엔이 과연 분실되고 없었는가 하는 점이었다.

이에 대해서 헤이스케는 이렇게 대답했다.

"돈은 한 푼도 분실하지 않았습니다. 그리고 다른 물품도 분실한 것은 발견되지 않았습니다. 범인이 범행 후에 돈을 찾으려 했던 흔적도 보이지 않았습니다."

이 진술은 본 사건의 범인이 강도가 아니었음을 충분히 짐작하게 할 만한 것이었다. 따라서 예심조서에 오무라 및 가나오가 강도 목적으로 들어갔다고 기술된 부분은 전혀 믿을 수 없는 것이었다.

세 번째로 그날 밤, 요코야마의 집에는 오후사와 젖먹이 외에는 아무도 없었지만, 만약 누군가가 더 있었다면 그는 누구인지, 그리고 무엇을 하고 있었는지? 이에 대해서 다음과 같은 사실이 발견되었다.

그날 밤, 오후사의 딸인 오키쿠(お菊, 12세)는 오전 1시가 되었기에 아버지를 부르러 갔었는데 그 길에서 사람을 만났다. 그 사람은 분명히 혼자였는데, 그는 요리점 아케보노의 주인인 가메키치도 아니었고 오무라 겐타로도 아니었던 듯하다.

오키쿠의 진술이 피고에게 유리한 것은 말할 필요도 없는 사실이다.

네 번째, 흉기에 대한 검증이다.

의사의 감정에 의하면 오후사를 살해할 때 쓴 흉기는, 상처로 봐서 틀림없이 정육용 식칼이라는 것이었다. 하지만 두 사람이 그날 밤 가지고 갔다고 칭해지는 것은 칼날의 길이가 2자 8치(약 86.5㎝ — 역주)인 일본도였다. 이러한 점에 있어서도 예심 결정서는 전혀 믿음이 가지 않는 것이었다. 검사와 예심판사는 어째서 이 중요한 과학적 검증을 전혀 고려하지 않은 것일까?

다섯 번째, 증인 오카네와 다른 여자들의 증언 사이에는 수많은 모순이 있다. 이 점을 더욱 자세히 살펴보니 증인에게 증언을 시키는 데 있어서 경찰관의 고문이 있었다는 사실이 밝혀졌다.

6

여섯 번째, 오무라 겐타로의 공범으로 지목된 가나오 가메키치의 가택을 수색한 결과 그의 집에서 나온 혈흔이 부착된 통소매 상의 및 같은 집의 천장에서 나온, 역시 혈흔이 부착되어 있는 일본도는 유죄를 결정하는 데 중요한 증거품이 되었으나 그에 대한 가메키치의 해명은 다음과 같은 것이었다.

1. 일본도는 예전에 우리 가게에서 음식을 먹은 한 도박꾼이 돈 대신 놓고 간 것이다. 처음에는 그것을 찬장에 넣어두었는데 어느 날 고용인이 그 칼을 꺼내다 개를 벤 일이 있었다. 그때 나는 훗날 만약 사람이라도 베게 된다면 위험하다고 생각했기에 그것을 사람들의 눈에 띄지 않는 천장 위로 치워놓은 것이다.

나는 그 일본도를 진작에 팔아치우려 했으나 앞서 돈 대신 놓고 갔던 도박꾼이 찾으러 오면 일이 귀찮아질 것 같았기에 그대로 두었던 것이다.

혈흔은 그때 묻은 개의 피다(이 혈흔은 제국대학의 혈액시험을 통해 인간의 피가 아님이 밝혀졌다).

2. 다음은 피에 물든 통소매 상의. 피에 물든 옷이라고 하면 끔찍하게 들리겠지만 사실은 소매에 겨우 네다섯 방울이 부착되어 있었을 뿐이었다.

이 통소매 상의에 대한 가메키치의 해명은 사건의 진상을 밝히는 데 하나의 커다란 암시를 주는 것이다.

가메키치는 이렇게 말했다.

'우리 집에서 데리고 있는 오카네가 예전에 정부와 도망친 일이 있었다. 오카네를 잡으러 나갔던 나는 어떤 곳에서 오카네를 찾아냈다. 그리고 거기서 그녀를 데리고 돌아오려 했으나 그녀는 무슨 일이 있어도 돌아가려 하지 않았다.

이에 나는 그녀의 손을 잡아 억지로 끌어냈는데 억척스러운 오카네가 그때 내 손가락을 물어 상처를 냈다. 통소매 상의에는 그때 내 피가 묻은 것이다. 그 손가락의 상처에서 흘러나온 것이 이 혈흔이다. 오카네도 그 사실은 잘 알고 있을 것이다.'

가메키치의 해명은 부착된 혈흔의 양과 비교해서 충분히 수긍이 가는 것이었다.

만약 그 혈흔을 그날 밤 가메키치가 오후사를 베었을 때 뒤집어쓴 피라고 한다면 그것은 양이 너무나도 적다. 설사 핏방울이 튄 것이라 할지라도 통소매 상의에 묻은 것처럼 군데군데 묻지는 않고 틀림없이 한꺼번에 튀었을 것이다. 이러한 점에서 생각해보아도 이 혈흔은 그의 손가락에서 떨어진 것임을 알 수 있다.

여기서 확실히 해야 할 사실이 한 가지 더 있다. 그것은 이 통소매 상의를 넣어두었던 장소다.

만약 가메키치가 그날 밤 이 통소매 옷을 입고 범행을 저질렀다면 범죄인의 심리에 따라서 그는 그 통소매 상의를 반드시 태워버렸거나, 혹은 그 일본도와 함께 천장 위에 숨겨두었을 것이다. 그런데 그와는 전혀 반대로 그는 그 통소매 상의를 다른 빨랫감과 함께 넣어두었다. 이 한 가지 점은 그가 이번 범죄를 저지르지 않았다는 증거로 그에게 범죄인 심리가 없었다는 사실을 뒷받침하는 것이다.

가메키치의 해명을 살펴보면 오카네는 정부와 함께 달아난 적이 있었다. 가메키치가 그 뒤를 따라가서 그녀를 가게로 데리고 돌아왔다. 이 사실을 생각해보면 오카네가 가메키치에게 평소 원한을 품고 있었다는 사실을 알 수 있다. 가메키치의 손가락을 물어 그에게 상처를 입혔을 정도였다고 하니 오카네는 가메키치에게 깊은 원한을 품고 있었을 것이다.

이 사실과, 예전에 자신을 검거한 일 때문에 이노우에가 오무라 겐타로에 대해서 원한을 품고 있었다는 사실을 함께 생각해보면 본 사건의 진상이 어디에 있는지를 희미하게나마 짐작해볼 수가 있다. 즉, 이노우에와 오카네는 이번 사건의 가장 중요한 증인이라 여겨지고 있다. 그리고 그들 둘의 공술이 두 사람의 용의자에게 유죄를 결정하게 한 것이었다.

대략 이상과 같은 여러 가지 점에 대해서 나는 극력 다퉜다. 그리고 다행스럽게도 본건은 재판소에서 우리 쪽의 의견을 받아들여 몇 차례의 공판을 걸친 끝에 증거불충분으로 피고 전원에게 무죄가 선고되었다. 이렇게 해서 가메키치는 방면되었고, 오무라 겐타로는 단지 증거가 현저한 독직죄에 대해서만 유죄를 선고받았다.

이렇게만 얘기하면 본 사건에 대한 표면적인 사실만 알 수 있기에 독자들은 마치 오리무중을 방황하는 것 같은 느낌이 들 것이다. 그렇다, 본 사건의 표면적인 경과는 앞서 말한 것과 같으나, 그 진상은 결코 그처럼 단순한 표면적 경과만으로 끝나는 것이 아니다.

어쨌든 그 내면에 숨겨져 있는 본 사건의 기괴한 진상을 서술하기에 앞서, 여기서 잠시 이 형사사건이 무죄로 공판되었다는 점에 대한 비판을 덧붙여두기로 하겠다.

검사국이 국가의 주요 기관 중 일부라는 점은 말할 필요도 없는 사실이다. 그런데 그 주요 기관이 인민의 치안을 담당하고 있는 경찰관을 끔찍한 강도·살인범으로 기소했다는 것은, 한편으로 보자면 현대 일본의 경찰기관에 대한 커다란 불신임의 표시가 아니고 무엇이겠는가?

그리고 그 대담한 행위에 대해서는 검사국 전체가 책임을 져야 한다. 국가가 경찰관에게 부여한 권력과 명예가 크면 클수록 검사국의 책임도 역시 중대한 것이 아닐 수 없다.

본건의 경우 만약 피고가 명확히 유죄였다면 말할 것도 없이 현대 경찰기관 전체에 대한 불신임을 표시하는 가장 무시무시한 의의를 가지고 있었을 것이다.

예심판사가 본건에 대해서 작성한 조서에 '경위 오무라 겐타로는 자신이 경찰서장 직에 있음을 기화로 관할 하의 자산

가 중 가장 유복한 자를 언제나 조사, 물색하여'라는 내용이
있다. 이와 같은 조서는 그것을 읽는 인민으로 하여금 참으로
전율을 느끼게 하는 것이다. 예심판사는 이 조서가 사회의 일
반 민심에 어떤 영향을 줄지 충분히 고려한 뒤 책임 있는 태
도로 그것을 작성한 것일까? 국가가 인민에게 사유재산제를
인정하고 그것의 보호에 임하고 있는 현재에 있어서, 그 기관
이 가진 힘의 남용이 얼마나 무서운 것인가를 그 기관 내부에
서 스스로 폭로한 셈이니 이 얼마나 우스운 일이란 말인가!

하지만 반대로 본건처럼 그것이 전부 누명인 경우, 당국이
책임을 져야 할 것은 새삼스럽게 말할 필요도 없는 사실일 것
이다. 특히 앞으로 이야기할 것처럼 검사국이 놀라울 정도의
속임수를 써서 용의자를 함정에 빠트린 흔적이 역력하다면 우
리는 오히려 예수와 함께 '너 남을 심판하지 말라.'고 외치지
않을 수 없을 것이다.

7

본건의 시작은 1920년 말, S경찰서장 오무라 겐타로가 도청
으로부터 A경찰서로 전임할 것을 명받은 때부터였다.

오무라 서장의 전임은 그해에 있을 총선거에 대한 사전포
석이었다. 그는 정파 사이의 관계 때문에 그 지역에서 쫓겨난
것이었다.

그의 뒤를 이은 자는 아라카와 료조라는 경위였다.

여기서 이 지방의 특수한 사정에 대해 이야기해둘 필요가
있다.

홋카이도는 식민지다. 그곳의 주민은 전부가 일본 본토의 여러 지방에서 이주해온 이주민들이다. 따라서 각 지방 사람들이 각자 동향사람들끼리 파벌을 만들어 그 지방의 여러 가지 이권에 대해서 세력 다툼을 벌이고 있다.

그 가운데서도 가장 뚜렷한 색채를 가지고 있는 것이 도호쿠(東北)와 간사이(関西) 지방에서 온 사람들이다. 간사이 지방 가운데서도 시코쿠(四国) 사람들이 가장 많다. 따라서 도호쿠 출신과 시코쿠 출신이 이 지방의 양대 파벌이라고 해도 과언은 아니다. 그런데 본건은 이 양대 파벌의 세력다툼이 근저가 된 사건이다. 그 사정은 다음과 같다.

오무라 겐타로는 미야기(宮城) 현 출신이다. 다시 말해서 그는 도호쿠 파벌에 속해 있다. 그런데 오무라의 후임자로 온 아라카와 료조는 시코쿠 출신이다. 따라서 그는 시코쿠 파벌에 속해 있다.

오무라 서장 재임 당시는 누가 뭐래도 도호쿠 출신자들의 천하였다. 만사가 도호쿠 출신자들에게 유리하게 처리되었다. 단지 그의 부하 경찰들뿐만 아니라 일반 인민에 대해서도 많은 특혜가 주어졌음을 부인할 수는 없다.

요코야마 오후사의 살인·강도범으로 검거되었던 이노우에는 불행히도 도호쿠 출신이 아니었다. 이에 시코쿠 출신자들은 이를 갈며 분해했다.

그런데 오무라 서장이 총선거에 대한 준비행위로 전임을 명받게 되었다. 그리고 그 후임자로 온 아라카와 료조는 시코쿠 출신자였다. 그들은 마침내 때가 왔다고 손뼉을 치며 작약

했다.

아라카와 신임 서장이 시코쿠 출신이라는 사실을 안 순간, 시코쿠 파벌은 이노우에를 선두로 대대적인 환영회를 그 지역의 요릿집에서 열었다.

그 자리에서 그들은 전임 오무라 서장의 전횡을 거침없이 공격했다.

"제일 심하게 당한 건 이노우에 군이지."

라고 사람들 모두 한목소리로 말했다.

"정말 생고생을 했어. 내가 요코야마의 집에 들어가 강도·살인을 저질렀다니, 말도 안 돼. 그 오무라 서장이야말로 강도짓이라도 할 만한 놈이야."

라고 이노우에가 흥분해서 말했다.

"그래, 맞는 말이야. 요즘 그 녀석은 늘 돈만 밝혔어. 어쩌면 녀석이 강도짓을 한 걸지도 몰라."

라고 이번에는 그 지방에서 오래 전부터 살아온, 오무라 서장 시절에 공갈로 검거될 뻔한 적이 있었던 모 신문의 통신원 하라(原)라는 자가 말했다.

"사실은 말이지 그 점에 대해서 아주 이상하게 여겨지는 부분이 있어. 바로 그날 밤, 우리는 오무라 서장으로부터 도박꾼을 검거해 오라는 명령을 받고 이 지역에서 하룻밤 떠나 있었어. 그런데 그날 밤에 그 사건이 일어난 거야. 나는 아무래도 그게 마음에 걸려."

이렇게 말한 것은 오무라 서장 시절에 한껏 시달린 적이 있었던 시코쿠 출신의 형사담당 순경 가와구치(川口)였다.

"우리 가게의 주인은 오무라 서장하고 사이가 아주 좋았는데, 오무라 서장은 우리 가게에 술을 마시러 오면 늘 돈 얘기만 했어요."

라고 장단을 맞춘 것은 이 지역의 요리점에서 일하고 있는 기생 오카네였다.

"그렇다면 오무라는 여기서 많은 돈을 벌었겠군."

신임 서장인 아라카와가 빈정거리듯 웃었다.

"아주 많이 번 모양입니다. 그 도살장 문제가 있었을 때도 오무라 씨는 상당한 돈을 손에 쥐었을 겁니다."

라고 그 반대편에 서서 손해를 보았던 시코쿠 파벌의 사업가가 맞장구를 쳤다.

"그러고 보면 요리점 아케보노도 오무라 씨 덕분에 꽤나 돈을 벌었을 겁니다. 안 그런가, 오카네. 너도 전에 오무라 서장 시절에는 꽤나 시달렸잖아. 네가 도망쳤을 때는 경찰이 총출동해서 잡으러 다니기도 했고."

라고 ○○신문 통신원 하라가 말했다.

"누가 아니래요. 그러니 우리 가게 주인하고 오무라 씨 사이에는 여러 가지로 미심쩍은 부분이 있을 거예요."

오카네는 그때의 분함을 지금도 잊지 않고 있었다.

"그러니 이번 서장님께 부탁해서 원수를 갚아달라고 해."

"맞아요. 정말 부탁드리고 싶어요. 그것을 위해서라면 전 무슨 짓이든 할 수 있어요."

억척스러운 오카네가 말했다.

그녀는 억척스럽기만 한 것이 아니었다. 기생들 가운데서 흔히 볼 수 있는 저능성까지 띠고 있는 여자였다.

이때 모든 사람들의 호흡이 일치했다. 원한이 쌓인 그들 속에서 복수를 해야겠다는 의식이 강하게 움직였다.

8

신임 아라카와 서장은 자신의 수완을 보이기 위해 전임자가 이 지역에서 저지른 부정행위를 적발할 계획을 세웠다. 그리고 경우에 따라서는 전임자가 미결인 채로 포기해버렸던 요코야마 살인사건의 진범을 자신의 손으로 검거하여 전임자의 코를 납작하게 만들어야겠다고 결심했다.

아라카와 서장은 우선 오무라 겐타로의 부정행위에 대해서 조사하기 시작했다. 그랬더니 부정행위의 흔적이 역력하게 드러났다. 이에 아라카와 서장은 우선 오무라 전임 서장을 독직죄로 검거하기 위한 수순을 밟았다.

조사는 점차 진행되어 갔다. 그때 홋카이도에서도 가장 유력한 신문인 홋카이○○신문은 오무라 전임 서장에게 요코야마 오후사 살인·강도 혐의가 있다는 기사를 연일 기재했다. 말할 필요도 없이 그 기사는 하라의 통신에 의한 것이었다. '이야말로 희대의 괴사건', '살인·강도범은 경찰서장' 이와 같은 도발적 기사가 사람들의 이목을 집중시켰다. 아라카와 서장은 이 기사에 한층 더 힘을 얻어 지금이야말로 자신의 공명을 내보일 때라는 듯, 검사국과 협력하여 오무라 전임 서장의 범행 흔적을 찾기 위한 활동을 개시했다.

그 사건의 증인으로 가장 먼저 소환된 것이 이노우에였다.

그는 관헌의 질문에 대해 앞서 이야기한 것과 같은 진술을 했다.

S경찰서 안에서는 시코쿠 출신인 가와구치 형사가, 도호쿠 출신인 당시의 사법주임 및 그 외의 도호쿠 파벌과 손을 잡고 횡포를 부렸던 경찰서원에게 불리한 증언을 자꾸만 제공했다.

○○신문 통신원인 하라는 오카네를 자신의 손에 넣어, 검사국과 약속이라도 한 듯 오무라와 가나오 가메키치의 그날 밤 거동에 대해서 자신들에게 유리한 진술을 하도록 지도했다. 오카네는 자신의 복수심을 만족시키기 위해서 별다른 생각 없이 하라가 지도한 내용 그대로의 증언을 검사국에 제공했다. 한편으로 하라는 신문을 이용해 과장된 허구를 성대히 보도했다.

'서장 오무라 겐타로는 예전부터 축재를 상의해온 지역의 요리점 아케보노의 주인이자 도박꾼의 우두머리인 가나오 가메키치와 공모하여 1919년 10월 22일 오전 1시에서 2시 사이에, 자신의 재임 중 가장 재산이 많은 자임을 확인해둔 요코야마 헤이스케가 그날 저녁 연어의 판매대금 1만 5천 엔을 가지고 있다는 사실을 알고, 자신의 부하 전부에게 하룻밤에 걸친 도박꾼 검거를 명한 뒤, 자신은 가나오의 가게인 아케보노로 갔다. 그리고 두 사람은 요코야마의 집으로 몰래 들어갔는데 요코야마의 아내인 오후사가 젖먹이에게 젖을 물리고 있다가 두 사람의 모습을 보고 누구냐고 물었기에 가메키치가 가지고 간 일본도로 오후사를 참살했으며, 두 사람은 당황한 나머지 아무것도 훔치지 못하고 달아났다.'는 것이었다.

그러나 그 증인 가운데 본건의 범행을 목격한 자가 아무도 없음은 말할 필요도 없는 사실이었다. 게다가 두 용의자 모두 결코 자백을 하지 않았기에 경찰서와 검사국과 예심정은 오로지 증인의 증언으로만 사실을 확인할 수밖에 없었다. 그런데 그 증인은 모두 용의자에 대해 사적인 원한을 품고 있던 자들로, 그것이 전부 엉터리라는 점은 위에서 기술한 내용으로 상상해볼 수 있으리라 여겨진다.

이처럼 불확실하고 애매한 증언이 어째서 검사국에 의해 채용되었는지는 매우 의아한 부분이지만, 우리의 관찰에 의하면 이는 조금도 이상한 일이 아니다. 즉, 검사국의 앞선 실패 —이노우에를 항고했으나 각하된 일—에 의한 불명예를 만회하겠다는 조바심과, 신임 경찰서장의 공명심과, 증인들의 복수심이 하나의 커다란 계획을 수행케 한 것이었다. 동기부터가 범죄 수사의 참된 목적에서 벗어나 있었던 것이다. 그 수단이 처음부터 음험하고 악랄한 날조에 의한 것이었음은 말할 필요도 없다. 특히 공판정에서 오카네가 경찰서 안의 전임, 후임의 누구누구와도 정교가 있었음을 그녀 스스로 이야기했다는 일 등은 흥미로운 일화였다.

여기서 일화 하나를 더 소개하기로 하겠다. 일화라기보다 오무라 겐타로가 살인·강도 혐의를 받게 된 원인 중 하나인, 즉 그가 자리를 옮기기 전 끊임없이 축재를 염두에 두어 결국은 부정행위까지 저지르게 된 것은 과연 어떤 이유에서였을까? 오무라가 눈물을 흘리며 변호인에게 들려준 이야기는 다음과 같았다.

오무라에게는 아들이 하나 있다. 그런데 그 아들이 불량소년들의 무리에 들어가 곳곳을 유랑하다 결국은 하코다테(函館)에서 절도범으로 잡혀 징역 2년 형을 받고 감옥에 들어가게 되었다. 오무라는 그 아들이 마음에 걸려 견딜 수가 없었다. 특히 아들이 방면되어 집으로 돌아오면 아들을 관사로 들일 수밖에 없었다. 하지만 자신에게는 경찰서장이라는 신분도 있었다. 아무리 아들이라고는 하지만 전과자를 관사에서 살게 할 수는 없었다. 그렇다고 해서 아들을 다시 방랑하게 내버려 둔다면 앞으로 어떤 악한이 될지 알 수 없는 일이었다.

오무라는 아들에 대한 사랑에 이끌려 경찰서장 직을 그만두고 민간에서 장사라도 해야겠다고 생각했다. 그러나 일개 경위의 월급으로는 애초부터 일가를 간신히 지탱할 수 있을 뿐이었다. 그러니 장사를 할 수 있을 만큼의 돈이 있을 리 없었다. 그는 갑자기 돈이 필요했다. 전부터 금전에는 결백해서 평판이 좋았던 그가 이제는 수뢰로 축재할 마음이 생긴 것이었다. 나는 묻고 싶다. 수뢰를 하는 것이 나쁜 것인지, 20년 동안 근속한 뒤에도 여전히 훗날을 걱정하게 만드는 국가의 대우가 나쁜 것인지.

본건은 이것으로 끝이다. 그러나 독자는 내가 이야기한 사건의 진상, 즉 예심정에서 오무라 겐타로에게 유죄를 판결한 진상을 읽고 거의 근거가 없는 막연한 판정이었음을 알게 되었으리라. 그 끔찍했던 경찰서장의 중대범죄는 공중누각이나 한낮의 망령처럼 실체가 없는 것이었다. 그런데도 경찰서장이라는 인물을 검거하기도 하고 기소하기도 한 것이다. 좀 더 확실하고 분명한 증거를 바탕으로 그렇게 했어야 했다고 누구나 생각할 것이다. 그러나 진상은 어디까지나 진상이다. 그 이상으로 정확한 증거는 어디에도 없었다. (증거는 전부 인멸한 것으로 되어 있으니!)

그런데 이처럼 명확한 증거가 없는 사건도 경찰서와 검사국에서는 유죄로 다루어진다. 바로 거기에 현대 형사경찰, 형사재판의 섬뜩함이 있는 것이다. 본 사건 외에도 그 실례는 얼마든지 있다는 점은 독자 여러분도 잘 알고 계시리라 생각한다. ……

사형수와 그 재판장

1938년 판의 표지 그림

사형수와 그 재판장

*나의 창작인 「사형수와 그 재판장」을 말미에 실었으면
좋겠다고 발행자인 자연사의 사주 우메즈 에이키치 군이 내게
청해왔다. 이 작품은 예전에 같은 출판사에서 창작집으로 낸 적이
있었으나 절판되었기에 흔쾌히 수락했다. — 저자

1

벌써 가을이다. 사람들의 마음속 문가에서 떠돌이 젊은 승
려가 독경의 종소리를 울리는 것 같은 날들이 계속되었다.

시든 들국화와 나팔꽃 덩굴이 붉은 옷을 입은 수감자들에
의해서 깔끔하게 제거되었으며, 한낮에조차 찌, 찌, 찌 하고
어딘가에서 벌레 우는 소리가 들려왔다. 그런 좁다란 정원을
가진 이 감옥의 사무실에는 금테를 두른 소매가 반짝이는 옷

을 입은 전옥[29]이, 모직물을 간 책상 앞에 앉아 있었다. 그 바로 옆에서 양복을 차려입은 △△지방 재판소의 판사 나카카미가와 가네오(中上川周夫)가 단정한 얼굴에 짧게 기른 수염을 손가락 끝으로 문지르며 맑은 눈빛으로, 삿갓을 손에 든 채 간수부장을 따라 지금 막 그곳으로 들어선 사형수 야마무라 마고지[30]를 가만히 바라보았다. 나카카미가와는 예전에 이 마고지의 제1심 재판장으로 그에게 사형을 언도한 적이 있었다. 그로부터 벌써 4년여가 흘렀다. 이제 와서 나카카미가와가 이런 곳에서 면회를 한다는 것은 이상한 일이었다. 게다가 이곳은 전옥실로, 마고지 같은 미결수의 면회장이 아니었다. 사형수와 그 재판장이 이런 곳에서, 그것도 판결 언도 후 4년이나 지나서 이렇게 면회한다는 것은 일반적으로 상상할 수 없는 일이었다.

나카카미가와의 눈이 매우 과민하게 움직였다. 그는 지금 그곳의 한쪽 구석에서 무엇인가 하고 있는 간수장이, 부하들의 손도 기다리지 않고 직접 따라준 차를 무의식적으로 집어

---

29) 典獄. 교도소의 우두머리.
30) 山村孫治. 여기에 쓰인 이름은 가명이고 본명은 시마쿠라 기헤이(島倉儀平). 목사의 신분이었으나 절도, 방화, 사기, 강간, 살인, 사체유기 등의 혐의가 인정되어 제1심에서 사형을 언도받았다. 이에 시마쿠라는 재판소에 탄원서를 제출했는데 그 분량이 원고지 4,000매에 이르렀다. 시마쿠라는 결국 자살했다. 모리나가 에이자부로는 『시마쿠라 기헤이 사건』에서 '후세는 누명임을 주장하는 시마쿠라에 대해서 의심을 품고 있었으면서도 피고인이 납득하지 못하는 사형판결은 용납할 수 없다. 또한 유죄 · 무죄를 떠나서 가구라자카(神楽坂) 서의 고문은 용서할 수 없는 것이다, 라고 생각하여 8년이라는 긴 시간에 걸쳐 시마쿠라와 법정투쟁을 함께 했던 것일까? ' 라고 말했다. 이 사건을 바탕으로 고가 사부로(甲賀三郎)는 『하세쿠라 사건』이라는 장편소설을 집필했다. 이 장편소설 역시 곧 출간 예정에 있다(2015년 11월 예정).

올리며 마고지의 모습을 주의 깊게 살펴보았다. 마고지는 쓰고 온 삿갓을 발아래에 내려놓고 자신에게 주어진 의자에 앉았다. 연두색 미결수의가 조그만, 그리고 오랜 감옥 생활로 야윈 그의 몸에 마치 스님의 가사 같다는 느낌을 주었다.

빛바랜 벽토 빛깔의 둥근 얼굴에는 가을을 떠오르게 하는 수염이 덥수룩하게 자라 있었다. 불어오는 바람에 그 가느다란 끝이 파리의 다리처럼 흔들렸다. 나카카미가와는 법정에서 심리에 들어가기 전이면 언제나 피고의 얼굴을 잠깐 내려다보아 그 눈빛으로 피고에게 무엇인가를 암시할 때와 같은 모습을 잠시 보였으나, 곧 태도를 바꾸어 그의 내면생활을 아주 솔직하게 표현하는 듯한, 크리스천다운 미소를 얼굴 위에 희미하게 띠우며 부드럽게 입을 열었다.

"아주 오랜만이군……."

그 목소리의 울림은 마고지도 오랜만에 듣는 것이었다. 하지만 그 목소리는 마고지에게 사형을 선고한 목소리였다. 마고지에게 있어서 그 목소리에 대한 기억은, 지난 4년 동안의 긴 감옥생활 내내 귓가에서 자신의 피를 빨아먹은 악마의 목소리와도 같은 것이었다. 그리고 그는 그 목소리에 전율을 느끼며 저주를 퍼붓고 있었다. 지금 그 목소리를 다시 들었으나 그 선고를 받았던 순간만큼의 커다란 흥분은 느껴지지 않았다. 그것은 그가 냉정해졌기 때문이 아니었다. 오랜 감옥생활로 지쳤기 때문이 아니었다. 지난 4년 동안 생에 대한 집착으로 번뇌해온 그는, 지금 그 목소리를 들어도 새삼스럽게 흥분이 느껴지지 않을 만큼 마음이 평정하지도 냉정하지도 못했던 것이다. 그런데 그 나카카미가와의 목소리는 4년 전과 같은 사람의 것인가 의심이 들 정도로 지금은 깊이가 있었다. 자신의 마음과는 정반대로 상대방은 극히 차분한 상태라는 사실을 마고지는 깨달았다. 그리고 그는 법정에서 들었던 그 목소리보다는 얼마간 친밀함이 느껴진다고 생각했다.

"그간 별고 없었는가? ……."

나카카미가와가 다시 이렇게 말하며 마고지의 얼굴을 바라보았는데, 예전에 비해서 훨씬 더 초췌해졌다는 사실을 분명히 느낄 수 있었다.

"네, 감사합니다. ……. 덕분에 건강하게 지내고 있습니다."

마고지는 자신을 생각해주는 듯한 나카카미가와의 말을 듣자, 아픈 종기라도 쓰다듬어주고 있는 것 같다는 기분이 들었다. 그는 쓸쓸한 뺨에 미소를 만들어 그런 인사를 했다. 예전에 일개 중죄수로 그 사람 앞에 섰을 때의 일을 생각하니 이런 상대방의 방문에도 감사하고 싶다는 마음이 들어 마고지는 머리를 숙였다. 그리고 그때보다 훨씬 늙어서 벌써 백발이 곳곳에 섞여 있는 나카카미가와의 모습을 묘하게 삭막해진 마음으로 올려다보았다. 자신도 나이를 먹었지만, 재판장도 마찬가지로 나이를 먹었구나 하는 생각이 들었다. 그러자 마고지는 지난 4년 동안 나카카미가와와 그의 아내와 딸에게 수시로 편지를 보내서 자신의 무죄를 주장하기도 하고 저주하기도 하고 욕을 하기도 해 그의 일가 모두에게 마음의 가학을 줬다는 사실이 조금은 안쓰럽게 여겨지기도 했다. 나카카미가와가 자신의 그런 집요한 행위에 섬뜩함을 느껴 이렇게 방문한 것이 아닐까 하는 생각이 들자 그는 마음속에서 말로 표현하기 어려운 승리감이 솟아올랐다. 그 예리하고 매서웠던 당시의 나카카미가와가 이렇게 늙어 쇠약해진 모습을 보자, 마고지는 자신의 그러한 저주가 이 사람의 몸에 재앙을 가져다준 것이 아닐까 하는 생각이 들기도 했다. 지금 여기서 마주하고 있는 나카카미가와는, 그 장엄한 법정에 배석판사와 서기 들에 둘러싸여 맞은편 문을 열고 유유히 나타나서 심문석에 앉자마자 피고석을 힐끗 내려다보던 법복의 그라고는 여겨지지 않을 정도로 어딘가 연약함이 느껴졌다. 또한 그때의 초라한 피고였던 자신을 이렇게 방문한 나카카미가와를 생각해보니, 그는 일종의 기적과도 같은 일이 일어난 것처럼 여겨지기도 했다. 지금 막 법정으로 들어서 수갑을 푼 피고의 떨고 있는 머리 위로 던져지는 재판장의 날카로운 눈빛! 피고의 생사를 결정할 유일한 심판자. 인간은 신을 부정할 수는 있어도, 이 현실의 힘은 어떻게 해볼 도리가 없다. 마고지도 강간, 살인이라는 중범죄의 용의자로 이 나카카미가와를 올려다보았었다. 하지만 그때의 그와는 얼마나 다른 모습이란 말인가 하고 마고지는 생각했다.

"재판장님도 건강하시다니 다행입니다. ……"

그는 자신의 마음과는 달리, 다시 이렇게 인사를 했다.

"뭐, 그럭저럭 살아가고 있네. ……. 그건 그렇고 늘 편지를 보내줘서 고맙게 생각하고 있네."

나카카미가와가 아무렇지도 않다는 듯한 표정으로 이렇게 말했으나 그 목소리는 마고지의 인사와 같은 울림을 가지고 있었다. 아니, 오히려 어떤 번뇌가 그 말 속에 담겨 있다는 사실을 마고지는 느낄 수 있었다.

"실은 좀 더 일찍 찾아오고 싶었지만, 여러 가지로 일이 있어서 이제야 오게 되었네."

나카카미가와가 다시 사과를 하듯 이렇게 덧붙였다. 그런 나카카미가와의 모습을 본 순간 마고지는 갑자기 자신의 마음을 스치고 지나가는 강렬한 한 줄기 섬광을 의식했다. 그리고 그는 한 가지 옛 기억이 바로 떠올랐다. 그것은 마고지가 아직 세상에 있었을 때, 그가 한 골목을 지나는데 거기에 매연이 피어오르고 있는 철공장이 있었다. 그 공장 앞에서는 연두색 옷을 입은 직공 네다섯 명이 길가 곳곳에 공구를 늘어놓고 어떤 작업을 하고 있었다. 마고지가 문득 바라보니 그들은 두께가 15cm쯤이나 되리라 여겨지는 동철판에 커다란 구멍을 뚫고 있었다.

공장 안에서부터 파이프 하나가 연결되어 있었는데 그 파이프 끝에서는 푸르스름한 불꽃이 강렬한 기세로 분출되고 있었다. 한 직공이 그 파이프의 머리 부분을 쥐고 철판에 대자 그 두껍던 철판에도, 달구어진 부젓가락으로 종이에 구멍을 뚫듯 간단히 구멍이 뚫렸다. 불꽃의 섬광이 보고 있는 사람의 동공을 상하게 할 만큼 강한 자극을 주었다. 직공들은 그 광선을 피하기 위해 안경을 끼고 있었다. '그 불꽃이다!'라고 마고지는 마음속으로 생각했다. 그 불꽃이 지난 4년 동안 자신의 마음속에서 불타올라, 차갑고 단단한 동판 같은 나카카미가와의 가슴을 꿰뚫은 것이라고 그는 생각하지 않을 수 없었다.

그 불꽃이란 곧 어떻게 해서든 살아남고 싶다며 몸부림치는 인간 속 영혼의 불꽃이다. 거기에 조건 따위는 없다. 그저 한 덩이 육신이 생물적으로 호흡할 수 있는 자유만 주어진다면 그것으로 충분하다. 그는 지금 자신의 생활에 인류다운 어떠한 관능도 거의 필요하지 않은, 원시 단세포 같은 생활을 하고 있다. 그러나 그는 그 세포체가 공기만 호흡할 수 있다면 그것으로 충분히 만족할 수 있다. 그저 목숨만 빼앗기지 않으면 된다고 생각하는 인간이 품고 있는 집착의 불꽃이다. 언제나 황혼과도 같은, 1.5평 정도의 미결감 속에서 잠을 자다 깨면 그는 그때까지의 꿈과 별반 다를 바가 없는 현실을 의식하며 가만히 앉아 있었다. 그가 앉아 있는 곳에 조그맣고 거친 책상과 연두색 얇은 관급 담요와 요강처럼 생긴 목제 변기가 차지하고 있는 면적을 더하면 그것으로 그 감방 안은 가득 찼다. 따라서 그가 아침이 되어 그 변기 위에 있는 선반에 놓인 수조의 물로 세수를 할 때나, 용변을 볼 때의 행동은 주머니 속에 있는 물건을 찾을 때와 크게 다를 바가 없는 행동이었다. 그랬기에 그는 눈이라는 것이 필요하지 않았다. 그가 잠에서 깨어나 설령 눈 뜨기를 원하지 않는다 할지라도 그의 생활에는 아무런 지장도 없었다.

때때로 여운이 없는 마른 종소리가 감옥의 정원 구석에서 들려왔다. 그는 그제야 비로소 자신에게 귀라는 것이 있다는 사실을 깨달았다. 그리고 그때마다 밥을 먹기도 하고, 잠을 자기도 하고, 괴로운 꿈에서 깨어나기도 했다. 그는 그 종소리가 자기 생활의 지상명령이라도 되는 양, 매일 말없이 같은 행동을 되풀이했다. 그리고 그 종소리가 울린 뒤 주위가 밝아지면 그것이 낮이라는 사실을 그는 깨달았다. 그리고 어두워지면 그것이 밤이라는 사실을 깨달았다. 어두울 때는 땅 속의 벌레처럼 잠을 잤다. 밝아지면 애벌레처럼 몸을 웅크리고 있었다. 그랬기에 그는 언어라는 것이 필요하지 않았다. 가령 그가 지금부터 무덤에 들어가기까지 무생물처럼 완전히 침묵을 지킨다 할지라도 그를 나무랄 사람은 아무도 없었다. 그는 벌써 6년도 넘게 그런 생활을 해왔다. 그것은 단지 하나의 어설픈 생활체라는 말 외에는 달리 설명할 길이 없는 생활이었다.

그러한 생활에서는 그가 틀림없이 단조로움을 느낄 것이라고 모두가 생각할지도 모른다. 그러나 단조로움이라는 것은 복잡함과 상대를 이루고 있는 말이다. 복잡함이라는 것을 극명하게 상상할 수 있어야 단조로움이라는 말도 의미를 갖게 되는 것이다. 피를 보고 붉다고 인식하는 것은 나뭇잎의 푸르름이나 눈의 하얀 빛깔을 알고 있기 때문이다. 회색 외에는 아무것도 모르는 사람은 그 외의 색조를 상상할 수가 없다. 그는 지난 6년의 생활 동안 그러한 식별능력을 완전히 잃어버리고 말았다. 또한 미결수로 형기(刑期)라는 것이 없는 그는 그러한 생활이 앞으로 얼마나 더 계속될지 알 수 없었다. ……. 요즘 그는 그러한 생활조차 그저 살아 있을 수 있다는 이유만으로 감사하고 싶다는 기분이 들었다. 때로는 지금까지의 과거 생활이 떠오르는 적도 있었으나, 그것도 사랑하는 자식을 잃은 부모가 당초에는 터질 것 같은 슬픔을 느끼다가도 세월이 흐름에 따라서 언제부턴가 그 슬픔에도 익숙해져가는 것처럼,

그는 사형 선고를 받은 당초에는 교수대가 바로 코앞까지 닥쳐온 것처럼 느껴져 딱딱한 나무 바닥 위를 미친 듯이 기어다녔지만 그러한 상태는 그의 정력이라는 면에 있어서도 도저히 계속할 수 있을 만한 것이 아니었다. 뼛속까지 스미는 가을과도 같은 오뇌가 초조함에 지친 잿더미 속에서부터 떠오르기 시작했다. 그리고 그것은 그의 생명을 시시각각으로 갉아먹는 고질병 같아서, 그는 거기에 점차로 시달리기 시작했다. 그 고질병은 그의 몸 어딘가에 단단히 둥지를 틀고 가스처럼 끊임없이 연소했다. 하지만 그 연소는 더 이상 예전 같이 새빨간 불꽃을 올리며 커다란 뱀의 혓바닥처럼 격렬하게 타오르는 것이 아니라, 깊은 곳에서 조용히 내연(內燃)하는 성질의 것이 되어 있었다. 그런데 그 내연은 그의 의지에서 거의 독립해 있는 것이 아닐까 여겨질 만큼 필사적이고 결정적인, 생물 자신이 살아가려 하는 절박한 욕구였다. 또한 그 스스로도 놀랄 만큼의 기적적인 신비함을 가진 강렬함이 있었다. 그 골목의 파이프 끝에서 분출되던 뜨거운 불꽃의 강렬함이 바로 그것과 같다고 그는 생각했다. 그런 생각이 들자 그는 갇혀 괴로워하던 자신의 가슴에서도 맥박 치는 새로운 생명의 약동을 의식하지 않을 수 없었다. 나카카미가와가 이곳으로 이렇게 일부러 찾아온 것은 결코 나카카미가와의 동정 때문도, 혹은 나카카미가와가 믿고 있다는 기독교적 사랑의 발로 때문도 아니라고 그는 생각했다.

"이보게, 요즘 자네의 공판은 어떻게 되어가고 있는가? 그후 아직 열리지 않았는가?"

라고 나카카미가와가 마고지의 덥수룩하게 자란 뺨의 수염이 그 당시보다 훨씬 더 하얗게 변한 것을 바라보며 부드러운 어조로 물었다.

"네, 열렸습니다. 몇 번이고 열렸습니다. 하지만 제가 원하는 조서도 제출해주지 않았고, E와 H도 증인으로 불러주지 않았습니다."

마고지가 약간 호소하는 듯한 태도로 말해보았다. 그러다 자신의 그런 자신감 없는 모습에 자신도 모르게 화가 났다. 결국은 이런 나약한 태도가 자신을 지금까지 괴롭혀온 것이라는 생각이 갑자기 들었다. 그랬기에 그는 앞서보다 어조를 강하게 해서,

"하지만 불러주지 않는다면 이번에는 저도 단단히 각오를 하고 있으니, 과감하게 할 수 있는 데까지 할 생각입니다."
라고 일부러 침통한, 그러나 그 속에 일종의 위협을 숨기고 있는 것 같은 어조로 말했다.

"응? 각오를 하고 있다니? 어떤 각오지? 할 수 있는 데까지 하겠다니 무슨 의미지?"

마고지는 그런 나카카미가와의 말투와 모습을 보자 갑자기 마음이 가벼워졌다.

"자네는 그렇게 불평하듯 말하지만 재판소에서 N과 T는 증인으로 불러주지 않았는가? ……"하고 나카카미가와가 상대방의 얼굴을 보며 다시 말했다.

"네, T는 불러주었지만 N은 끝내 불러주지 않았습니다. ……. 그러니 저도 더 이상은 얌전히 있을 수 없습니다. 다시

법정에 나가게 되면 이번에는 누구의 눈치도 보지 않고 과감하게 할 각오로 있습니다."

"음……, 그럼 어떤 점을 과감하게 하겠다는 말이지?"

"그야 제 힘닿는 데까지 할 생각입니다."

"힘닿는 데까지……"

"네."

"힘닿는 데까지 무엇을 하겠다는 건지……?"

"그야 생사의 갈림길에 선 한 인간이 전신의 힘을 다해서 무슨 일이 있어도 죽지 않으려 하는 매우 강한 행동입니다."

"……."

"경우에 따라서는 ○○○○○○○○○. 재판장님, 지금의 야마무라 마고지는 더 이상 예전의 야마무라 마고지가 아닙니다."

"……."

"……."

"○○○○○○○○○. 이보게, 그런 난폭한 행동을 하면 오히려 자네에게 아주 불리해지지 않겠는가?"

"결코 난폭한 행동이 아닙니다. 그건 재판소가 원죄[31]로 사형을 선고하는 것보다 결코 난폭하지 않습니다."

"원죄로 사형을 선고한다고? ……. 자네는 아직도 그런 말을 하는가?"

"아니, 재판장님의 판결을 제가 그렇게 생각하고 있다는 것

---

31) 冤罪. 억울하게 뒤집어쓴 죄.

이 아닙니다. 재판장님은 제게 범죄 사실이 있다고 확신하셨기에 그런 판결을 내리신 것이니 그것은 그것대로 사실일 겁니다. 하지만 세상에는 그런 예가 결코 적지 않으니 만약 그런 경우가 있다면, 저는 그런 경우만큼 제가 생각하고 있는 행위가 난폭하다고는 생각지 않습니다."

"그렇게 비꼬듯 말하지 말게. 나는 오늘 그런 얘기를 하러 온 게 아닐세. 자네는 세상에 있을 때 목사로 일했던 적도 있으니, 오늘은 신앙에 대한 이야기를 하고 싶어서 온 걸세."

"······. 저는 신앙에 대한 이야기보다, 이 이야기가 더 중요합니다."

"아니, 그건 자네의 마음가짐이 잘못되었기 때문일세. 깊은 신앙을 가지고 있으면 우리에게 그런 건 커다란 문제가 아니야. 자네 요즘 성경책을 읽고 있는가?"

"읽지 않습니다."

"그렇다면 기도도 하지 않겠군?"

"네, 기도도 하지 않습니다."

"어째서 하지 않는 거지?"

"하고 싶은 마음이 들지 않습니다."

"어째서 들지 않는 거지? 자네는 목사로서 신을 섬겼던 사람 아니었는가?"

"목사라는 직업은 좋지 않은 직업입니다. 신께서는 악마를 벌하기 전에 틀림없이 목사를 벌할 겁니다."

"그런가? 하지만 목사가 설령 좋지 않은 직업이라 할지라도 자네는 신을 믿고 성경을 읽거나 기도를 올리는 것은 중요한 일이라고 생각지 않는가?"

"네, 그런 것은 결코 중요한 일이 아닙니다. 저는 그것보다 훨씬 더 중요한 일 때문에 신께 버림을 받았습니다."

"신께서 인간을 버리는 일도 있는가? 신은 사랑일세."

"아니, 제가 신을 버린 겁니다."

"왜 그러는가? 어째서 신을 버린 거지?"

"신보다 제 목숨이 더 중요하다는 사실을 깨달은 순간 신을 버려야겠다는 생각이 들었습니다. 지금의 저와 신이 서로를 향해 걸어가고 있을 때, 문득 충돌하지 않을 수 없었습니다. 그리고 지금의 당신처럼 신은 사랑이라고 믿고 있던 제가 커다란 배신을 당했다는 사실을 깨닫게 된 겁니다."

"신께서 인간을 배신하는 경우도 있단 말인가? 그건 자네가 신앙을 버렸기 때문은 아닌가?"

"신앙을 버렸다고 신께서 저를 배신하셨다면, 저는 그런 신에 대한 신앙을 지지할 필요가 없습니다. 그런 신앙은 저의 생명에 방해가 되는 것입니다."

"신앙이 생명에 방해가 된다? 그건 어째서지?"

"네, 그건 커다란 방해가 됩니다. ……. 예를 들어 너의 적을 사랑하라는 가르침이 있습니다. 하지만 제가 지금 적을 사랑하면 저는 가엾은 저의 생명을 잃게 됩니다."

"그야 물론, 부정하게 자네를 멸하려 하는 것이라면 자네 말이 맞을지도 모르지. 하지만 그 가르침은 부정을 사랑하라는 뜻이 아닐세."

"제게 있어서 제 생명을 멸하려는 적은 전부 부정입니다."

"……."

"재판장님, 제가 당신과 같은 신분에 있었다면 저도 틀림없이 너의 적을 사랑하라는 가르침을 믿었을 겁니다."

"응? 나와 같은 신분? ……. 나와 같은 신분이 아니라 할지라도 그리스도의 가르침을 믿는 것은 누구에게나 고마운 일 아니겠는가? 신앙은 누구에게나 평화를 주는 법일세."

"저도 예전에는 종교가로서 그런 선전을 하고 다녔습니다. 오직 믿는 자만이 신을 알고, 신에게서 구원을 얻는다고 교단에서 선전했습니다. 하지만 이렇게 되고 보니 그것은 마치 농부가 겨자씨를 땅 위 아무 곳에나 뿌려놓고 어디서나 아름다운 꽃이 피고 어디서나 풍성한 열매가 열릴 것이라고 믿는 것과 같은 미망에 빠진 것이라는 사실을 깨닫게 되었습니다."

"그것에 대해서는 성경 속에서 그리스도께서도 말씀하시지 않으셨나? 그러니 우리의 마음이 그 풍요로운 토양이 되도록 노력해야 하네. 그렇게 해서 신앙의 씨앗에 꽃이 피고 풍성한 열매가 맺도록 해야 하네."

"그렇다면 재판장님께서는 저와 재판장님의 마음이 그처럼 같은 토양이라고 생각하고 계십니까?"

"사람은 모두 그 풍요로운 토양이 되어야 한다고 생각하네."

"그렇습니까? 그렇다면 재판장님께 여쭙겠습니다. 재판장님께서는 사람들이 온갖 거짓말을 했는데 그것이 하나하나 증거가 되고, △△나 □□에게 제대로 속아서 자신은 알지도 못하는 일로 사형을 선고받으신 경험이 있으십니까?"

"……."

"재판장님, 저는 그 저주스러운 적이 멸할 때까지는 성경도 읽지 않을 거고 기도도 하지 않을 겁니다. 만약 신께서 끝없이 사랑을 주시는 분이라면 제가 그 사람들을 저주하는 마음도 잘 이해해주실 겁니다. 그리고 제가 적을 멸한 뒤에 죄를 회개해도 신께서는 틀림없이 저를 천국에 받아주실 것이라 생각합니다."

"하지만 그런 죄를 저지르는 것은, 그 자체가 고통 아닌가? 굳이 그런 고통을 경험할 필요 없이, 얼른 평화와 행복을 즐길 수 있는 천국으로 가야겠다고 결심하는 건 어떻겠는가?"

"재판장님께서 말씀하시는 천국은 대체 어디에 있는 겁니까? 그리스도께서는 여기 있다, 저기 있다고도 못하리니 하나님의 나라가 너희 안에 있다고 말씀하시지 않으셨습니까? 그렇다면 천국은 제 혼 속에 있는 것입니다. 혼의 만족을 얻지 못하면 저희는 영원히 천국에 갈 수 없는 것입니다. 천국은 현실입니다. 제 혼이 만족하면, 그것이 바로 천국에 가는 것이 됩니다. 그러니 저의 적을 멸하는 것이 제게는 천국으로 가는 길입니다."

"검으로 이긴 자는 검에 의해 진다는 말과 마찬가지로 사람을 저주하여 멸하게 하는 것 역시 스스로를 멸하게 하는 짓일세. 사람을 물에 빠뜨리려면 자신이 먼저 물에 들어가야 한다는 말도 그런 뜻 아니겠는가?"

"그것은 저주받는 자의 공포심에서 생겨난, 방어를 위한 선전일 뿐입니다. 물론 저주한 자도 멸할 날이 틀림없이 올 것입니다. 하지만 저주받은 자는 그보다 먼저 멸합니다. 저는 저주하지 않고 멸하는 것이 아니라, 저주하고 멸하는 것에서 혼의 만족을 얻을 수 있습니다. 저는 그쪽을 선택하겠습니다. 선택한다기보다 그렇게 하지 않을 수 없습니다."

"저주한다는 것은 무서운 말일세. 그렇게 하지 않아도 지금의 인간에게는 여러 가지 수단이 있지 않은가? 특히 이런 경우 자네가 재판소에 온당하게 호소하는 것은 그 가운데서도 가장 좋은 수단일세. 어떤 점에서 보더라도 그것이 자네에게는 이익일세."

"온당하게 호소한다는 것은 절대로 불가능한 일입니다. 나약한 자가 온당한 행위로 호소한다는 것은, 그 나약함을 더욱 분명하게 내보여 괴롭힘을 당하기에 아주 좋은 자라는 사실을 상대방에게 알리는 결과밖에 되지 않습니다. 저희에게는 온당함이라는 말만큼 가치가 없는 것도 없습니다."

"자네, 너무 곡해하는 것 아닌가? 아무래도 그런 생각이 드는데."

"아닙니다. 결코 곡해한 것이 아닙니다. 저는 현실에서 실제로 그런 체험을 했습니다. 그 부정할 수 없는 체험에서 이런 생각이 배어나온 것입니다."

"그건 어떤 체험이었나?"

"이번 사건을 통해 진심으로 느끼게 되었습니다. 이번 사건이 일어난 이후, 저는 가능한 한 담당관의 말에 따르고 그 뜻을 하나하나 존중해왔습니다. 담당관 모두가 저를 이해하고 동정도 해주는 것처럼 말하기에 저는 정직하게 그것을 믿고 가능한 한 그 사람들의 감정을 해치지 않도록 해야겠다고 생각해서 취조의 조서를 꾸밀 때도 담당관의 의견에 따라 진술해왔습니다. 예를 하나 들자면, 그 우물 속에서 제가 강간한 것이라 의심되는 소녀인 듯한 자의 해골이 발견되었을 때, 저는 이미 미결감에 있었기에 그 사실을 전혀 모르고 있었습니다. 게다가 그 소녀의 해골에 성인 여자의 긴 ○○가 부착되어 있었다는 사실은 더더욱 알 길이 없었습니다. 담당관의 취조에 대해서 그 소녀와 합의하에 관계를 맺은 것이라는 사실을 증명하기 위해 소녀의 몸이 성장해 있었다는 사실을 이야기했더니 담당관은 '그렇다면 ○○도 있었겠지?'라고 물었습니다. 저는 이제 막 열여섯 살이 된 소녀였기에 몸은 성장했으나 그때 성인 여성다운 ○○가 있었는지는 분명히 기억하고 있지 못하다고 말했습니다. 그랬더니 담당관은 '네가 성인 여자다운 ○○가 있었다고 공술하면 그것으로 너는 강간죄 혐의에서 벗어나게 되니 설령 그때의 기억이 확실하지 않다 할지라도 그런 ○○가 있었다고 공술하는 편이 유리하지 않을까? 나는 아무래도 상관없지만 너를 위해서 하는 얘기야.'라고 말했습니다. 그랬기에 저도 그 담당관이 참으로 친절하게 얘기해주는 것이라고만 믿고 담당관의 말대로 공술해두었습니다. 그것으로 강간 혐의는 분명히 벗을 수 있을 것이라 기대하고 있었는데 놀랍게도 그 우물에서 건진 소녀의 해골이 그 소녀임을 증명하는 증거가 되었을 뿐만 아니라, 강간한 뒤 교살해서 우물에 버렸다고 자백한 것으로 되어 있었습니다. 실제로 가출했던 그 소녀의 화류병을 진찰했던 S의사도 그 소녀에게 우물에서 건진 여자 정도로 발육한 ○○는 없었다고 증언했으니, 제가 마음에도 없는 공술을 했다는 사실을 분명히 알 수 있지 않겠습니까? 제가 어디까지나 그렇게 순종적으로 담당관을 따랐다는 사실이, 오히려 저를 짙은 혐의 속으로 인도하는 길을 만들었던 것이라고 지금은 생각하고 있습니다. 그리고 그 후에 재판소에서 위와 같은 사실을 온당하게 호소해보았으나, 아무리 호소해도 전혀 들어주지 않았습니다. ……. 그렇기에 저는 온당함만큼 나약한 것도 없다고 생각합니다. 특히 나약한 자의 온당함만큼 비참한 것도 없습니다. 저는 이번에야말로 있는 힘껏 ○○○○○○할 각오입니다."

"그래서는 안 되네. 끝까지 온당하고 합리적이지 못하다면 최후의 승리는 얻을 수 없는 법이라네. 온당함과 합리성이 곧 정의일세. 정의는 최후의 승리자일세."

"그렇습니까? 온당함과 합리성이 정의라는 의미라면, 제게 정의 따위는 필요 없습니다. 그와 반대인 부정에 만족하겠습니다. 당신은 정의는 최후의 승리자라고 말씀하셨지만, 저는 그 정의로 지금까지 패배만 해왔으니……."

"아니, 내가 말한 건 최후의 승리일세. 지금까지의 패배는 참아야만 돼."

"재판장님, 그 최후란 언제를 말하는 겁니까? 당신의 최후는 저의 최후가 아닙니다. 저는 그런 실체를 알 수 없는 승리를 기다릴 수는 없습니다. 저는 지금 당장이라도 교수대에 오르게 될지도 모르니!"

2

나카카미가와는 극히 차분한 모습으로 급사가 새로 따라준 차를 마셨다.

"자네처럼 그렇게 흥분해서는 얘기를 할 수가 없네. 게다가 사건에 대한 이야기는 좀 곤란해. 물론 나하고는 이제 상관없는 일이지만……."

나카카미가와는 이렇게 말하고,

"앞서도 이야기했지만 나는 신앙에 대한 이야기를 하고 싶어서 온 거야. 자네의 원래 성격이기도 하겠지만, 자네는 순간적으로 버럭 화를 내는 경우가 있어서 나는 법정에서도 상당히 애를 먹었어."라고 덧붙였다.

"전 신앙 이야기 같은 건 이제 지긋지긋합니다. 전에는 구세군에서도 왔었고 윌리엄 부인도 왔었습니다만, 저는 면회를 전부 거절했습니다. 그 사람들 이야기를 듣고 있으면 하나에서부터 열까지 전부 제 잘못이니까요. 게다가 그 사람들은 전혀 엉뚱한 허풍을 떨고 있는 허수아비 같다는 생각이 듭니다. 저는 사건 이외의 일로는 누구와도 만나고 싶지 않습니다. 지금 제게 그보다 더 중요한 일은 없으니, 그 일 때문이라면 당연히 흥분도 하고 정신이 이상해지기도 합니다. 차라리 정신이 이상해져서 죽는다면 제게 여한은 없을 테지만, 이 사건으로 사형을 당한다면 끝까지 저주할 생각입니다."

"또 저주하겠다는 말을 하는 겐가? 그러지 말고 조금 더……."

"조금 더 온당히 하라는 말씀이십니까? 온당하게, 라는 말은 이제 지긋지긋합니다. 저는 당신께 대해 온당함을 지키다, 당신으로부터 사형 선고를 받았습니다."

"내가 선고한 것이 아닐세. 법률이 선고한 거야. 나는 어디까지나 공평하게 심리했다고 생각하네. 자네가 수시로 보내는 편지 때문에 우리 집사람과 딸도 내게 대체 어떤 심리를 한 거냐고 묻곤 하는데 그런 일을 가정에서 설명할 수는 없기에 아직 말하지는 않았지만 나는 정의의 이름으로 공명한 판결을 내렸을 뿐일세. 자네와 내가 생각하는 정의의 표준이 다르지는 않겠지. 정의는 만인을 위한 것이니."

"그렇습니까? 저도 정의와 진리는 만인을 위해 보편적인 것이라 믿고 있었습니다만, 최근에는 반드시 그런 것만도 아니라는 생각이 들기 시작했습니다."

"그럴 리 없지 않겠는가?"

"아니, 그렇습니다. 예를 들어 호랑이나 사자가 저희 인간을 살해하면 모질고 악한 맹수라고 말합니다. 하지만 인간이 그들을 사냥하면 사람들은 그것을 용감한 행동이라고 말합니다. 그러니 대체 어떤 것이 진리고 정의란 말입니까?"

"그것은 인류와 인류 사이의 도덕이 아니지 않는가? 우리는 인류의 생활을 기조로 해서 생각하고 있는 걸세."

"그렇다면 인류는 결국 생물들 사이의 폭군이란 말씀이십니까?"

"그건 어쩔 수 없는 일 아니겠는가?"

"그런 어쩔 수 없는 일이 인류의 생활 속에서도 일어나고 있다는 사실을 저는 깨닫게 되었습니다."

"바로 그것이야말로 자네의 곡해일세. 인류 사이에 그런 일이 있을 리 없어."

"그런 일이 있을 리 없는데, 그런 일이 일어나기 때문에 문제인 겁니다. 그리고 현실에서 그런 일이 벌어지고 있으니 저희가 그것을 부인해봐야, 그건 어차피 말에 의한 부인일 뿐입니다. 현실에서 그것을 경험하고 있는 자에게는 속임수에 지나지 않습니다."

"자네는 어떤 이유로 그런 경험을 하고 있다고 말하는 거지?"

"그럼 솔직하게 말씀드리겠습니다. 하지만 이는 결코 앞서 했던 말을 뒷받침해서 재판장님을 비난하려는 것이 아니니 오해는 말아주셨으면 합니다."

"알겠네. 다른 마음이 있다고는 생각지 않을 테니 허심탄회하게 말해보기 바라네. 나도 타산지석으로 삼겠네."

"감사합니다. 마지막에 저는 재판장님을 기피[32] 했습니다. 이유는 앞서도 말씀드린 것처럼 제 의견이 끝내 받아들여지지 않았기 때문입니다. 그랬더니 재판장님은 A변호사를 통해서 저를 설득하기도 하고, 감옥으로 직접 찾아오셔서 G전옥과 여러 가지로 이야기를 나누기도 했다고 들었습니다. 그때 저는 여러 가지로 고민을 하고 있었는데 G전옥이 저를 자신의 방으로 불러 위로하듯 '이보게, 너무 번민하지 말게. 재판장의 생각도 언제나 똑같은 것만은 아니니 이번에는 자네에게 아주

---

32) 불공평한 재판을 할 우려가 있다고 여겨지는 법관, 법원의 직원에 대해 그 직무 집행을 거부하는 것.

유리할 것이라 여겨지네. 재판장이 말하는 모습으로 봐서 자네의 그 사건은 아무래도 증거가 충분하지 않다고 생각하고 있는 모양이야. 아니, 내게는 그렇게 생각하고 있는 것처럼 느껴졌다네. 그러니 너무 번민하지 말고 재판장에게 맡겨두도록 하게. 재판장도 그렇게 친절한 양반이니 틀림없이 유리한 판결을 내릴 거라 생각되네. 이제 그만 재판장과 신께 맡겨두게나. 그러면 곧 나갈 날이 올 거야. 재판장의 말을 들어보니 그것도 그리 길지 않을 듯해. 그것을 다행으로 여기고 다시는 법을 어기지 않도록 다시 한 번 신을 붙들도록 하게. 재판장도 그것을 간절히 원하고 있었으니.'라고 말했습니다. 그리고 A변호사는, 재판장님과 함께 다니구치(谷口)에 있는 무덤으로 매장되어 있는 해골—지금 재판소에 보존되어 있는 그 소녀의 해골입니다.—을 발굴하러 갔었는데 돌아오는 길의 전차 안에서 재판장님께서 자신에게 '야마모토는 강간도 살인도 하지 않았다.'는 내용의 말씀을 하셨다고 들려주었습니다."

"A변호사가 자네에게 그런 말을 했단 말인가?"

"네, 분명히 했습니다."

"나는 그런 말을 한 기억이 없는데……."

"또 있습니다. 그 후에 재판장님께서는 제게 뭐라고 말씀하셨습니까? '일단 나의 재판을 받아보도록 하게. 나는 결코 가혹한 짓은 하지 않아…….'라고 마치 당장이라도 내보내줄 것처럼 말씀하셨습니다. 그건 저의 욕심이었을지도 모르겠습니다만, 저는 그것으로 완전히 마음이 놓였기에 기피를 취하하고 당신의 재판을 받았습니다. 하지만 그 결과는 사형이었습니다. 가혹한 짓은 하지 않으신다고 말씀하셨지만 사형이면 충분하지 않습니까? 지옥의 염라대왕도 그 이상의 판결은 내리지 않을 테니……."

"이제 와서 그런 말을 해봐야 소용없는 일일세. 그 판결에 아무런 사심도 없었다는 점을 나는 맹세할 수 있다네."

"물론 사심이 있었다면 저도 곤란합니다. 게다가 이제 와서 이런 말씀을 드린다면 푸념처럼 들릴지 모르겠습니다만, 중죄인이 재판장으로부터 그런 말을 듣는다면 누구나 희망을 품게 될 겁니다. 감방을 담당하고 있는 간수에게조차 조금이라도 유리한 듯한 말을 들으면 커다란 힘을 얻은 듯 기뻐할 정도로 피고는 의지할 곳 없는 나약한 존재이니……."

"……."

"제가 기피했을 때, 재판장님은 이미 민사 쪽으로 전임하신 상태였기에 저는 그 후임인 시마무라(島村)라는 분에게 재판을 받고 싶었습니다. 그런데 전임한 후에도 굳이 저의 재판을 맡으시려 했던 재판장님의 마음을 저는 도무지 이해할 수가 없습니다. 저는 재판장님의 재판을 받고 얼마나 원망스러웠는지 모릅니다."

"그렇게 말하니 내게 무슨 감정이 있어서 자네를 재판한 것처럼 들리기도 하네만, 자네도 알다시피 그 사건은 매우 복잡해서 내가 기껏 거기까지 취조했으니 사무의 진척상 내가 끝까지 맡게 된 걸세."

"저는 재판장님의 그 말씀을 도무지 이해할 수가 없습니다. 사무의 진척상이라고 말씀하셨는데, 그렇다면 저희들의 이익은 그 사무의 진척상의 희생이 되어야 한다는 말씀이십니까? 사무가 아니라, 인민의 이익이 주가 되어야 하는 것 아닙니까?"

"그야 물론 인민의 이익이 주가 되어야 하지. 하지만 담당관이 최선을 다해서 심리를 하려면 그렇게 할 수밖에 없었다네."

"그야 최선을 다하셨겠지요. 하지만 재판장님, 인간의 최선이라는 것에 어느 정도의 가치가 있다고 생각하십니까?"

"물론 인간의 불완전함은 잘 알고 있다네."

"그것을 알고 계셨으면서 잔무를 처리할 생각으로 제게 사형을 선고하신 겁니까?"

"잔무를 처리할 생각으로……. 야마무라 군, 그건 말이 너무 지나치지 않은가? 나는 자네 사건을 맡은 담당관으로서 아무래도 그런 선고를 할 수밖에 없는 입장에 있었다네."

"말이 지나쳤다면 사과드리겠습니다. 하지만 재판장님의 그 입장이란 대체 어떤 입장이십니까?"

"그것은 말할 것도 없이 국가의 입장일세."

"국가의 어떤 입장입니까?"

"국가의 권력을 행사하는 사법관의 입장일세."

"국가의 권력이란 그런 것입니까?"

"그렇다네. 그렇게 말할 수밖에 없다네."

"감사합니다. 이것으로 잘 알았습니다. 저는 지금까지 그 권력에 의지해서 다소나마 제가 살아날 길을 발견하려고 고심해왔습니다. 하지만 그것은 저의 극히 어리석은 생각이었다는 점을 마침내 깨달았습니다. 제 생명을 구할 수 있는 마지막 유일한 길은 오로지 저의 작의 힘에 의지하는 것 외에 어디에도 없다는 사실을 깨달았습니다. 그를 위해서 제가 얼마나 용감해질지는 저도 모르겠습니다. 또한 재판장님과 저의 정의에 대한 표준은 역시 다른 것이었습니다."

3

"난 오늘 자네를 위문하기 위해 온 걸세. 결코 논의를 하러 온 게 아니야."

나카카미가와가 눈썹을 약간 찌푸리며 말해 화제를 돌리려 했다.

"그렇습니까? 무례한 소리만 해서 참으로 죄송합니다. 언젠가 나가게 되면 인사를 드리러 찾아뵙겠습니다."

"그래, 꼭 오도록 하게. 자네는 세상에 나오면 무엇을 하고 싶은가?"

"무엇을 할지는 모르겠습니다. 지금은 오직 나가는 것만이 저의 커다란 일이니, 그 일이 제 모든 생활의 목적입니다."

"그렇군. 자네의 지금 입장에서 보자면 당연한 일일지도 모르겠군. 하지만 그것이 전부일 뿐, 그 이상의 정신적 요구가 없다는 것은 서글픈 일 아니겠는가? 자네는 그것으로 만족할 수 있겠는가?"

"만족할 수 있습니다! 재판장님, 그냥 살아가기만 하는 것으로는 인생이 무의미하다고 말씀하시려는 겁니까? 물론 자유롭게 살아가는 사람에게는 그런 생각도 전혀 의미가 없는 것은 아닐 테지만, 저는 지금 그런 마음조차 상상하기 어렵습니다. 그냥 살아가는 것조차 허용되지 않는 위협을 끊임없이 받고 있는 제게는, 그것만이 저의 모든 목적이 되어 있습니다. 그건 평화롭고 행복하게 살아가고 있는 재판장님께서는 상상조차 할 수 없는 일입니다."

"상상하지 못할 건 없네. 하지만 그렇게 생각한다면 죄 없이 십자가에 못 박히신 그리스도는 위대하지 않으신가? 자네는 그리스도에게 조금이라도 다가가야겠다는 마음은 들지 않는가? 세상 사람들에게 어떤 오해를 받는다 할지라도, 신께서 알아주신다면 미래에는 틀림없이 은혜를 받을 것이라는 존귀한 확신을 품을 수는 없겠는가? 생각해보면 현세란 하찮은 것 아니겠는가? 그런 건 아무래도 상관없는 일 아니겠는가?"

"아니요, 결코 아무래도 상관없는 것이 아닙니다. 또한 그런 확신은 존귀한 것이 아닙니다. 현세가 아무래도 상관없는 것이라면, 그건 인간의 죄 역시 아무래도 상관없다는 말과 같은 것입니다. 또 아무래도 상관없는 것이라면 저를 이렇게 감옥에 가두어 괴롭힐 필요도 없지 않겠습니까? 제게 그렇게 말씀하시는 재판장님도 결코 그렇게 생각지는 않으실 겁니다. 그리고 미래가 있다고 확신한다면 미래도 역시 중요하게 여겨질 것입니다. 하지만 저는 지금의 현실을 믿는 것 외에 다른 무엇도 믿을 수가 없습니다. 제게는 지금의 생명이 절대적인 것이라고밖에는 여겨지지 않습니다."

"그런가? 바로 그렇기 때문에 그리스도가 위대한 것 아니겠는가?"

"조금도 위대하지 않습니다. 재판장님께서는 제게 그리스도와 같은 마음을 가지라고 말씀하셨지만, 그것은 제게 인간이어서는 안 된다고 말씀하시는 것과 다를 바 없는 일입니다. 저는 그리스도의 존재를 믿지 않습니다."

"오! 그리스도의 존재를 믿지 않는다고? 그렇다면 자네는 그리스도를 어떻게 받아들이고 있지?"

"그리스도는 인간이 몽매함으로 빚은 경이의 사막에 나타난 신기루입니다. 결코 실존인물이 아닙니다."

"어째서 그렇다는 거지? 어떤 점에서 그런 독단을 내릴 수 있다는 말이지?"

"성경의 어떤 구절이라도 좋으니 한번 보시기 바랍니다. 살아 있는 인간다운 감정이 흐르고, 피가 돌고 있는 곳이 어디에 있습니까? 그것은 전부 시입니다. 그리스도는 아름다운 시가 결정을 이룬 인형에 지나지 않습니다. 성경을 기록한 자들은 시인이었습니다. 하지만 교활한 시인입니다. 그리스도는 마지막 십자가에 달리셨을 때, 그나마 인간다운 소리로 부르짖었습니다. 그것이 기록자들의 교활한 점입니다. 그렇게까지 묘사해낸 창작물 속의 그리스도가 지상의 인간에서 너무나도 멀어져 있었기에 기록자 자신마저도 어처구니가 없다는 생각이 들었던 겁니다. 이에 그리스도로 하여금 '엘리 엘리 라마 사박다니'라고 단말마를 올리게 한 것입니다. 나의 하나님, 나의 하나님, 어찌하여 나를 버리셨나이까, 라고 비명을 올리게 한 것입니다. 즉, 그리스도를 인간으로까지 끌어내린 것입니다. 따라서 저는 시의 인형에 가까운 마음을 품을 수 없습니다."

"자네는 감방 속에서 그런 생각을 하고 있었단 말인가? 나는 자네처럼 그렇게 깊은 사색을 한 적은 없었지만, 현실에서 위대한 그리스도의 감화를 경험했기에 이렇게 말하는 걸세. 그건 자네도 알고 있는 그 이시야마 후사키치(石山房吉)의 일일세. 그 흉포한 사람이 그리스도의 감화를 입어, 그처럼 강하고 고귀한 신앙을 가진 사람이 되지 않았는가? 낫 놓고 기역자도 모르던 이시야마가 마지막 시까지 지어 읊으며 교수대에 오른 것도 위대한 그리스도의 감화에 의한 것이었다네. 자네가 말한 것처럼 그리스도가 시의 인형이라면 몇 천 년이 지난 지금 그런 위대한 감화를 사람에게 줄 수 있을 리 없지 않겠는가?"

"재판장님께서는 높은 감옥의 담 밖에서 그 안에 있는 수감자들의 생활을 그저 사람들의 입을 통해서만 듣고 계신 듯합니다. 저는 벌써 6년이나 감옥 생활을 체험해왔습니다. 실제로 살아 있는 사람 가운데 그 이시야마 후사키치의 마음을 저만큼 잘 알고 있는 사람도 없으리라 믿고 있습니다. 감옥의 관리나 스님이나 목사님 등이 부지런히 선전해대고 있는 것처럼 이시야마는 목숨을 잃기 전에 그리스도의 구원을 받은 것이 결코 아닙니다. 재판장님도 역시 그 사람들의 선전을 믿고 계십니까?"

"물론 그 사람들의 말을 믿고 있다네."

"사형수가 되지 않으면 사형수의 마음은 알 수 없는 법입니다. 저는 이시야마가 교수대에 오르기 전까지 옆 감방에 있었는데, 이시야마는 결코 그리스도에 의해 구원을 얻었기에 그런 행동을 한 것도 아니었고, 또 그 미세스 윌리엄에 의해 구원을 얻었기에 그런 행동을 한 것도 아니었습니다. 깨달음을 얻은 것 같았던 이시야마의 행동은 이시야마가 처한 환경이 그로 하여금 그렇게 움직이게 만든 것입니다."

"이시야마가 처한 환경이? ……. 자네도 참 묘한 말을 하는군."

"결코 묘한 말이 아닙니다."

"그렇다면 무슨 이유로 환경이 이시야마를 그렇게 만들었다고 말한 거지?"

"그 이시야마 후사키치는 오모리(大森)의 오나쓰(お夏) 살인사건이 아니더라도, 그 전에 저지른 도쓰카(戸塚) 부부 살인사건 때문에 교수대를 면할 수 없는 상황이었습니다. 이시야마도 그 사실을 잘 알고 있었습니다. 그 사람이 오모리의 사건을 뒤집어쓴 것은 저승으로 가는 길의 무거운 짐에 작은 짐을 하나 더한 것일 뿐입니다. 깨달은 척, 마지막 시까지 지어 부른 것은 그야말로 허세를 부린 것입니다."

"자네는 이시야마가 미세스 윌리엄을 진심으로 경모하고 두터운 신앙을 품게 되었다는 사실을 어떻게 생각하는가?"

"앞서도 말씀드린 것처럼 이시야마는 제 옆 감방에 있었는데, 가끔 이야기를 나눌 기회가 있었습니다. 그러니 저는 분명히 말할 수 있습니다. 그 사람이 미세스 윌리엄을 경모한 것은, 그 윌리엄이 여자이기 때문이었습니다. 이성이라고는 오직 그 여자밖에 접할 수 없는 수감자, 더구나 이 세상에서는 더 이상 이성의 냄새를 맡을 수 없는 이시야마에게는 틀림없이 경모의 대상이었습니다. 이런 말씀 드리기 좀 그렇습니다만, 저는 이시야마가 미세스 윌리엄에 대해서 노골적인 이야기를 하는 것까지 들은 적이 있습니다. 이 한 가지 사실만으로도 저는 이시야마의 마음을 잘 알 수가 있습니다. 저와 같은 경우가 되어보지 않는다면 이시야마의 참된 마음은 이해할 수 없을 겁니다."

"……"

"그 이시야마의 사건을 묶은 책이 한 권 있는데, S라는 변호사가 그 서문을 썼습니다. 그 서문에서 S변호사는 이시야마를 레 미제라블의 장 발장에, 미세스 윌리엄을 미리엘 주교에 비했습니다. 그리고 이러쿵저러쿵 과장스럽게 이야기했습니다. 한쪽은 가공의 소설이지만, 다른 한쪽은 사실이니 놀라운 일이라는 식으로 적어놓았습니다. 저는 그것을 읽고 웃음을 참을 수가 없었습니다. 물론 한쪽은 가공의 소설입니다. 그 가공의 소설이 실제로 있을 수 있다고 생각하는 것 자체가 벌써 커다란 망상입니다. 미세스 윌리엄과 이시야마를 미리엘 주교와 장 발장에 비유하여 소설이 현실이 되어 나타났다고 말한 데 이르러서는, 그 순진함에 웃음을 터뜨리지 않을 수 없었습니다. 그것은 가공의 그리스도와 실존했던 이시카와 고에몬[33]을 비교하는 것과 같은 일입니다. 이시카와 고에몬이 형의 집행을 받을 때, 끓는 기름 속으로 들어가 처음에는 자기 자식을

---

33) 石川五右衛門(? ~1594). 도적의 우두머리. 예전에는 그의 실재가 의문시 되었으나 예수회 선교사의 일기 속에서 그의 실재를 짐작케 하는 기술이 발견되었다. 1594년에 붙잡혀 아들과 함께 처형되었다.

두 팔로 안고 있었으나, 자신이 견딜 수 없게 되자 그 자식을 무릎 밑에 깔고 앉았다는 말을 어렸을 때 들은 적이 있습니다. 저는 그게 사실이라고 생각합니다. 몸이 몇 토막으로 잘려도 여전히 꿈틀꿈틀 움직이는 뱀처럼, 사람은 마지막 호흡이 끊어질 때까지 죽고 싶어 하지 않는 법입니다."

"……."

"저는 이시야마 후사키치가 사람들 앞에서 그런 태도를 보인 것은 신앙 때문이 아니라 그렇게 할 수밖에 없었기 때문이라는 점을 잘 알고 있습니다. 또 그렇게 하는 것이 이시야마에게는 매우 총명한 방법이었다는 점도 잘 알고 있습니다. 그 사람은 악당이었지만, 악당에게서 흔히 볼 수 있는 총명한 사람이기도 했던 것입니다. 자신은 이미 사람을 몇이나 죽여서 도저히 살아날 가망이 없다고 포기한 상태였기에 자기 주변 사람들에게 함부로 반항하거나, 푸념을 해봐야 소용없는 일이라는 점을 알고 있었습니다. 소용없다기보다 결국은 손해입니다. 그보다는 차라리 전옥이나 교화사나 전도사인 미세스 윌리엄의 말에 따라 교수대에 오르기까지의 짧은 생을 가능한 평화롭고 행복하게 영위하고 싶다고 생각했던 겁니다. 그리고 믿을 만한 것은 못 되지만 가령 '미래'라는 것이 있어서, 거기서 행복하게 살 수 있다면 그 행복을 누린다 해도 특별히 손해될 것은 없다고 생각했기에 크리스천처럼 행동했던 것입니다. 크리스천이든 불교신자든, 그건 어느 쪽이든 상관없었던 것입니다. 편리상 크리스천이 되는 쪽이 아름다운 미세스 윌리엄을 만날 기회가 많았기에 그쪽을 선택했던 것일 뿐입니다. 어딘가 음울하게 느껴지는 검은 승복을 입고 염주를 돌리는 감옥의 교화사와 친하게 지내기보다는, 표정이 꽃과 같고 이성의 향기가 높고 몸이 풍만하고 아름다운 미세스 윌리엄을 만나는 편이 그 사람에게는 얼마나 유쾌한 일이었는지 몰랐던 것입니다. 이는 단지 이시야마 한 사람만이 아니라, 여기에 있는 모든 수감자들의 심리입니다."

"……."

"얼마 전에 사형을 당한 가와세 미노루(川瀬実)는 죽기 전에 불교에 귀의했다고 합니다만, 그 사형 현장을 알고 있는 자들은 누구나 미노루의 신앙을 의심하고 있습니다. 재판장님께서 위대하다고 생각하시는 그리스도조차 그랬으니까요."

"그야 그리스도도 사람의 아들로 태어났으니 당연히 수난의 괴로움을 느끼셨을 걸세. 바로 그렇기 때문에 십자가가 존귀한 것일세. 설령 생리적으로 괴로워한다 할지라도 그것으로 신앙의 경중을 헤아릴 수는 없는 법이라 생각하네."

"그런 신앙이라면 제게는 필요 없습니다. 생리적으로 아무리 괴롭다 할지라도 어디까지나 신앙을 지지하는 사람은 참으로 훌륭하다고 생각합니다. 하지만 세상에 그런 영웅이 정말 있었습니까? 니치렌[34]과 신란[35]과 그의 스승인 호넨[36]도 훗날 신도와 그 기록자들에 의해서 영웅화 되었지만, 그들의 적나라한 생애를 알게 된 사람들은 웃음을 참을 수 없을 정도로

---

34) 日蓮(1222~1282). 일본의 승려.
35) 親鸞(1173~1263). 일본의 승려.
36) 法然(1133~1212). 일본의 승려.

비겁한 태도를 취했다는 사실에 어처구니없다는 생각을 품게 될 겁니다. 모든 신도들이 그렇게 극적으로 영웅화된 그들을 본받고 싶어 한다는 것은 참으로 가엾고 비참한 일입니다. 불교의 스님이나 기독교의 전도사가 저희 사형수에게 자꾸만 그런 영웅적 행동을 강요하는 것은 참으로 성가신 일이라기보다 오히려 잔혹한 일이라고 생각합니다. 저는 그런 사람들 앞에서 깨달은 듯한 얼굴을 하고 외롭게 교수대에 오르는 사형수들을 위해서, 언제나 감방의 창으로 그들의 모습을 바라보며 눈물을 흘리고 있습니다."

"……"

"재판장님, 죄송한 말씀입니다만 저는 재판장님께서 여기에 오신 뜻을 잘 알고 있습니다. 재판장님께서 제게 판결을 언도한 지도 벌써 4년이 지났습니다만 지금에 와서 이렇게 면회를 오신 일을 결코 비뚤어진 시선으로 보고 싶지는 않습니다. 하지만 어디까지나 생에 집착하며 평범한 인간으로 살아가고 싶은 제게 위대한 사람이 되라고 권하지는 말아주십시오

불꽃처럼 타오르는 생에 대한 집착에 괴로워하면서도 깨달은 듯한 얼굴을 하고 얌전히 교수대에 오르기보다는 '죽고 싶지 않아! 죽고 싶지 않아!'라고 통곡하며 교수대로 끌려가는 편이 저의 고뇌를 얼마나 더 위로해줄지 알 수 없으니……"

~부기

이 작품 속 야마무라 마고지의 모델이 된 사형수는 작자와 같은 감

옥에 있었지만 대부분의 소재는 작자가 존경하는 변호사 후세 다쓰지 씨로부터 얻은 것입니다. 하지만 이 작품 속의 A변호사는 결코 후세 씨가 아닙니다. 실례일지 모르겠으나 사실 작자는 후세 씨를 B변호사로 삼아, 후세 씨와 야마무라의 매우 흥미로운 관계를 묘사하려 했지만, 원고 매수에도 제한이 있기에 그 이야기는 훗날 발표하기로 했습니다. 사정은 이러하며, A변호사는 결코 우리의 후세 변호사를 모델로 삼은 것이 아니라는 점을 밝혀둡니다.

의옥사건의 해부와 배심재판

×

판결의 위력은 진실을 뒤엎는다는 속담이 있다.

×

살인사건의 재판에 끌려나온 피고가 실제로는 그 사건의 피해자를 죽이지 않았다 할지라도 어떤 착오에 의해 일단 독단을 인정하는 재판에서 살인 유죄 사형판결을 받으면, 진실을 뒤엎는 판결의 위력은 그 피고인을 끝내 교수대 위의 이슬로 사라져버리게 하고 만다.

×

참으로 무서운 것은 독단을 인정하여 오판의 위험이 많은 관료재판 판결의 위력이다.

×

무시무시한 독단 인정, 오판의 위험이 많은 관료재판에 위협박아온 일반 민중은 1928년도부터 실시될 배심제도에 커다란 희망을 걸고 있다.

×

배심제도가 어떠한 것인지는 다른 해설을 읽으면 알 수 있을 테지만, 배심제도가 관료재판보다 우월하고 뛰어난 유일한 강점은 재판의 구성에 민중을 참여시킴으로 해서 사회비판적 사실을 인정하여 제재·처벌의 타당성을 꾀하려는 조직이라는 점에 있다.

하지만 그것은 공판의 마지막 단계만을 단념하겠다는 것이지 모든 재판 구성에 민중을 참여시키겠다는 것도 아니고, 사실 인정과 제재·처벌의 타당성을 보장하겠다는 것도 아니다.

×

애초부터 나는 사람이 사람을 재판하는 사법재판 자체에 근본적인 의문을 품고 있었다. 사법재판에 요구되는 재판관의 총명함은 범죄 필벌의 형정(刑政)을 철저히 하고, 또 한 사람도 무고한 자를 만들지 않고 무슨 일이 있어도 진실을 밝혀 확정하겠다는 제도를 가능케 하는 요소 중 하나다.

하지만 이는 사법재판제도의 이념적 공론일 뿐, 신이 아닌 사법재판관의 직무상으로는 불가능한 일이다.

의옥인지 아닌지, 혹은 누명을 쓴 것인지 살인귀인지를 판결하는 유죄·무죄의 절대적 진실을 아무런 과오 없이 판단할 수 있는 자는 오직 한 사람, 피고 본인뿐이지 사람이 사람을 재판하는 사법재판 그 자체가 될 수는 없다.

×

따라서 독단을 인정하는 관료재판이 배심재판이라는 사회비판으로 바뀐다 할지라도 사람이 사람을 재판하는 사법재판에는 여전히 불순한 감정의 편파적 개입도 있을 것이고, 불명확하고 무지한 오판도 있을 테니 위험한 판결의 위력이 가져다주는 위협을 완전히 일소할 수 있으리라고는 여겨지지 않는다.

게다가 1928년도부터 실시될 배심제도는 그 명칭만 그럴듯한 배심제도일 뿐, 사실은 배심제도의 가장 뛰어난 점이자 유일한 강점인 민중이 참여하는 재판구성을 배제한 것이기에 거의 논할 가치조차 없다.

×

뿐만 아니라 공판의 마지막 단계만을 포기하는 데 지나지 않는 배심제도는 그 공판이 벌어지기까지의 피고에 대한 검거 관계자의 심문, 증거 수집 등 모든 준비를 지금의 관료재판처럼 형사, 검사, 예심판사 등이 하게 되어 있다.

×

이는 예전부터 관료재판의 폐해로 지적되어 온 심증에 의한 피고 검거, 자백 강요를 위한 고문, 관계자 유도심문, 수집 증거 날조 등을 전과 다름없이 마음껏 행한 후에 '빠져나갈 수 있으면 빠져나가보라.'는 식으로 배심재판에 의한 공판을 열겠다는 말에 다름 아니다.

×

따라서 나는 누구보다 진지하고 공정하게 배심원의 직무를 수행하려는 일반 민중에게 미리 말해두겠다.

×

배심원으로서, 마침내 배심재판으로 넘어온 사건의 피고 검거, 관계자 심문, 증거 수집 등 공판 이전의 모든 단계에 숨어 있는 불순한 감정과 불명확함에 의한 무지에 따라 준비된 불리한 증거를 간파하고 배격할 수 없다면, 배심제도의 목적은 절대로 달성될 수 없으며, 동시에 배심원 여러분에게 부과된 사명을 배신하는 것이라는 사실을.

×

이 책에는 죄인 날조를 위해 피고를 함정에 빠뜨린 음험하고 악랄하기 짝이 없는 실례를 수록했는데 이는 현제도하의 형사, 검사, 예심판사 등에 의한 것이지만, 이렇게 해서 마침내 배심재판에 넘겨진 사건의 공판 전에 있었던 피고의 자백 진술, 관계자의 불리한 증언, 물증의 수집 등은 결코 그것을 쉽게 믿거나 예단해서는 안 된다. 그 공판 준비가 어떻게 이루어지는지를 밝히기 위해 기술한 것이다.

×

이 책을 읽은 민중 가운데 단 한 사람이라도 「사형수 제조법」이나 「경찰서장의 강도 · 살인」을 통해서 사실은 사건의 피해자를 살해하지 않은 피고인에게 진실을 뒤엎는 살인 유죄 사형 판결을 뒤집어씌우려 했던 형사, 검사, 예심판사의 불명부정(不明不正)을 지적한 요점과, 피고 및 변호인의 면죄를 입증한 요점이 배심재판에서 과연 어떤 도움이 될지를 숙고하고 발견하는 분이 있다면 참으로 다행이겠다.

또한 1928년도부터 실시될, 비록 알맹이는 없으나 이름만은 그럴 듯한 배심제도 실시에 임해, 배심원으로서의 사명을 완수해 단 한 사람이라 할지라도 누명에서 벗어나게 해준다면 내게 그보다 더한 기쁨은 없을 것이다.

후세 다쓰지

역자의 말

광복 70주년을 맞아 각계각층에서 다채로운 기념행사가 열리고 있다. 물론 광복 70주년을 특별히 의식할 필요는 없으나, 어두웠던 식민지 시절의 조선을 위해 힘쓴 일본인이 있다면 이러한 때에 그들을 기억하는 것도 의미 있는 일이 될 것이다.

따라서 평소부터 관심을 갖고 있던 후세 다쓰지(布施辰治) 변호사와, 소설가이자 사회운동가인 나카니시 이노스케(中西伊之助)의 공저를 이번에 번역 · 출간하게 되었다는 것은 의미 있는 일이라 할 수 있을 것이다.

두 사람의 약력을 보면 알 수 있듯 이들은 식민지 시절의 조선을 위해 많은 노력을 기울였던 사람들이다. 특히 후세는 그 공로를 인정받아 대한민국 정부로부터 건국훈장을 수여받기도 했다. 나카니시는 아직 우리에게 거의 알려지지 않았으나 그 역시도 조선을 사랑했으며 조선을 위해 많은 일을 했다(나카니시에 대해서는 2014년에 출간한 그의 소설 『붉은 흙에 싹트는 것』을 보면 더 자세한 내용을 알 수 있다).

이 책은 물론 조선에 관한 내용은 아니지만, 동시대를 살았던 이 두 사람이 뜻을 합쳐 이런 책을 공동으로 출간했다는 것은 어찌 보면 당연한 일이라고 할 수도 있겠다.

나카니시는 자신이 쓴 서문에서 이 책은 '후세 씨와 나의 새로운 인권선언서'임을 분명히 하고 있다. 그리고 후세도 역시 서문에서 형사재판에 비판을 가하기 위해 이 책을 출간한 것이라고 이야기했다.

이런 두 사람의 이야기를 듣고 있으면 내용이 상당히 딱딱하고 무거울 것 같지만 실제로는 그렇지 않다. 오히려 흥미롭게 읽을 수 있는 범죄소설이나 형사소설 같다는 느낌을 준다. 책의 내용은 주로 후세가 변호를 맡았던 사건을 나카니시가 수필 형식으로 적어나간 것이다(나카니시는 이 작품을 '사회수필'이라고 했으나 책을 읽어나가는 과정에서 재구성의 흔적이 여럿 보였기에 저자의 뜻에 반해 소설로 보기로 했다). 사건에 대한 사건은 극력 자제하고 사건의 진상을 밝히는 데 필요한 것들만 객관적으로 기술했기에 어떤 면에서는 추리소설을 읽는 것 같다는 느낌을 주기도 한다. 그런데 그 사건의 내용들 대부분이 판검사의 비리나 형사들의 무리한 수사, 혹은 복잡한 인간사를 고려하지 않고 획일적으로 법률이라는 잣대를 들이대 내린 판결에 관한 것들이기에 흥미롭게 읽는 가운데서도 뭔가 석연치 않은 느낌을 독자들에게 준다. 바로 그 석연치 않음이 독자들로 하여금 두 사람이 하고 싶은 이야기를 생각하게 한다.

이 흥미로운 내용으로 가득한 한 권의 책이 계기가 되어 식민지 조선을 위해 힘썼던 후세 다쓰지와 나카니시 이노스케가 우리에게도 널리 알려져 좀 더 많은 연구와 재조명이 이루어졌으면 하는 바람이다. 그것이 조선을 위해 힘썼던 이들에 대한 우리의 의무라고 생각한다.

마지막으로 이 책을 나카니시 이노스케의 기일(9.1)에 맞춰 출판하게 된 것을 다행으로 생각하며, 일본의 나카니시 이노스케 연구회 회원들께 감사의 말씀 전하고 싶다.

2015년 8월.

옮긴이 **박현석**

국문학을 전공하고 일본으로 건너가 유학 및 직장 생활을 하다 지금은 전문번역가로 활동 중이며 우리나라에 아직 소개되지 않은 해외 유명 작가들의 작품을 소개하기 위해서 출판을 시작했다. 번역서로는『판도라의 상자』,『갱부』,『혈액형 살인사건』,『태풍』,『인류의 스승 인생을 이야기하다』,『젊은 날의 도쿠가와 이에야스』,『다자이 오사무 자서전』,『몇 번인가의 최후』,『붉은 흙에 싹트는 것』외 다수가 있다.

사형수와 그 재판장(법정 실화소설)

1판 1쇄 인쇄 2015년 8월 25일
1판 1쇄 발행 2015년 9월 1일

지은이 후세 다쓰지 · 나카니시 이노스케
옮긴이 박현석
펴낸이 박현석
펴낸곳 玄 人
표지디자인 김창미

등 록 제 2010-12호
주 소 서울시 도봉구 덕릉로 349, 409-906호
전 화 010-2012-3751
팩 스 0505-977-3750
이메일 gensang@naver.com

ISBN 978-89-97831-09-8